E. W. Heine

Magna Mater

E. W. Heine

Magna Mater

Roman

C. Bertelsmann

MIX
Papier aus verantwortungsvollen Quellen
FSC® C014496

Verlagsgruppe Random House FSC-DEU-0100
Das für diese Buch verwendete
FSC®-zertifizierte Papier *Munken Premium*
liefert Arctic Paper Munkedals AB, Schweden.

1. Auflage

Umschlag: R·M·E Roland Eschlbeck
und Rosemarie Kreuzer
Satz: Uhl + Massopust, Aalen
Druck und Bindung: GGP Media GmbH, Pößneck
Printed in Germany
ISBN 978-3-570-10125-4

www.cbertelsmann.de

Der Mensch ist ein vernunftsbegabtes Wesen.
Drei Dinge jedoch hindern uns daran vernünftig zu sein:
Der Krieg, die Religion und die Liebe.

Immanuel Kant

1. KAPITEL

Von allen Inseln waren sie herbeigerudert. Nun drängten sie sich fröstelnd auf dem Platz vor der großen Halle. Ihr Kopfschmuck leuchtete im ersten Morgenrot wie Flamingogefieder. Langsam, viel zu langsam erhob sich der Feuerball der Sonne aus dem noch nachtschwarzen Meer. Ein atemberaubendes Schauspiel, das aber niemand zu beachten schien. Alle Blicke waren auf die Große Halle gerichtet. Als sich dort endlich wie von Geisterhand das doppelflügelige Tor öffnete, wurde es so still, dass man das Fallen eines Blattes vernommen hätte.

Selbst das Meer schien im Wellenschlag innezuhalten. In dem dunklen Schlund des aufgesperrten Portals erstrahlte im ersten Licht der Sonne die goldene Maske. Ein Schrei aus tausend Kehlen stieg zum Himmel. Trommeln wurden geschlagen. Die Menge begann in die Hände zu klatschen, zu tanzen und zu singen. Unbeschreiblicher Jubel hatte die Menschen ergriffen. Seeland hatte eine neue Magna Mater.

Ich stand oben auf der steinernen Treppe vor dem Portal und blickte auf die Maske, die jeder kennt und doch kaum einer kennt. Mir ist sie so vertraut, als wäre sie ein Teil von mir, denn sie ist ein Teil von mir, nicht die Maske, sondern der Mensch, der sie trägt, aber das ist dasselbe. Maske und Träger verschmelzen zu einem Wesen, zu einem über allem stehenden ES.

Ein Anblick, der mich traf, der mich betraf, der mich betroffen machte. Es gibt ein Wissen, von dem keiner weiß und das doch jeder kennt.

Wie lauten die Worte der Weihe:

Vom Unwirklichen führe uns zum Wirklichen,
vom Ufer jenseits der Finsternis zur Vernunft.

Unbeschreiblicher Schauer ergriff mich, als ich die Maske zum allerersten Mal erblickte.

Ich war noch ein Kind, nein, ich war kein Kind mehr, denn ich hatte nur wenige Tage zuvor meine Tage bekommen. In klebriger Nässe war ich morgens aufgewacht. Blut, überall war Blut. Ich sprang aus dem Bett, rief nach Mater Metula, fand sie im Garten und warf mich weinend in ihre Arme. »Ich muss sterben. Ich verblute.«

Sie streichelte meine Wange. »Du wirst nicht sterben. Dein Leben hat soeben erst richtig begonnen. Jetzt bist du eine von uns.«

Beim nächsten Mondwechsel wurde ich in der Großen Halle feierlich gesalbt.

Alle Ordensfrauen waren damals anwesend, als die Tür zu den Räumen, die keiner betreten darf, sich öffnete und die Magna Mater zu uns in den Saal trat. Ihr Blick aus nachtschwarzen Augen hinter den Sehschlitzen der Maske betastete mich prüfend. Ich erstarrte wie eine Maus beim Anblick der Schlange. Als ich auf die Knie fiel, schlug mir das Herz bis zum Hals. Geblendet vom Glanz unzähliger Kerzen, spürte ich, wie ich entkleidet wurde. Hände legten sich auf meinen Leib, salbten Brust, Bauch und Rücken. Warmes Öl wurde auf meiner Haut verrieben. Der stechende Geruch von Teufelskralle, Bilsenkraut und Schierling verwirrte meine Sinne. Eine Ordensfrau betupfte meinen Schoß mit einem weichen Tuch und hob es für alle sichtbar hoch in die Luft. Blut auf weißem Grund.

Feierlich klangen die Worte durch die Halle:

»Sehet, das ist das Blut, das vergossen wird zur Bewahrung des ewig blühenden Lebens für alle.«

Die Schwestern sangen den Choral Luz del Abyss, Licht über dem Abgrund.

Nun war ich eine von ihnen. Welch ein unbeschreibliches Erlebnis!

»Warum verbirgt die Magna Mater ihr Gesicht hinter einer Maske?«, wollte ich von Mater Metula wissen.

»Die Magna Mater hat kein Gesicht.«

»Kein Gesicht?«, rief ich erschrocken.

»So ist es.«

»Wie kann das sein?«

»Es muss so sein.«

Und dann erklärte sie mir: »Das Gesicht eines Menschen ist der wohl ausdrucksstärkste und geheimnisvollste Teil unseres Körpers. Hier sind nicht nur unsere fünf Sinne untergebracht, hier offenbart sich unsere Persönlichkeit. Wir erkennen und beurteilen andere nach ihrem Gesicht. Und das zeigt uns immer einen ganz bestimmten Menschen. Die Magna Mater aber verkörpert uns alle. Sie ist die spirituelle Mitte unseres Lebens. Es ist ganz und gar unwichtig, wie sie ausschaut, ob sie eine große Nase hat oder eine kleine, ob ihre Haut glatt ist oder welk, weiß oder schwarz. Wenn sie abtritt, wird eine andere ihr Amt übernehmen, ohne dass sich ihre Erscheinung ändert. Die Maske verleiht der Magna Mater Unsterblichkeit. Allein die Augen offenbaren ihre Individualität, denn die Augen sind das Fenster der Seele.«

Noch lange nach meiner Weihe verfolgten mich die Augen hinter den Sehschlitzen der Maske, Angst einflößend, abschreckend und stumm, denn die Magna Mater hat auch keine Stimme. Sie redet zu uns durch den Mund ihres Sprechers, der sie ständig begleitet wie ein Schatten.

»Woher weiß er, was die Magna Mater gesagt haben will?«, habe ich Mater Metula gefragt, und sie hat gesagt: »Die Blühenden glauben, es passiert durch Gedankenübertragung. In Wahrheit flüstert sie ihm wohl hinter der Maske zu, was sie verkündet haben will. Der Sprecher ist der einzige Mann im Orden. Er verleiht der Magna Mater die Stimme, die ihrem hohen Rang zukommt: einzigartig kraftvoll und unverwechselbar.«

Meine erste Begegnung mit der Maske – wie lange ist das her? Fast ein ganzes Menschenleben. Aber noch immer ergreift mich bei ihrem Anblick ein Grauen, auch jetzt, als sie zum allerersten Mal aus der Großen Halle tritt. Es ist nicht die ehrfurchtsvolle Scheu, die alle anderen empfinden, sondern das Grauen vor dem Geheimnis aller Geheimnisse, das Wissen von dem, was nicht sein darf:

Hinter dieser Maske steckt mein Fleisch und Blut.

2. KAPITEL

Ich bin eine Morituri. Meine Vorfahren lebten auf der anderen Seite unseres Planeten im alten Europa. Unser Geschlecht reicht zurück bis in die Zeit, als es in Rom noch einen Papst gab, der sich für den Stellvertreter Gottes auf Erden hielt. Einer meiner Vorfahren gehörte sogar zur Priesterkaste, die die Kunst der Magie beherrschte. Sie konnten Wasser in Wein … nein, das nicht, aber sie konnten Wein in Blut verwandeln und gebackenes Mehl in Fleisch. Sie schafften es sogar wunderbarerweise, mit Hilfe von geweihtem Wasser den Menschen eine unsterbliche Seele einzutröpfeln. Und damit nicht genug, behaupteten sie, das ganze Universum sei von einer Gottheit erschaffen worden, besonders einfältige Naturen glaubten sogar, in einer Woche. Andere sprachen vom Urknall, einer abergläubischen Variante des Schöpfungsaktes, an die die Wissenschaftler des Atomzeitalters glaubten.

Der damalige Mensch war nicht in der Lage, sich vorzustellen, dass etwas schon seit ewigen Zeiten besteht und immer sein wird, wenn auch in stetigem Wandel, denn auch der ist ewig. Nur bei Gott hatte man keine Schwierigkeiten sich vorzustellen, dass etwas ohne Anfang und Ende existieren könnte. Dabei hätte man gerade bei ihm einsehen müssen, wie falsch diese Annahme ist. Auch Götter haben ihre Verfallsdaten. Vor dem Bibelgott regierten Jupiter, Mars und Venus die Welt. Davor waren es Zeus und Apollo. Und woanders und noch weiter zurück waren es Wotan, Baal, Astarte, Manitu, Isis, Kali und wie sie alle geheißen haben mögen.

Ausgestorben sind sie wie die Saurier und die Mammuts. Es war ein langer und schmerzvoller Weg, bis wir endlich die letzte Gottheit zu Grabe getragen haben. Es war die Geburtsstunde einer neuen Zeitrechnung. Die alte hatte mit Christi Geburt begonnen, mit der Geburt eines jungfräulich gezeugten Gottessohnes, der zu Lebzeiten Tote wiederauferweckte und als Leichnam wiederauferstand, um gen Himmel zu fahren.

Jahrtausendelang hat diese kindliche Vorstellung den Kalender der Menschen beherrscht, auch dann noch, als die meisten schon nicht mehr daran glaubten. Eine neue Zeitrechnung musste her. Es war die Geburtsstunde des wahren Menschen, der erst jetzt seinen Namen zu Recht trägt: Homo sapiens

Die Raupe ist tot. Es lebe der Schmetterling!

Wenn sich zwei Gottgläubige der alten Zeitrechnung begegneten, so begrüßten sie sich mit »Cum deo«, »der Herr sei mit dir«, »Adieu« und »Grüß Gott«. Kein Gruß ohne den Allmächtigen. Zur Erinnerung an diese überwundene Kinderkrankheit begrüßen wir uns heute mit Gott war gestern.

»Wie ist es möglich«, so fragen mich meine Schüler, »dass intelligente Menschen solch abartigen Unsinn für wahr halten konnten? Sie waren doch nicht dumm, wie die hohen technischen und wissenschaftlichen Leistungen aus jener Zeit bezeugen.«

Und ich antworte ihnen dann: Hütet euch vor der Vergangenheit! Sie ist eine gefährliche Verführerin. Die Menschen sind erstaunlicherweise bereit, die unwirklichsten Dinge zu glauben, wenn sie nur lange genug zurückliegen. Das hat seine Ursache in unserem ganz persönlichen Leben. Wir können uns sehr wohl daran erinnern, was vor ein paar Jahren war, aber wie war das doch noch, als ich ein Säugling war, bei meiner Geburt oder noch davor? Das war ich doch auch, und doch war ich es irgendwie nicht. Je weiter wir in unserem Leben zurückgehen, desto mehr verliert sich die Wirklichkeit im Unbegreifbaren und öffnet damit dem Wunder Tür und Tor. Und was für das Leben des Einzelnen gilt, gilt auch für unsere Geschichte.

Wenn ein Mensch aus dem Atomzeitalter einem Zeitgenossen erzählt hätte, er sei auf einer Party gewesen und da war einer, der habe Wasser in Wein verwandelt, und sei anschließend auf einem nahen See umhergewandelt, ohne unterzugehen, so hätte der Angesprochene ihm nicht geglaubt. Lag das gleiche Geschehen jedoch zweitausend Jahre zurück, so waren Millionen von Christen bereit, das völlig Unmögliche zu akzeptieren.

Märchen beginnen mit: »Es war einmal vor langer Zeit«, und das gilt auch für die Religionen, deren Wunder sich alle vor langer Zeit ereignet haben. Hütet euch vor der Vergangenheit voller Mythen und Legenden. Sie ist eine verlogene Verführerin.

Es gibt keinen besseren Weg, die Vergangenheit abzuschaffen, als das Vergessen. Vergessen-Können ist das Geheimnis ewiger Jugend. Menschen werden alt durch Erinnerungen. Die neue Gesellschaft ist jung. Sie kennt keine Heiligen und Helden. Wir singen nicht die alten Lieder und feiern nicht die Feste unserer Vorfahren. Liebevolle Beschäftigung mit der Vergangenheit empfinden wir so abstoßend, als würde man Verdautes ausspeien, um sich noch einmal daran zu erbauen. Wir befassen uns mit der Geschichte wie ein Arzt mit der Krankheit. Alles muss unternommen werden, damit der überwundene Wahnsinn nicht wieder ausbricht.

Die Blühenden interessieren sich nicht für das, was früher einmal war. Sie erleben die Welt wie Kinder, und die leben in der Gegenwart. Ich aber bin eine Ordensfrau, und die stehen außerhalb der neuen Menschheit. Wir altern noch wie die Tiere. Unser Leben erlischt irgendwann. Für alle anderen wurde das zufällige Lebensende abgeschafft. Ihre Todesstunde steht wie der Sonnenuntergang unabänderlich fest. Mag ein Tag auch noch so schön gewesen sein, wenn die Sonne versinkt, ist er vorbei, und niemand bricht deshalb in Wehklagen aus. Dafür stirbt keiner mehr zufällig. Wir haben das Leben nicht verlängert, aber vertieft. Wir haben ein beglückendes Fest daraus gemacht. Wird ein Fest schöner, wenn es länger währt?

Vierzig Sommer in unbeschwerter Jugend, ohne Krankheit und körperlichen Verfall. Welch ein Geschenk!

Wenn heute eine Frau – ganz gleich welchen Alters – in den Spiegel blickt, schaut sie in das Gesicht eines jungen Mädchens, das sich altersmäßig nicht von den anderen Mädchen unserer Inseln unterscheidet. Asra meint zwar, dass sich unser Alter von den Augen ablesen lässt, an der Art, wie wir uns bewegen, wie wir sprechen. Und gewiss hat sie recht. Der Mensch ist viel mehr als sein Leib. Auch wenn das heute nicht mehr so offenkundig ins Auge fällt wie früher, als ein Siebenjähriger sich von einem Siebzigjährigen so grundsätzlich unterschied wie ein Hühnerküken von einem ausgewachsenen Hahn. Wie grausam muss das gewesen sein, als die Menschen mit faltiger Haut dahinschrumpften wie zu lange gelagerte Äpfel. Und je mehr sie sich bemühten, ihren endgültigen Verfall hinauszuschieben, desto unlösbarer wurden die damit verbundenen Probleme, denn vermehrt wurde ja nicht nur die Lebenszeit, sondern auch und vor allem die Altersleiden. Die steigende Flut der Greise konnte am Ende nicht mehr von den Jungen versorgt werden, zumal immer weniger Kinder geboren wurden, nicht weil Männer und Frauen keine Freude mehr aneinander gefunden hätten, nein, ganz im Gegenteil, nie zuvor gab es so freizügiges Liebesleben mit potenzsteigernden Drogen und legalen Abtreibungen. Dank der Medizin konnten Frauen bis ins hohe Alter gebären. Aber man wollte keine Kinder. Man empfand sie als Einschränkung seiner Lebensgestaltung.

Die Menschheit war krank, todkrank. Sie wurde nicht, wie damals allgemein befürchtet, von Atombomben, ausgerottet. Sie ging nicht an unvorhersehbaren Seuchen zugrunde, sie fand auch nicht ihr Ende in einer Bevölkerungslawine von immer mehr Neugeborenen, nein, ganz im Gegenteil, ihre unfruchtbare Langlebigkeit hätte sie beinahe umgebracht.

Nicht die Brennstäbe in den Kernreaktoren schmolzen unkontrolliert dahin, nicht die Polkappen, sondern die Menschen. Durch entvölkerte Städte wehte der Wind wie über abgeerntete Felder. Die demokratischen Strukturen zerbrachen. Die parlamentarische Ordnung wich der Gewalt. Alte, zu Alte hausten in den Großstädten. Das Ende der Menschheit zeichnete sich ab. Wir haben das, der Vernunft sei Dank, verhindert.

Persönliche Erinnerungen sollen diese Zeilen hier werden, eine rückwärts gerichtete Spurensuche, trotzdem gerate ich immer wieder in die Historie, die vom Orden verwahrt wird wie ein verbotenes Buch. Aber gehören nicht auch unsere Gedanken und vergleichenden Betrachtungen, ja sogar Träume, zu unseren Lebenserinnerungen?

Doch wo endet das Träumen? Wo beginnt die Wirklichkeit? Bisweilen glaube ich, das Erlebte nur geträumt zu haben. Zu unwirklich erscheint mir im Rückblick die verborgene Welt der Skarabäen.

Ich kehre zu den Ereignissen und den Menschen zurück, denen ich auf meinem Lebensweg begegnet bin. Dabei komme ich mir vor wie die alten Tiere, die ihren Bau nicht mehr verlassen, weil sie zu schnell ermüden. Meine Vergnügungen sind die des Verzichts. Ich lebe in Erinnerungen, wie junge Menschen voller Hoffnung leben.

Ich lausche meinem Herzen und kann mir nicht vorstellen, dass es aufhören könnte zu pochen. Es schlägt, seitdem ich bin. Aber es wird verstummen. Andere werden nach mir leben, und sie werden so wenig von mir wissen wie ich von denen, die lange vor mir die Erde bevölkerten. Aber wie kann es anders sein, wo nicht einmal ich weiß, wer ich wirklich bin. Erkenne dich selbst, heißt es. Richtiger wäre: Sei du selbst! Ich habe mich mein Leben lang darum bemüht.

Ich lege meine Hand in die Spur meiner Füße
Ich schreibe mein Herz in den Staub der Straße.

Durch das Fenster meines Zimmers leuchtet der Polarstern. Seltsam, trotz der Dunkelheit merkt man gerade in der Nacht, wie rasch die Zeit dahinfließt. Ich bin alt geworden. Mein Leben liegt hinter mir.

Stark wie der Tod ist der Mond, ist das Dunkel.

Stärker als der Tod sind die Segel der Zeit.

3. KAPITEL

Ich finde den Menschenzoo abscheulich. Trotzdem besuche ich ihn hin und wieder. Faszination geht von der Begegnung mit unseren primitiven Urahnen aus. Ein Abgrund, tausend Nächte tief!

Umringt von Schulkindern, die mich ehrfürchtig begrüßten, fuhr ich frühmorgens mit dem Schiff zur Insel der Wilden. »Gott war gestern«, »Gott war gestern« schallte es mir wie im Chor entgegen.

Als wir das Reservat erreichten, flimmerte die Luft in der Mittagshitze. Kein Windhauch rührte sich. Wir bestiegen die Besucherplattform, von der man die darunter liegende Lichtung gut überblicken kann, ohne selbst gesehen zu werden. Unter uns lag eine Wildnis von umgestürzten Baumstämmen. Ihre Wurzeln griffen ins Leere, bleich und verdorrt von der Sonne. In den Erdtrichtern wucherten Brombeeren, Disteln und Farnkraut. Wie ausgestorben war der Wald. Nicht einmal ein Vogellaut war vernehmbar. Nur das Summen der Bienen erfüllte die Luft.

Bewegte sich da nicht etwas? Plötzlich huschte ein Schatten durch die Fichtenschonung und verschwand im Unterholz. Und da, noch einer! Das Knacken von trockenen Ästen. Ich legte den Zeigefinger über die Lippen. Das Kindergeflüster verstummte. Wir wagten kaum zu atmen. Und da standen sie plötzlich am Rande der Lichtung: eine ganze Rotte von Urmenschen, ein Riese mit einer Löwenmähne vom Scheitel bis zum Bauchnabel. Daneben sein Weib, das ihm nur bis zu den Schultern reichte, mit noch längerem Haar und fleischigen Brüsten, prall wie Ziegeneuter. Die Frau trug einen Säugling im Arm. Eine Schar Kinder tollte mit einem struppigen Hund um sie herum. Wir zählten vier. Alle waren nackt.

»Solche Rotten nannte man Familie«, erklärte der Lehrer den Kindern. »Ähnliche Gruppierungen beobachtet man noch heute bei Tieren, die Brutpflege betreiben.«

Die Familie näherte sich dem Besucherturm, wo die Verwaltung Futter ausgelegt hatte. Sie schienen hungrig zu sein. Ihr Schmatzen war noch oben auf der Plattform zu hören.

»Ist es wahr, dass sie Tiere fressen?«, fragte ein Schüler.

»Das Fleisch von Tieren«, verbesserte ihn der Lehrer, ein lebhafter Mensch mit leuchtend blauen Augen und sonnengebräunter Haut. Obwohl mindestens dreißig Jahre alt, erschien er mir nicht älter als seine Schüler. Wie unbeschreiblich jung sie alle waren, diese Blühenden. Neben ihnen war ich eine vertrocknete Frucht, ein Fossil mit der Haut eines alten Elefanten, mehr mit diesen Urmenschen hier verwandt als mit meinen Mitmenschen. Hundegebell unterbrach meine Gedanken.

»Werden sie jetzt den kleinen Hund auffressen?«

»Nein, sie essen keine Hunde.«

»Was essen sie denn?«

»Schweine und Hühner, Kälber, Lämmer, Rehe.«

»Rehe?«, riefen mehrere Kinder wie aus einem Mund.

»Sie essen Rehe, so wie das die Wölfe tun?«

»Ja.«

»Könntest du in ein Reh beißen?«

»Sie beißen nicht in lebendige Tiere. Sie töten Tiere, um sie über dem Feuer zu grillen. Manchmal legen sie sie auch in siedendes Wasser, um sie weich zu kochen.«

»Und wie töten sie ihre Opfer?«

»Früher, so heißt es, haben sie ihnen mit einem scharfen Messer die Halsschlagadern durchtrennt. Danach zogen sie den noch warmen Tieren die befellte Haut vom Leib und schlitzten ihnen die Bäuche auf.«

»Oh, wie entsetzlich!«

»Ja, es sträuben sich einem die Haare bei der Beschreibung dieses barbarischen Hergangs«, sagte der Lehrer und verzog angewidert den Mund. »Sie haben den Kälbern die Augen ausgestochen, um aus ihren Köpfen eine wabbelige Masse zu kochen, die sie Kalbskopfsülze nannten. Und die entleerten Därme füllten sie mit zermanschten Innereien. Wurst hieß dieser unappetitliche Fraß.«

»Pfui Teufel! Und so etwas fressen diese Urmenschen hier im Reservat?«

»Nein, die bekommen vegetarische Kost«, erklärte ich, »obwohl es sich nicht verhindern lässt, dass sie sich hin und wieder einen Vogel oder Hasen fangen. Sie sind halt Allesfresser wie die Ratten und die Bären.«

»Wie viele Urmenschen leben hier?«, wollte ein Schüler wissen.

»Frag den Ranger«, riet ich ihm, und als der sich später zu der Gruppe gesellte, erklärte er: »Im Reservat leben derzeit achtzehn Familien und ein halbes Dutzend Einzelgänger. Ihre steinernen Behausungen befinden sich auf der anderen Seite des Parks. Bei der Aufzucht ihrer Jungen wollen sie nicht gestört werden.«

»Gebären sie wirklich wie die Tiere?«, fragte eine Schülerin mit Lockenkopf.

»Ja, sie tragen ihre Kinder im Bauch aus und quetschen sie bei der Geburt aus sich heraus, wie das die Säugetiere tun. Sie stillen sie sogar, wie ihr jetzt sehr schön beobachten könnt.«

Die Urmenschen-Mutter hatte sich ihr Junges an die Brust gelegt, wo es gierig schmatzte. Die Milch rann ihm aus den Mundwinkeln.

»Wie ekelerregend ist das«, sagte der Lockenkopf. Und die anderen Kinder stimmten ihm zu.

Der Besuch im Reservat hat nicht nur die Kinder aufgewühlt, auch mir ging die Begegnung mit unseren Urahnen nicht mehr aus dem Sinn. Gut, wir übertreiben da ein wenig der starken Bilder wegen. Natürlich liefen die Menschen am Ende der christlichen Zeitrechnung nicht mehr halb nackt wie die Wilden umher, aber sie waren im Vergleich zu uns Wilde und würden es bleiben, auch wenn wir ihnen im Park Jeans und T-Shirts anziehen würden. Doch wir könnten dann nicht mehr so eindrucksvoll ihre Leiber vorführen, affenartig behaart, faltig, gebrechlich die Alten und voller Pickel die Jungen, entstellt von Östrogen und Testosteron, aufgedunsen von Schwangerschaften.

Die alte Menschheit war dabei, sich und die Erde zu zerstören. Trotz aller bewundernswerten Intelligenz fehlte es ihnen an gesundem Menschenverstand. Dabei gab es schon damals große Geister, die lehrten, die Vernunft sei das einzig wesentliche Kriterium des Menschen überhaupt. Einer hieß Emmanuel Kant. Man bewunderte ihn, aber zog nicht die richtigen Rückschlüsse aus der unumstößlichen Tatsache, die er damals formuliert hat:

Drei Dinge stehen außerhalb aller Vernunft – die Religion, der Krieg und die Liebe.

Wir haben die Vernunft von diesem dreifachen Ballast befreit. Die Fesseln der Religion wurden abgestreift. Schwierig erschien die Abschaffung der Kriege. Das hatte die Menschheit schon zu oft vergeblich versucht. Ganz und gar undenkbar aber erschien die Überwindung der Sexualität, des mächtigsten Triebes der belebten Natur und Ursprungs aller Gewalt.

Brunft ist Brutalität, so habe ich es im Unterricht gelernt.

Der Überlebenskampf in der Natur verlangt von den Männchen, dass sie um die Weibchen kämpfen. Siegenwollen, nein, Siegenmüssen, ist ein Urtrieb ihres Geschlechtes, was sich beim Menschen nicht zuletzt darin äußert, dass Kriege von Männern geführt wurden.

Die Natur hat diese Kampfhähne nicht nur mit mehr Muskelmasse, sondern auch und vor allem mit Hormonen ausgestattet, die ihre Aggressivität anstacheln, allerdings erst mit dem Eintritt der Geschlechtsreife. Wenn es gelänge, die Menschen möglichst lange in einem vorpubertären Entwicklungszustand zu halten, so wäre das der richtige Schritt in Richtung Vernunft.

Die Hormone, die man dafür benötigt, waren bekannt. Der Einwand, das sei unnatürlich, ließ sich leicht entkräften. In der Natur gibt es eine ganze Reihe von Beispielen, in denen Reifeprozesse hormonell zurückgestaut werden, vom Axolotl, das seine Larvenform beibehält und sich sogar in diesem vorpubertären Zustand fortpflanzt, bis zu den Aalen, die ihr ganzes Leben lang geschlechtslos bleiben und deren Paarungsbereitschaft erst am Ende ihres Daseins erwacht.

Generationen haben an diesem elementaren Eingriff in unser Leben gearbeitet. Das Resultat war eine neue Menschheit. Adam wurde noch einmal erschaffen, und dieses Mal nicht von einem fernen Gott, sondern von Menschenhand.

Damit aber wurde nicht nur die Vernunft von ihrem gefährlichen Ballast befreit. Probleme, die man seit ewigen Zeiten als unabdingbar hingenommen hatte, lösten sich mit einem Mal wie von selbst. Mit der Verdrängung des Sexualtriebs wurde ja nicht nur die Ursache aller Aggressivität abgeschafft, sondern auch die schlimmste Geißel der Menschheit. Im Jahr 2000 der alten christlichen Zeitrechnung gab es in Afrika mehr Aidskranke als Einwohner in ganz Kanada. Südlich der Sahara war jeder Dritte infiziert.

Mit dem Sieg über Aids und die Geschlechtskrankheiten wurden auch die Krankheiten verdrängt, die mit steigendem Alter anfallen, und das waren mit Abstand die meisten. Der größte Gewinn aber war der Sieg über das Altern. Was haben die Menschen nicht alles unternommen, um ihre Jugend zu bewahren! Sie haben in Eselsmilch gebadet, haben ihre Glatzen unter Perücken versteckt. Erschlaffte Haut wurde geliftet, Falten wurden unterspritzt, Tränensäcke verkleinert und Busen vergrößert. Alles vergeblich.

Mit Hilfe der hormonellen Purifikation ist es uns gelungen, die Geschlechtsreife des Menschen so weit hinauszuzögern, dass der vorpubertäre Lebensabschnitt sich über vier Jahrzehnte erstreckt.

Von allen Lebewesen besitzt der Mensch die längste Kindheit. Die Zeitspanne zwischen Geburt und Geschlechtsreife liegt bei der Mehrzahl der Säugetiere unter zwei Jahren. Beim Menschen dauert sie anderthalb Jahrzehnte. Je weiter die Geschlechtsreife hinausgeschoben wird, umso größer ist die Möglichkeit geistiger Entfaltung.

Welch geistiges Potenzial haben wir damit erschaffen! Hinzu kommt, dass Jungtiere sehr folgsam sind. Die Überlebensstrategie der Natur verlangt das so.

Ein Leben lang verfügt der neue Mensch über den Körper eines Zwölfjährigen.

Allerdings fließt dieser Jungbrunnen nicht für alle, kann nicht für alle fließen. Denn den Preis für die Kindheit der Blühenden bis an das Lebensende zahlen wir, die Ordensfrauen. Uns ist dieser Zustand nicht gegeben.

Wir müssen verwelken, damit die Mehrheit blühen kann.

Mein Spiegelbild erfüllt mich immer wieder mit Schrecken. Zwischen all den jungen Menschenkindern fühle ich mich wie eine vertrocknete Frucht. Nur meine Augen scheinen nicht mitgealtert zu sein. Im Gegensatz zu den Blühenden verfüge ich über Reife.

Blüte und Frucht sind jede auf ihre Art vollkommen. Zwischen beiden Entwicklungsstadien liegt die noch unreife Frucht, ein unfertiges Provisorium, das wir abgeschafft haben. Der neue Mensch ist entweder blühend jung, und das sein ganzes Leben lang, oder er altert wie wir Ordensfrauen. Seine Neuschöpfung bedurfte des Opfers einer Elite.

So wie das Heil der Menschen einst in den Händen der Priester lag, so liegt es heute in unseren Händen. Aber es gibt da einen entscheidenden Unterschied: Wir versprechen kein Paradies im Himmel, wir haben diesen Traum im Diesseits verwirklicht: einen Garten Eden auf Erden.

In diesem Punkt hatte der Sohn des alten Christengottes schon recht, wenn er prophezeite: »Wahrlich, ich sage euch, wenn ihr nicht werdet wie die Kindlein, ihr werdet das Paradies nicht erfahren.«

4. KAPITEL

So wie man beim Rückblick auf ein vergangenes Jahr die besonderen Ereignisse im Gedächtnis bewahrt, besteht auch ein Leben aus Hervorragendem und Unvergesslichem. Manchmal rinnt das Leben davon wie ein träge dahinfließender Strom, dann tost es in Wasserfällen davon, verharrt in Überschwemmungen, schießt durch enge Schluchten und verliert sich im Seichten, mal trübe, mal klar, spiegelt Wolken und Weidenbäume.

Ich erinnere mich noch sehr genau an den Tag, an dem Mater Meta Pamela in unserem Kinderhort erschien, um nach Auserwählten zu suchen. Wir Kinder saßen auf der Ufermauer am See und fütterten die Fische, fingerkleine, silbrig blitzende Geschöpfe, flossenfächelnd und flink. Sie schossen in dem grünklaren Wasser dahin wie die Schwalben in der Luft. Wäre ein Hecht aus dem Schilf herbeigeglitten, so hätte der Schreck, den er den Fischlein eingejagt hätte, nicht größer sein können als der, der uns beim Erscheinen von Mater Meta Pamela befiel. Ihr bodenlanges Gewand war so schwarz wie Rabengefieder. Ein Schleier bedeckte ihr Gesicht. Er war so spinnwebenleicht, dass ihr Atem ihn bewegte. Hinter dem dünnen Gewebe waren die Augen dunkle Schatten, mit denen sie uns ausgiebig betrachtete, wobei sie den Kopf ein wenig schief hielt, wie das die Raben tun, wenn sie einen Gegenstand prüfend beäugen. Hätte sie die Arme ausgebreitet, um mit schlappem Flügelschlag davonzufliegen, es hätte uns nicht gewundert. Alles an ihr erschien mir alt. Sie war der erste alte Erwachsene, dem ich begegnet bin.

Unsere Lehrer waren zwar alle viel älter als wir, aber sie waren sichtlich kinderjung.

Warum das so war, sollte ich schon bald erfahren, denn ich war eines von den drei Mädchen, die Mater Meta Pamela auserwählte. Damit widerfuhr meinem Leben eine so einschneidende Wende, wie sie manchen Insekten zuteilwird, bei denen sich die Raupe verpuppt, um sich in einen Schmetterling zu verwandeln. Nur verhielt es sich in meinem Fall umgekehrt. Mir war es beschieden, meine bunten Flügel abzuwerfen, um zum Insekt zu werden. Aber davon verspürte ich zunächst noch nichts, denn Großes ereignet sich so schlicht wie das Rieseln des Wassers, das Wandern der Wolken und das Wachsen der Bäume.

Das Monasterium liegt auf einer felsigen Halbinsel, die sich wie eine Knochenhand ins Meer krallt. Die Mauern der festungsartigen Oberstadt stürzen an drei Seiten steil in die schäumende See. Die dem Land zugewandte Fassade ist von hohen Zypressen verdeckt. Wer das eisenbeschlagene Tor passiert, betritt eine Welt, die sich von ihrer Umgebung so klar absetzt wie die Erde von dem darüber liegenden Himmel. Hier regieren die Reifen, die sich von den übrigen Bewohnern der Insel unterscheiden wie die Käfer von den Schmetterlingen. Hagere Gestalten mit verschleierten Köpfen.

»Das Schöne ist der Glanz des Wahren«, lehrten sie. Dabei erschienen sie mir so hässlich wie Fledermäuse. Und wie widerspruchsvoll sie waren. Sie überhäuften uns mit Aufgaben und verkündeten: »Anschauen ist wichtiger als lernen. Je länger das Auge auf einem Gegenstand ruht, desto mehr gibt er von seinem Geheimnis preis.«

Alles in dieser Oberstadt erschien mir fremd und düster. Ich fühlte mich wie ein Kolibri unter Graugänsen.

Wie gerne wäre ich eine Blühende geblieben, um mit meinen Spielkameraden auf einer Plantage die Tiere und Pflanzen zu versorgen. Danach warten dann andere interessante Tätigkeiten, vom Korallingießen über die Keimkraftgewinnung bis zum

Bootsführer und Bautenplaner, im Wechsel von drei, vier Jahren immer wieder neue, aufregende Aufgaben.

Mein erster Eindruck von der Welt der Reifen war erschreckend, obwohl mich alle liebevoll behandelten. Zum Glück gab es da noch andere frisch Auserwählte, die sich so verloren fühlten wie ich. Zudem fanden wir nur wenig Zeit, unserem verlorenen Paradies nachzutrauern. Der Unterricht erforderte unsere ganze Aufmerksamkeit. Er begann bei Sonnenaufgang und endete mit der Nacht.

»Warum seid Ihr so anders als wir?«, wollte ich wissen.

»Wir sind nicht anders, wir sind reifer«, belehrte mich Mater Nicarda, eine knochige Alte von behäbigem Temperament. Ihre alte Stimme klang freundlich, aber verwirrte mich bis auf den Grund meiner Seele.

An der Stirnwand der Großen Halle hing ein Bild, das einen Menschen zeigte, dem Haare im Gesicht wuchsen. Ich fand das sehr beeindruckend und fragte Mater Nicarda: »Werde ich auch einmal so aussehen wie dieser Löwenmensch?«

»Nein.«

»Warum nicht?«

»Weil er ein Mann ist, und du wirst einmal eine Frau sein.«

Eine Frau sein – dieser Satz ging mir nicht mehr aus dem Sinn. Was hatte das zu bedeuten? Natürlich wusste ich, dass es zwei Geschlechter gab, aber diesem Unterschied hatte ich bisher keine besondere Bedeutung beigemessen. So wie es Blonde und Dunkle gab, die ihr Haar offen oder als Zopf trugen, so hatten eben manche Kinder ein Schwänzchen, wo andere einen Schlitz hatten.

Schade, dachte ich, dass ich nicht so werden kann wie er. So wie Mater Meta Nicarda wollte ich auf keinen Fall werden. Sie erschien mir schrecklich alt.

Während wir über die Innenhöfe und durch die engen Gassen der Oberstadt wanderten, der Unterricht erfolgte im Laufen, erklärte sie uns:

»Alles fließt. Der gesamte Kosmos einschließlich unserer Leiber befindet sich in ununterbrochenem Wandel. Wir Menschen aber brauchen einen ruhenden Pol im Strom der Vergänglichkeit. Zur Verwirklichung dieses Wunschtraums erschuf man sich früher unsterbliche Götter, die ewiges Leben versprachen. Wir haben dieses elementare Bedürfnis vom Aberglauben befreit. Aber alle Kultur will Ewigkeit. Die altägyptische währte Jahrtausende, in denen unvergängliche Bauten wie die Pyramiden errichtet wurden. Ihre Tugend lautete: Lebendiges bewahren. Fortschritt ist Sünde.«

Mater Meta Nicarda verlangte: »Sprecht mir nach! Fortschritt ist Sünde.« Und wir wiederholten ihre Worte im Chor.

»Bis zur Erfindung der Dampflokomotive gab es keine höhere Reisegeschwindigkeit als die eines galoppierenden Pferdes. Flugzeuge flogen fast hundertmal schneller. Nur wenig später umrundeten Weltraumsatelliten die Erde, mehrmals an einem Tag. Diese schwindelerregende Geschwindigkeitszunahme ereignete sich auf allen Gebieten. Riesige Fabriken produzierten immer schneller, immer mehr. Das Rad des sogenannten Fortschritts drehte sich immer hektischer und wahnwitziger. Die Erde wurde von Jahr zu Jahr unbewohnbarer.

Jede Epoche hat ein bestimmtes, ihr eigentümliches Verhältnis zur Zeit. Überschreitet das Tempo eine bestimmte Geschwindigkeit, so zerfällt die bestehende Kultur. Die alte Menschheit hatte diese Schwelle überschritten. Der Fortschrittswahn hätte sie beinahe umgebracht. Wir haben das verhindert.«

So sprach Nicarda zu uns, und die Art, wie sie dabei ihre großen, faltigen Hände bewegte, hinterließ einen tiefen Eindruck auf meiner Kinderseele.

Unter den vielen Alten im Monasterium gab es eine junge Ordensfrau, die sich von den anderen so augenfällig abhob wie ein blühender Obstbaum in einem dunklen Tannenwald. Vielleicht kam mir das damals auch nur so vor, denn ich hatte ja bis dahin nie einen Menschen kennengelernt, der sich altersmäßig von den anderen unterschied. Sie hatte eine Mädchenstimme, und ihre Hände waren so glatt wie meine eigenen. Wenn sie lachte, und sie lachte oft, bewegte sich der Schleier vor ihrem Gesicht wie eine Fahne im Wind. Am erfreulichsten aber war ihr Unterricht. Beim Anblick eines Huhnes sagte sie:

»Eine heutige Henne unterscheidet sich in nichts von einer antiken. Sie trägt seit Jahrhunderten das gleiche Federkleid, bevorzugt und verschmäht das gleiche Futter. Hühner haben niemals neumodische Nester gebaut oder eckige Eier gelegt. Sie leben mit einer bewundernswert gleichbleibenden Haltung. Die Singvögel kommen nicht jede Saison mit einer neuen Melodie heraus, und die Störche fliegen nicht dieses Jahr nach Süden und nächstes Jahr in den Osten. Und würden die Bienen den Standpunkt vertreten: Wir wollen keine Königin mehr, es lebe die Demokratie!, so würden sie keinen Honig mehr produzieren.«

Lehrbücher gab es nicht, denn wir mussten das Lesen ja erst noch erlernen. Eine Kunst, die nur der Orden beherrscht. Den Blühenden wird alles Wissenswerte mündlich vermittelt. Für sie gilt: Spitzt eure Ohren! Lesen ist eine einsame Erfahrung. Keiner ruft: Wer Augen hat zu lesen, der lese! Aber es heißt: Wer Ohren hat zu hören, der höre! Kannst du nicht hören? Heißt: Kannst du nicht gehorchen?

Vor allem für uns Novizinnen gab es viel zu hören und zu gehorchen. Gelehrt wurde nach dem Grundsatz: Wenn du die Menschen glücklich machen willst, dann beschenke sie nicht, sondern beschneide ihre Wünsche. Um gesund zu bleiben, kann man gar nicht wenig genug essen. Zu viel Schlaf macht träge.

Ich lernte, dass in Seeland an die zehntausend Blühende leben, von denen uns viermal jährlich einhundert verlassen, während gleichzeitig einhundert neue Menschlein ins Leben gehoben werden. Das geschieht grundsätzlich bei Vollmond. Das Leben der Blühenden liegt ganz in den Händen der Reifen.

Und dann ist da natürlich noch die kleine Schar der Novizinnen, der ich fast zehn Jahre lang angehörte. Das erste Jahr verbrachte ich mit den anderen auserwählten Mädchen im Tympanon, dem Bienenhaus, einem Bau mit Kammern wie Honigwaben: eng aneinandergedrängt und doch getrennt. Es war das erste Mal, dass ich die Nacht allein in einer Zelle verbringen musste. Ein schmerzhaftes Erlebnis! Bis dahin hatte ich mit den anderen Kindern so eng zusammengelebt wie die Blumen in einem Beet.

Danach holt sich jede Ordensfrau eine Novizin in ihr Haus, denn es ist nicht gut, dass der noch Blühende allein sei, ein Urbedürfnis aus der Zeit, in der die Menschen noch paarweise als Mann und Frau zusammenlebten. Heute ganz und gar unvorstellbar, denn es gibt im Orden keine Männer.

So wie in christlicher Zeitrechnung alle spirituelle Macht in den Händen von männlichen Priestern lag, so sind wir im Orden alle weiblichen Geschlechts, und das im wirklichen Sinne des Wortes, denn im Gegensatz zu den Blühenden haben wir unsere natürliche Geschlechtlichkeit ja nicht abgelegt.

Das sollte ich schon bald am eigenen Leib erfahren. Ich weiß noch, wie entsetzt ich war, als ich bemerkte, dass mir Schamhaare wuchsen. Was hatte das zu bedeuten? Verwandelte ich mich in ein Tier? Ich hatte nie zuvor dergleichen bei anderen gesehen, und ich hatte oft Gelegenheit gehabt, Blühende jeden Alters beim Baden zu beobachten.

Von einer anderen jungen Novizin erfuhr ich, dass ihr Haare in den Achselhöhlen wuchsen. Ob alle Ordensfrauen behaarte Leiber hatten? Ich weiß noch, wie belustigend wir die Vorstellung fanden, die alten Ordensfrauen trügen ein Affenfell um ihre Scham. Wir hatten keine Gelegenheit, das herauszufinden, denn im Gegensatz zu den Blühenden, die bei jeder Gelegenheit ihre jungen Leiber zur Schau stellen, verhüllen die Reifen ihren alternden Körper unter dunklem Tuch. Und das mussten auch wir tun, obwohl wir noch so jung waren. Trotz unserer kahl geschorenen Köpfe erlebten wir uns unter unseren

Ordensgewändern durchaus noch nicht als Reife, sondern als Blühende, und das war kein beglückendes Gefühl, denn als Unreife unter Reifen fühlte ich mich wie eine Kaulquappe unter Fröschen. Die Verwandlung, die meinem Leib widerfuhr, erfüllte mich anfangs mit Angst, später mit Erstaunen, aber schon bald mit Lust.

Es geschah, als ich neugierig meine heranreifenden Brüste betastete. Wann immer meine Finger die Spitzen streiften, erhoben sie sich dunkel und hartfleischig wie Hahnenkämme und ließen mich lustvoll erschauern. Beim Auszupfen von Härchen bemerkte ich den warzenartigen Knubbel am oberen Rand meiner Scheide. Er war wohl schon immer dort, aber ich habe ihn nicht zur Kenntnis genommen. Jetzt begann ich damit zu spielen und konnte nicht mehr aufhören.

Ich entdeckte in mir eine fast ekstatische Lebendigkeit, sinnliche Lebensfreude bis unter die Haut, in jedem Atemzug bis in die Spitzen meiner Brüste. Dabei habe ich mich zum ersten Mal verliebt, verliebt in mich selbst.

So begann eine aufregende Entdeckungsreise. Und es war nicht nur die Lust, die ich mir selbst zufügte, nicht das Spiel der Finger und das Reiben der Schenkel. Die alltäglichsten Dinge erschienen mir mit einem Mal in erotisierendem Licht. Wenn ich jetzt den nackten Blühenden beim Ballspiel zuschaute, so empfand ich mehr als nur Freude an ihren vollendet schönen Körpern. Ich erlebte am eigenen Leib, welche beseligende Magie von der Sexualität ausgeht. Und wie richtig es war, sie wie eine gefährliche Droge nicht allen zugänglich zu machen. Dabei schloss ich mich als Ordensfrau natürlich aus. Ich genoss dieses erotische Vorrecht, das mir ganz allein gehörte, denn die Blühenden erleben es erst sterbend, und die Mehrzahl der Ordensfrauen erschien mir damals so saftlos wie alte Bäume. Unvorstellbar, dass diese alten Jungfern fähig sein könnten, meine sexuellen Höhenflüge in ihren faltigen Leibern zu erfahren.

So oder ähnlich habe ich wohl damals gedacht.

Ich versuche mich zu erinnern, aber man vergisst so schnell. Dabei ist es durchaus nicht so, dass die Vergangenheit im Alter verblasst. Das Gegenteil ist vielmehr richtig: Im Alter wird die Gegenwart von der Vergangenheit verdrängt. Würde ich sonst die kostbare Lebenszeit, die mir noch bleibt, mit einer Lebensbeichte vergeuden?

5. KAPITEL

Fahles Morgenlicht tropfte durch dunkle Wolken, als Mater Metula mich in ihr Haus holte. Langsam, fast schrittweise quälte sich der Wagen über holprige Wege. Das Schnaufen der Esel mischte sich mit dem Knarren der Räder und dem Geschrei der Möwen. Ich kauerte neben Mater Metula und hatte ausgiebig Gelegenheit, sie aus der Nähe zu betrachten. Sie hatte sich seit unserer ersten Begegnung verändert. Sie war dick geworden, etwas zu dick für eine Ordensfrau. Sie bewegte sich behäbig, hatte braunfleckige Hände und sprach mit lauter Stimme, was ich anfangs für ein Zeichen von Tatkraft hielt, was sich aber später als Schwerhörigkeit herausstellte. Vor allem aber war sie alt, alt wie ihre steinerne Behausung.

Die Häuser der Ordensfrauen liegen am Fuß eines dicht bewaldeten Bergrückens. Ein gewundener Pfad verbindet die weit auseinanderliegenden Hütten miteinander. Auf den Dächern wächst Moos, beschattet von Steineichen, Kastanien und weit ausladenden Platanen. Dazwischen wuchern Weißdorn und wilder Rosmarin, Baldrian und Oleander und viel Einsamkeit.

»Warum wohnst du so weit weg von den anderen?«, wollte ich wissen.

»Wir Ordensfrauen wohnen alle für uns alleine. Wir brauchen die Abgeschiedenheit wie die Blühenden ihre Gemeinsamkeit.«

Mater Metulas Haus liegt am oberen Rand eines Steilufers. Die Luft ist erfüllt vom Schlagen der Wellen gegen die felsige Wand und von den dünnen, schrillen Schreien der Möwen.

Nie werde ich den Augenblick vergessen, in dem Mater Metula ihr Gesicht entblößte. Gleich nach unserer Ankunft in ihrem Haus schlug sie den Schleier zurück, und ich musste an mich halten, um nicht laut aufzuschreien. Ich blickte in eine Fratze voller Furchen und Falten und mit Tränensäcken unter den Augen. So also sah das Alter aus. Ich begriff, warum die Reifen Schleier tragen. Sie verhüllen sich, um uns Kindergesichtige nicht in Angst und Schrecken zu versetzen. Aber wieso »uns Kindergesichtige«? Ich gehörte nicht mehr dazu.

Ich war eine Morituri, eine Opferbereite, und würde eines Tages so aussehen wie diese Greisin, die mich in ihr Haus geholt hatte, damit ich so würde wie sie. Zum ersten Mal wurde mir bewusst, dass ich kein Vorrecht genoss, sondern einen scheußlich schweren Weg zu gehen hatte.

Man sagt, die Gewohnheit überwindet alles, sogar den Tod. Und so gewöhnte ich mich schon bald an das Gesicht, das mich bei seinem ersten Anblick so erschreckt hatte. Ja, ich fand es sogar liebenswert. Mater Metula sah gütig aus und hatte einen sanften, traurigen Blick, der in seltsamem Gegensatz zu ihren Lachfalten stand. Ich beschloss, sie »Mam« zu nennen, was nicht so distanziert klang wie »Mater Metula«, und sie hatte nichts dagegen.

Wie die Ordensregel es verlangte, schliefen wir in einem Bett. Es war ein breites Bett, aber ich hätte nichts dagegen gehabt, wenn es schmaler gewesen wäre, denn von Kindheit an habe ich mein Bett mit anderen geteilt. Alleinsein macht Angst, vor allem in der Nacht. In dieser Hinsicht sind wir wie die Schafe. Als kleines Mädchen habe ich erlebt, wie ein Schafstall in Flammen stand. Die Tiere drängten sich ängstlich blökend aneinander und wollten den Stall nicht verlassen. Die Menschen trugen sie auf ihren Armen ins Freie, aber die geretteten Tiere rannten immer wieder Schutz suchend zur Herde zurück. Sie verbrannten lieber, als allein zu sein. Auch die Blühenden fürchten sich vor dem Alleinsein. Die Reifen müssen es mühsam erlernen.

Die meisten Ordensfrauen sind schweigsame Geschöpfe. Ohne viel Worte zu verlieren, erledigen sie ihre Aufgaben. Ganz anders Mam. Sie war eine erstaunlich gute Erzählerin.

In dem Apfelbaum vor unserem Fenster hatte sich ein Amselpaar sein Nest gebaut und vier Eier hineingelegt, die sich schon bald in winzig kleine Lebewesen verwandelten.

Nur auf Armeslänge von ihnen getrennt, hockten wir hinter der Gardine, um die hilflosen Nackedeis zu beobachten. Sie schienen unersättlich zu sein, rissen ständig ihre viel zu großen Schnäbel auf und schrien nach Futter, als müssten sie hungers sterben.

»Schau nur, wie liebevoll die Eltern für ihre Kinder sorgen«, flüsterte ich, als die Mutter zum unzähligsten Male mit einem zappelnden Wurm auf dem Nestrand landete. »Ob die Armen wohl noch Zeit finden, ihren eigenen Hunger zu stillen?«

»Die werden schon nicht verhungern«, meinte Mam. »Sie sind ja zu zweit, und die ganze Anstrengung dauert nicht länger als ein paar Tage, dann sind die Jungen flügge. Bei den meisten Geschöpfen dauert die Aufzucht Monate oder sogar Jahre. Es ist naturgewollt, dass die Alten die Jungen versorgen, und nicht etwa die Jungen die Alten.«

»Die Jungen die Alten«, rief ich lachend. »Wie kann das sein?«

Die Vorstellung, dass die Alten mit aufgerissenen Schnäbeln im Nest hockten und von ihren Jungen gefüttert wurden, erschien mir allzu blödsinnig.

»Du meinst, das gibt es nicht«, sagte Mam. Sie goss unsere Tassen voll Tee, und dann erzählte sie von den Alten, die von den Jungen gefüttert wurden.

»Jahrtausendelang sind die jungen Männer in den Krieg gezogen, bereit, ihr Leben dem Vaterland zu opfern. Die meisten taten es freiwillig und freudig, denn der Heldentod war eine ruhmvolle Auszeichnung. Nicht jeder durfte mitmarschieren, wenn das Vaterland zu den Waffen rief. Nur die Tapfersten fanden den Tod in der Schlacht, denn wer eine Tragödie überlebt, ist nicht ihr Held gewesen. Erst die Massenvernichtungswaffen haben dieses Ideal entwertet Nun wollte keiner mehr den Heldentod sterben.«

»Der Vernunft sei Dank!«, rief ich.

Mam schüttelte ihren kahlen Kopf. »Das sahen die damaligen Machthaber aber ganz anders. Sie verkündeten: Wir müssen wieder lernen, für das Vaterland zu sterben, freiwillig und freudig. Der Feind lauert nicht links oder rechts, sondern mitten unter uns. Er spricht weder Russisch noch Chinesisch, ist weder schwarz noch rot, sondern alt, zu alt. Weltweit nehmen die Alten in erschreckender Weise zu. In den reichen Ländern muss jeder Arbeiter für drei Alte mitverdienen. Wohlgemerkt: drei Alte. Kranke und Kinder nicht mitgerechnet. Keine Gesellschaft kann sich das auf Dauer leisten. Und selbst wenn sie es könnte, wäre das sinnvoll und vernünftig? Ein Vogel, der in seinem Nest drei Junge füttert, dient seiner Art. Er erfüllt einen höheren Auftrag.«

Mam trank von ihrem Tee und meinte: »Damit kehren wir wieder zum Anfang unserer Geschichte zurück, zur Opferbereitschaft für das Vaterland. Es ist nicht einzusehen, sagten die Mächtigen, warum die Siebzigjährigen nicht genauso begeistert in den Tod ziehen sollten wie die Siebzehnjährigen. So wie man gestern die Söhne zum Schlachtfeld rief, so werden halt morgen die Großväter an der Reihe sein. Und wegen der Gleichberechtigung müssen auch die Großmütter nicht zurückbleiben.

Der Tod wurde in verlockenden Farben gezeichnet: Unter wehenden Fahnen, mit Marschmusik und donnerndem Hurra werden die Helden durch die Straßen marschieren. Die Menschen werden sich zu Tausenden drängen, denn heute ist der Tag des Heldentodes, der nationale Feiertag für alle. Die Mädchen werden den Vorbeimarschierenden Blumen und Kusshände zuwerfen. Die Buben werden mit leuchtenden Augen auf die Helden blicken. Wie gerne würden sie mitmarschieren: ›Mami, warum darf ich nicht?‹ ›Später, mein Junge, wenn du so alt wie der Opa bist.‹

Sie werden zum Ehrenmal des unbekannten Alten ziehen. Dort wird ein junger General zu ihnen sprechen. Und dann singen sie alle das Lied vom guten Kameraden.

Später, nach einem Fanfarenstoß und einem Salut aus hundert Kanonen, werden sich die bronzenen Flügeltüren der großen Heldenhalle öffnen. Im ganzen Land werden die Glocken läuten. Umrauscht von Wagner-Klängen, werden die Todbereiten in die heiligen Hallen einziehen, wo man ihnen das Lebenslicht ausblasen wird. Kein schöner Tod, aber der Ruhm fordert seinen Preis. Das war schon immer so.

Die unterirdischen Krematorien werden noch brennen, wenn in der Heldenhalle die Bronzetafeln mit den Namen der Gefallenen aufgestellt werden. Viele sind viel jünger als fünfundsechzig. Sie haben nicht gewartet, bis man sie einzog. Sie haben sich freiwillig gemeldet, fürs Vaterland.

Wir starben für euch, steht über dem Eingangsportal.

Am Rande der Stadt aber dämmern in einem Altenheim ein paar feige Strolche und Kriegsdienstverweigerer ihrem unehrenhaften Ableben entgegen. Auf sie warten die Schläuche der Intensivstation, Krebs und Verkalkung, Zahnfäule und Verfall. Aber sie haben es nicht besser verdient.«

Mam trank ihren Tee aus und nickte mit dem Kopf, so als wollte sie sagen: Ja, so war das damals.

»Hat es so etwas wirklich gegeben?«, fragte ich ungläubig, und sie erwiderte lachend: »Nein, natürlich nicht, aber so hätte es kommen können, wenn wir das Altenproblem nicht auf humane Art gelöst hätten.«

Ich erinnere mich an diese Geschichte deshalb so genau, weil sich mir damals zum ersten Mal die Frage nach unserem Ableben aufdrängte. Umgeben von gleichbleibend jungem Volk, kommt einem Kind, und das war ich ja noch, die zeitliche Begrenzung seines Dasein gar nicht in den Sinn. Wer denkt bei einer fröhlichen Kahnpartie schon an die Mündung des Flusses, auf dem er dahintreibt.

Als ich Mam fragte: »Wie enden wir eigentlich?«, erwiderte sie: »Wir Morituri verdorren. Das Leben der Blühenden aber endet in rauschender Glückseligkeit. Ihr Paradies ist nicht eine alberne Verheißung im Jenseits. Sie erfahren das Paradies leibhaftig und lebendig auf Erden.«

»Und wie geht das vor sich?«, wollte ich wissen.

»Eigentlich bist du noch zu jung für dieses Thema, aber ich will versuchen, es dir dennoch zu erklären.« Sie zog meinen Sessel dichter zu sich heran, nahm meine Hände in die ihren und blickte mir in die Augen, wie sie es immer tat, wenn sie etwas Wichtiges mitzuteilen hatte: »Du hast von dem Hormon gehört, das die Blühenden erhalten, um sie vor dem Welken zu bewahren. Am Ende ihres vierten Lebensjahrzehnts wird es abgesetzt. Damit aber wird die Geschlechtsreife ausgelöst. Das geschieht viermal jährlich bei Vollmond, und zwar gleichzeitig für alle Aspiranten eines Jahrgangs. Diese Metamorphose ist ein unbeschreibliches Finale, ein Wunder der Verwandlung. So wie Engerlinge zu Maikäfern werden, so entpuppen sich glatthäutige Knaben zu bärtigen Männern. Ihre Stimmen werden tiefer, ihre Muskeln härter. Den mädchenhaften Frauen aber schwellen fleischige Brüste. Die Art, wie sie ihre Leiber bewegen, sich die Lippen lecken, lachen und laufen, wirkt auf die Bärtigen so verlockend wie der Duft der Blüten auf die Bienen.

In den Monaten der leiblichen Reifung leben Männer und Frauen noch getrennt voneinander auf verschiedenen Inseln. Wenn sie dann aber auf Arkadien, dem Eiland der Glückseligkeit, zusammengeführt werden, so erleben sie die letzte Lust wie die Lachse, die sich auch erst am Ende ihres Lebens paaren und dabei in tödliche Raserei verfallen. Auch andere Lebewesen beenden ihr Dasein mit der Begattung, aber kein Geschöpf scheidet so lustvoll aus dem Leben wie der neue Mensch.«

Sie war aufgestanden und lief in großer Erregung durch den Raum. Dabei bewegte sie ihre Hände so ausdrucksvoll, als spräche sie von den letzten Geheimnissen des Lebens.

»Lupernika, das ist ein Freudenfest bei Fackelschein, jauchzende Gesänge und aufpeitschende Trommelrhythmen, Leidenschaft nahe beim Wahnsinn, rauschhafte Steigerung der Sinne bis zur Selbstauflösung.«

Ich war noch zu jung, um zu begreifen, welche Art von Lust den Blühenden da widerfuhr. Ob das etwas mit der Lust zu tun hatte, die ich mir selber zufügte? Erschreckt nahm ich jedoch zur Kenntnis, dass sie allesamt ihr Leben verloren. »Warum müssen sie sterben?«, fragte ich.

»Weil sie blühen. Schau dir die Blumen in unserem Garten an. Ihre leuchtende Pracht währt nur ein paar Tage. Es gibt keine Schönheit, keine Jugend, kein Glück ohne Vergänglichkeit. Alles, was blüht, muss welken und vergehen.«

»Aber das geschieht ohne unser Eingreifen. Wir nehmen den Blumen nicht das Leben. Sie können blühen, bis sie von ganz allein vergehen.«

»Du meinst, Leben nehmen sei unnatürlich? Kein Tier stirbt auf freier Wildbahn an Altersschwäche. Es wird von Mikroben oder Raubtieren umgebracht. Die Natur hat das Sehr-alt-Werden nicht vorgesehen. Sie will, dass sich ein Organismus fortpflanzt. Danach verliert er seinen naturgewollten Sinn und wird beseitigt. Das ist natürlich. Widernatürlich ist der sanfte Tod auf dem Sterbelager in hohem Alter.«

»Aber warum müssen sie schon so früh aus dem Leben scheiden. Warum können sie nicht länger leben?«

»Jahrtausendelang sind die Menschen nicht so alt geworden wie wir Heutigen. Die meisten starben schon viel früher. Ein Heer von Achtzig- und Neunzigjährigen gab es erst am Ende der christlichen Zeitrechnung und war wie vieles aus jener Zeit krankhafte Entartung.«

»Warum krankhaft?«, wollte ich wissen.

»Millionen von Greisen führten damals ein erbärmliches Leben, das sich auch langes Sterben nennen ließe.«

Als wir am anderen Morgen die Vorhänge vor unserem Fenster zurückschoben, lagen die jungen Amseln noch leblos in ihrem Nest. Die viel zu großen Schnäbel, die sie sonst weit aufgesperrt den Alten entgegenstreckten, lasteten stumm auf dem Nestrand.

»Nun schau dir diese müde Bande an!«

»Sie sind nicht müde, sie sind tot«, sagte Mam.

»Tot? Wie ist das möglich? Wer hat das getan?«

»Niemand.«

»Aber, sie können doch nicht einfach …«

»Doch, sie können«, unterbrach sie mich. »Das Leben der kleinen Nestvögel ist zerbrechlich wie dünnes Glas. Auch unsere Säuglinge werden nicht alle groß. Nur die Stärksten überleben und, das muss so sein, um ein Leben lang blühen zu können. Aufzucht und Auslese bleiben bei den Tieren dem Zufall überlassen. Das In-die-Welt-Heben unserer Kinder aber ist eine Wissenschaft von höchster Verantwortung, von der unser aller Existenz abhängt.

Früher benötigte man für so unbedeutende Dinge wie das Lenken eines Autos eine Ausbildung nebst Erlaubnis, aber jeder Dummkopf konnte ohne Befähigungsnachweis Kinder zeugen und großziehen, aus denen sich dann der Abschaum der Menschheit entwickelte, der unseren Planeten fast unbewohnbar gemacht hat.«

Ich wollte wissen, wann wir die Insel allen Ursprungs endlich besuchen würden, und Mam vertröstete mich wie schon so oft mit dem Versprechen: »Später, mein Kind, später.«

Als ich nicht aufhörte zu betteln, gab sie endlich nach und erzählte mit großen, leuchtenden Augen, so als spräche sie von einem Wunder.

»Die Brutzentrale besteht aus einer langen Reihe von riesigen Aquarien, mit glasklarem Fruchtwasser gefüllt. Darin schwimmen madenhaft blass die Heranreifenden. Nabelschnüre und Versorgungsleitungen umwabern sie wie Schlingpflanzen. Hin und wieder bewegt sich ein Beinchen. Hände greifen froschartig ins Leere. Ein kahler Kopf auf halslosem Leib pendelt gegen die Glaswand. Das alles ereignet sich in rötlichem Dämmerlicht bei absoluter Lautlosigkeit.«

In meinen Träumen sehe ich das so lebendig vor mir, als wäre ich dort gewesen, was ich ja auch war.

Ich träume nicht gern von früher.

In immer wiederkehrenden Albträumen schreckt mich die Vergangenheit: Unbewohnbar die nördliche Seite des Erdballs, verstrahlt von verunglückten Atomreaktoren und undichten Endlagern. London und Paris gehören den Ameisen und Kakerlaken, denen die Strahlung nichts auszumachen scheint. Verkrüppelte Ratten bevölkern die leer stehenden Gebäude. Auf den Autobahnen wuchert das Unkraut. Riesige Stahlmasten, die einst alle Welt mit elektrischem Strom versorgten, stehen mit ausgebreiteten Armen auf verödetem Land, als wollten sie das Dahingeschiedene segnen. Götzen einer untergegangenen Zivilisation.

6. KAPITEL

Es regnete, als ich Urutawa, die Insel allen Ursprungs, zum ersten Mal besuchte. Am Himmel zogen graue Wolken, und über dem Meer dampfte der Nebel. Eine Ordensschwester erwartete uns am Steg des kleinen Hafens. Sie führte uns zu einer Gruppe von riedgedeckten Häusern unter hohen Zypressen. Die Äste hingen regenschwer bis auf den Boden herab. Wir suchten eines der Häuser auf, in dem die Neugeburten versorgt werden.

Runde, nestartige Betten hängen dort an Hanfseilen von der Decke herab. Sie geraten in sanft pendelnde Bewegung, wenn die Kleinen mit ihren Beinchen strampeln, und das tun sie ständig. Viele tragen um den Kopf einen turbanartigen Verband, der in seltsamem Gegensatz zu ihren nackten Leibern steht.

Ich erschrak bei dem Anblick und rief entsetzt: »Was ist denn mit diesen armen Kindern geschehen?«

»Das sind keine Unfallopfer«, belehrte mich Mater Metula. »Das sind Beschnittene.«

»Beschnittene?«, fragte ich ungläubig.

»Die hormonelle Purifikation war ein erster Schritt, aber er allein reichte nicht aus, den Menschen von Grund auf zu erneuern.« Mater Metula wandte sich an die Ordensschwester: »Erklär du es ihr!«

Die Schwester, dunkelhäutig und vollbusig, mit auffallend weißen Zähnen, strich sich über den glatt rasierten Kopf und begann ohne zu stocken mit ihrem Bericht, so als hätte sie ihn auswendig gelernt:

»Unsere Vorfahren waren wie Obstbäumchen, die unbeschnitten heranwuchern. Jeder, der glaubt, dass sich damit brauchbare Ernten erzielen lassen, ist ein Narr. Pflanzen wie Menschen bedürfen der Veredelung. Schon die alten Ägypter kannten diesen Eingriff. Dabei wird den Neugeborenen der noch weiche Kopf so verformt, dass der Teil des Gehirns, der für das Kausalitätsdenken zuständig ist, durch ein bildhaftes Erinnerungsvermögen ersetzt wird.«

Sie berührte mit dem Zeigefinger ihren Scheitel und erklärte: »Hier haben Neugeborene eine offene Stelle in der Schädelplatte, die in den ersten Lebensmonaten zuwächst. Wir verhindern das. Unser Denkvermögen steht mit der Verhärtung des Schädels in unmittelbarem Zusammenhang. Das Offenbleiben der Fontanelle bewirkt grundlegende Veränderungen in der Verarbeitung der Sinnesreize. Daraus ergibt sich eine enge Verbundenheit mit den Kräften der Natur. Bei den alten Ägyptern blieb dieser Eingriff den Pharaonen vorbehalten, die daraus ihre überlegenen Kräfte schöpften.«

»Wie ich sehe, tragen auch hier nicht alle Kinder den Kopfverband«, unterbrach ich sie.

»Wir beschneiden nur die Mädchen.«

»Und warum?«

»Im Altertum sind nur die Jungen beschnitten worden. Wenn auch an anderer Stelle. Jetzt sind wir dran.«

»Dem männlichen Teil der Menschheit belassen wir das alte Kausalitätsdenken, da es für bestimmte Produktionsvorgänge von Vorteil ist«, schaltete sich Mater Metula in unser Gespräch ein.

Ich strich mir über den Kopf und fragte: »Bin auch ich beschnitten …?«

»Ja, auch dir ist wie allen Frauen die Trepanation zuteil geworden.«

Die Schwester schaute mich an, und als ich mit dem Kopf nickte, fuhr sie fort:

»Im Leben der Inder spielte das Prana eine wichtige Rolle. Prana ist die Energie, die nicht dem Verstand unterliegt, sondern der Atmung. Mit Hilfe dieser Kraft können Menschen über glühende Kohlen laufen, ohne sich zu verbrennen, sind in der Lage, Dinge zu tun, die sich verstandesmäßig nicht erklären lassen.

Die alten Chinesen wussten, dass jeder Mensch eine Art Kraftwerk ist, in dem eine Lebensenergie erzeugt wird, die zwischen einer einzelnen Persönlichkeit und der Natur energiemäßige Zusammenhänge schafft.

Wir haben dieses alte Wissen wieder zum Leben erweckt. So wie man im Atomzeitalter aus Uran, Öl und Steinkohle Energie gewann, so haben wir es geschafft, die Samenkraft in unseren technischen Dienst zu stellen.«

Sie griff in ihre Schürzentasche und holte ein paar Körner hervor.

»Schau dir diesen Samen an«, sagte sie. »In ihm schlummert eine Kraft, die bewirkt, dass aus ihm ein Keim hervorsprießt. Die Natur kann diese im Korn ruhende Kraft wecken. Die Menschen der vergangenen Kulturen konnten es nicht. Blind für die Bioenergie, befassten sie sich mit den toten Kräften der Materie. Sie ruinierten die Atmosphäre mit Verbrennungsabgasen, die Meere mit Erdöl und ganze Landstriche mit radioaktiver Strahlung.

Unsere Energieversorgung basiert auf Keimkraft, und der Weg dorthin führt über die Trepanation, über die Umstrukturierung unserer Gehirne.

Spätere Jahrhunderte werden unsere Ära einmal das Keimkraftzeitalter nennen, so wie wir rückblickend vom Atomzeitalter sprechen. Es ist seit der Nutzung des Feuers die wohl wichtigste Entdeckung des Menschen. Die neue Energie belastet die Natur nicht, denn sie ist ein Teil der lebendigen Natur. Und vor allem lässt sie sich mit geringem technischem Aufwand erzeugen.«

»Aber warum sind dann unsere Vorfahren, die schneller als der Schall flogen und sogar auf dem Mond landeten, nicht auch auf so eine einfache Lösung gekommen?«, fragte ich, und erhielt zur Antwort: »Weil ihnen das Geheimnis des Lebens verschlossen blieb. Sie suchten es in den Genen und Chromosomen, und das ist so aussichtslos, als wollte man das Geheimnis der Musik in dem Holz einer Flöte suchen.«

Auf der Rückreise schien die Sonne. Wir lagen auf dem Deck, schälten Orangen und beobachteten die Delfine, die neben uns durch die Wellen schnellten.

Wir kamen noch einmal auf die Keimkraft zu sprechen.

»Sie wurde mehr erträumt als erdacht«, sagte Mater Metula. »Wahrnehmung ist wichtiger als Verstand. Die Verhirnung führt zu Realitätsverfall. Die Welt wurde zerdacht. Lange Zeit war das Atom der kleinste Baustoff der Materie. Dann wurde auch das immer mehr zerlegt, zu Protonen und Elektronen und am Ende gar zu Strings.«

Ich fragte: »Strings? Was ist das?« Ich hatte noch nie davon gehört.

»Das sind Teilchen von unvorstellbarer Winzigkeit. Wie winzig, erkennt man erst, wenn man weiß, dass die Größe eines Strings sich zum Durchmesser eines Atoms verhält wie dieses zum ganzen Sonnensystem. In diesem unbegreiflichen Mikrokosmos gelten selbst die ehernen Gesetze der Mathematik und Physik nicht mehr.« Sie machte mit ihrer faltigen Hand eine wegwerfend Bewegung und sagte kopfschüttelnd: »Die Experimente wurden immer wahnwitziger und unbezahlbarer. Weil man wissen wollte, wie das Universum entstanden ist, wurden Unsummen für die Herstellung eines Urknalls ausgegeben. Der dauerte nur eine Milliardelstesekunde und war mehrere Billionen Grad heiß, was aber nicht messbar war.

Auf der Suche nach einer Weltformel, mit der sich alles berechnen ließ, verschlossen sie die Augen vor der Tatsache, die da lautet: Mit der Lösung aller wissenschaftlichen Fragen werden die Fragen, die unsere Existenz betreffen, nicht einmal berührt.«

»War der Atomzeitmensch dumm?«

»Nein, das war er ganz gewiss nicht. Aber in einem Punkt war er es doch. Er glaubte allen Ernstes, Leben ließe sich mit Hilfe einer Ursuppe auf chemisch-physikalischem Wege neu erzeugen. Er vermochte nicht einzusehen, dass das Leben wie das All keinen Anfang und kein Ende hat. Wie der Same einer Pflanze breitet es sich im All aus, um dort, wo es die richtigen Voraussetzungen vorfindet, sich zu neuen Lebensformen zu entfalten.

Mikroben, vor allem Viren, sind sehr widerstandsfähig. Im Inneren eines Gesteinsbrockens, vor kosmischer Strahlung geschützt, können sie Jahrmillionen in einer Sonnenlaufbahn überleben. Vermutlich geschieht es heute noch, dass solche Lebenskeime bei uns landen. Täglich stürzen Hunderte von Meteoriten auf die Erde. Raumschiffe von unfassbarer Winzigkeit mit Außerirdischen an Bord.«

7. KAPITEL

Den Nachmittag hatte ich mit Mam hinter dem Haus in der Sonne verbracht. Ohne ihr schwarzes Obergewand sah sie nackt aus, verletzlich wie eine Muschel ohne ihre Schale. Nun neigte der Tag sich seinem Ende zu. In der Ferne blinkte müde das Meer. Die Luft war erfüllt vom Duft der Pinien und Korkeichen. Der Wind, der von der See her wehte, war eingeschlafen. Das Zirpen der Zikaden hatte das Summen der Bienen abgelöst. Nachdem Mam längere Zeit damit verbracht hatte, ins Leere zu starren, erhob sie sich schwerfällig von ihrem Liegestuhl und verkündete: »Kind, ich gedenke einen langen Schlaf zu tun.«

Als ich anderen Tages nach ihr sah – die Sonne stand schon hoch am Himmel –, schlief sie noch immer. Da ihre Nase ständig verstopft war, pflegte sie auf dem Rücken zu schlafen, mit weit geöffnetem Mund. Ich beugte mich über sie und stellte fest, dass ihre Augen offen standen. Ich berührte ihre Wange und schrak zurück. Kalt und leblos wie Kerzenwachs war die Haut. Ich fasste sie bei den Schultern, wollte sie wachrütteln. Sie war steif, wie aus Holz. Sie war noch anwesend und doch schon unerreichbar weit fort. Es war schaurig, unbeschreiblich schaurig! Vieles aus jener Zeit habe ich vergessen, aber nicht meine erste Begegnung mit dem Tod.

Erinnerungen können sehr trügerisch sein. Sie spiegeln nur selten die Vergangenheit wider, denn unser Gedächtnis bewahrt nur jene Erlebnisse, die es für wert hält, aufbewahrt zu werden. Vieles überlebt nur skizzenhaft und geschönt. Das meiste versinkt im Vergessen. Mams Tod aber war eine Erfahrung, die sich mir tief eingeprägt hat.

Das also war der Tod, der einen lebendigen Leib zu einem Gegenstand werden ließ. Ich erfuhr die traurige Fremdheit, die sich auftut zwischen dem toten Körper eines Menschen und den Menschen, die ihn noch vor wenigen Atemzügen geliebt haben. Eine Erfahrung, die den Blühenden erspart bleibt. Wenn sie dem Tod begegnen, so ist es ihr eigener, und den erleben sie in höchster Verzückung. Für sie trägt der Tod eine goldene Maske. Ich begann die Blühenden um ihre heile Kinderwelt zu beneiden.

Plötzlich lag etwas Unfassbares in der Luft, eine unsichtbare Bedrohung, als ob ein unangenehmer Geruch sich ausbreitete. Er durchdrang das Haus, den Geschmack der Speisen und sogar den Garten. Rosmarin, Baldrian und Myrten dufteten nicht mehr wie früher. Der Tod hatte die Welt verändert.

An die Bestattung erinnere ich mich nur mit Schaudern. Mitten in der Nacht hatten wir die Leinen losgemacht, um die Tote auf ihrer letzten Reise zu begleiten. Die See war ruhig, als wüssten die Wellen, warum wir sie zur Nachtzeit mit unseren Booten befuhren. Als wir die Toteninsel erreichten, zeigte sich der Mond hinter den nachtschwarzen Zypressen. Wie Grabstelen ragten sie in den Himmel, so als hielten sie Totenwache an den Toren zur Unterwelt. Im kalten Mondlicht trugen wir den Leichnam an Land, eingewickelt in weißes Tuch. Der ganze Orden war anwesend, um Abschied zu nehmen. Keine von uns fehlte. Es war das erste Mal, dass ich an einer Bestattung teilnahm. Wir folgten einem engen Pfad durch dorniges Gestrüpp. Felsbrocken wechselten mit kahlem Boden, bis wir die höchste Erhebung des unheimlichen Eilandes erreicht hatten.

Auf einer Steinplatte aus grauem Granit wurde der Leichnam niedergelegt. Niemand verlor ein Wort. Die Stille war erdrückend. Unbeweglich wie Bäume umstanden wir die Verstorbene. Endlos erschien mir dieses stumme Verharren. Selbst die

Brandung schien innezuhalten. Erst als eine Panflöte ertönte, lösten sich die Frauen aus ihrer Starre. Mit erhobenen Armen und sorgsam gesetzten Schritten umtanzten sie den grauen Granit. Ihre Schatten huschten über den blassen Leib der Toten. Eine Wolke schob sich vor den Mond.

Der Spuk erlosch so plötzlich, wie er begonnen hatte. Alle starrten auf den Stein, so als würde sich dort gleich ein Wunder ereignen. Fahles Mondlicht sickerte durch die Zweige. Ein Aufschrei! Bewegte sich da nicht etwas? Eine dünne, fast durchsichtige Schlange kam den Grabstein emporgeglitten und tastete sich erregt zitternd auf die Tote zu. Der Mond war jetzt gänzlich hinter der Wolke hervorgeglitten, und nun erkannte auch ich, was sich da auf den Leichnam zubewegte. Es waren Ameisen, ein ganzer Strom von Ameisen tauchte ein in die Höhlungen des Leibes, in Ohren, Nase, Mund, Augen, umhüllten die Tote mit einem Gewand aus unzähligen kleinen krabbelnden Körpern.

Ich fand das so abscheulich, dass ich mich erbrechen musste.

Auf der Heimfahrt wurde ich belehrt: Als Teil eines Ganzen kommst du zur Welt; als Teil eines Ganzen kehrst du heim.

Die Emsen, so heißen die Ameisen im Orden, sind wie wir. In ihrem Volk gilt, was auch für uns gilt: Du bist, weil wir sind; weil wir sind, bist du. Der Einzelne hat kein Schicksal. Er steht und fällt mit dem Schicksal seines Volkes.

Mit diesem Konzept sind sie zur erfolgreichsten Art unseres Planeten geworden. Würde man alle Tiere der Erde auf eine Waagschale legen und alle Emsen auf die andere, so würden die Emsen die gesamte Tierheit aufwiegen. Aber sie sind nicht nur volkreicher, sondern auch widerstandsfähiger als alle anderen. Dort, wo die Menschen die Erde atomverstrahlt haben, da gehört das Land den Emsen ganz allein. Sie sind vermutlich die Einzigen, die den drohenden Supergau der alten Menschheit überlebt hätten. Sie sind uns in vielem überlegen.

Ich fand den Vergleich mit uns Menschen wahnwitzig übertrieben, musste aber später doch zurückstecken, als ich erfuhr, dass diese auf den ersten Blick so unscheinbaren Geschöpfe nicht nur gute Staatsbürger sind, sondern auch Künste beherrschen, die normalerweise den Menschen vorbehalten sind. Sie errichten Bauten, tausendfach höher als sie selbst, betreiben Viehzucht, indem sie sich Blattläuse halten, um sie zu melken. Andere, wie die Blattschneiderameisen, legen sich wohltemperierte Gewächshäuser an, in denen sie komplizierte Pilzzucht betreiben. Und das alles nur durch enge Zusammenarbeit.

Waren die Emsen bis dahin nur krabbelnde Punkte gewesen, so betrachtete ich sie von nun an mit anderen Augen. Wenn jetzt eine über den Gartentisch lief, beugte ich mich zu ihr hinab und sprach mit ihr. Einmal begegnete mir die Emsenkönigin der Toteninsel im Traum. Ich fragte sie: »Was weißt du von der Zeit und vom Tod?« Sie faltete ihre Fühler, so wie das Mater Metula immer mit ihren alten Händen tat, wenn sie mit mir sprach. »Welche Zeit meinst du, deine Zeit oder meine Zeit?«

»Ich meine die Zeit.«

»Jedes Ding hat seine eigene Zeit. Ein Berg hat eine andere Zeit als eine Blume. Ich habe eine andere Zeit als du. Selbst jeder Mensch lebt seine Zeit. Ein Tag im Leben eines Kleinkindes ist eine Ewigkeit. Ein Tag im hohen Alter ist ein Augenblick.«

»Und dennoch erwartet uns alle das gleiche grausame Ende.«

»Du nennst den Tod grausam. Warum?«

»Fürchtest du ihn nicht?«, fragte ich sie.

»Nein, wir alle sterben täglich, ohne tot zu sein. Du stirbst mit jedem Haar, das dir vom Kopf fällt, mit jedem Zahn, den du verlierst. Wir schwinden scheibchenweise. Man stirbt, solange man lebt. Der Tod erlöst uns erst vom Sterben.«

»Du sprichst so, als gäbe es den Tod nicht, als wäre er nicht wirklich.«

»So ist es«, antwortete die Emsenkönigin. »Ich will dir ein

Geheimnis verraten: Nur der Tod der Geschöpfe, die du liebst, ist wirklich.«

Ich erwachte und dachte: Dann habe ich Mam geliebt.

Ich weiß nicht, warum ich solche Dinge aufschreibe. Aber sind nicht auch unsere Träume Teil unseres Lebens? Und ich träume oft und viel.

8. KAPITEL

Mittags flimmert die Hitze über dem Sandstrand. Kein Windhauch rührt sich. Kein Seevogel schreit. Nur das Rauschen des Meeres liegt weithin über dem Eiland. Wer eine Weile hinhorcht, vernimmt in der Ferne Kinderlachen. Die Mondfischbucht ist der beliebteste Badestrand der Insel, denn nirgendwo ist der Sand feinkörniger, wiegen sich die Palmen höher im Wind. Das wissen nicht nur die Blühenden, sondern auch die Delfine, die hier so zahm sind, dass wir mit ihnen spielen. Schon früh am Morgen stecken sie erwartungsvoll ihre Nasen aus dem Wasser, um nach ihren zweibeinigen Freunden Ausschau zu halten. Beim Anblick des ersten bunten Kopfschmucks springen sie hoch in die Luft, aus Freude und weil sie so den Strand besser überblicken können. Dabei glänzen ihre schlanken Leiber wie Silber.

Wenn die Sonne höher am Himmel steht, kommen die Seehunde auf den Strand, um sich mit den Badenden zu sonnen, nicht zu dicht nebeneinander, weil die Robben arg stinken und die Zweibeiner sich zu hektisch bewegen und zu viel Schabernack mit den schwerfälligen Tieren treiben. Die mögen es nicht, wenn man ihre schnurrbärtigen Köpfe mit Seetang und Muscheln schmückt. Sie lassen sich das Fell kraulen, werden aber böse, wenn man ihre Jungen anfasst. Vor allem aber sind sie wachsame Bademeister. Solange sie den Strand bevölkern, ist alles in Ordnung. Ihr Fehlen aber signalisiert Gefahr. Dann bleiben auch die Blühenden besser an Land, denn dann sind Haie in der Nähe.

Als junge Frau bin ich gerne dorthin gegangen, um mich unter die Blühenden zu mischen und an ihren Spielen teilzunehmen. Eigentlich war es verboten oder wenigstens unerwünscht, dass Blühende und Reife miteinander badeten, was in Wirklichkeit auch nur sehr selten geschah, denn die meisten Ordensfrauen trauten sich nicht, ihre alternden Leiber vor dem jungen Volk zu entblößen. Ich aber war noch so jung, dass es nicht auffiel, wenn ich mich wie eine Blühende unter Blühenden bewegte.

Ich lag bäuchlings auf dem warmen Sand und beobachtete sie beim Ballspiel, wie sie ihre nackten Leiber streckten, um den Ball zu fangen, wie sie sich bückten und spreizten, wie sie sich gegenseitig mit Öl einrieben. Auch ich war unbekleidet, aber nicht so unbefangen wie sie. Gibt es einen größeren Gegensatz als zwischen uns Reifen und den Blühenden, die einen schwarz vermummt und steif wie die Pinguine, die anderen locker, gelenkig, verspielt und nackt bei jeder sich bietenden Gelegenheit, denn was schön ist, soll auch gezeigt werden. Und sie sind schön, schön und jung, vor allem beneidenswert jung. Ihre sonnengebräunten Leiber glänzen in der Sonne wie poliertes Kauriholz. Tiere bewegen sich so unbefangen. Diese großen Kinder sind sich ihrer Anmut bewusst, vollendet durch sorgfältige Zuchtauswahl und durch stete Arbeit an sich selbst. So wie die Menschen der alten Welt sich mühten, ihr Wissen zu vervollständigen, so arbeiten sie an der Vollkommenheit ihrer Leiber. Schönheit ist wichtiger als Wissen, Anmut edler als Intelligenz.

Viel Aufmerksamkeit gilt dem Kopfschmuck, denn bei aller Nacktheit gibt es keinen, der mit entblößtem Kopf umherlaufen würde. Und was für fantastische Gebilde sie sich dabei einfallen lassen. Manche flechten sich Blüten ins Haar, andere Schleifen. Bunte Tücher türmen sich zum Turban. Seidenbänder umflattern schmeichelnd Hals und Schultern. Federbüsche bewegen sich wippend im Wind. Dieser blütenbunte Kopfschmuck auf schlanken, biegsamen Leibern lässt sie ausschauen wie Blumen. Auch ich schmückte mich dann immer mit einem Blütengebinde, um meinen kahl geschorenen Kopf zu verbergen.

Nackt unter Nackten, sehnte ich mich nach körperlichen Berührungen. Den Blühenden scheint solches Empfinden fremd zu sein. Vielleicht muss der Mensch in der Kindheit Liebe erfahren, um Liebe erleben zu können. Auch die Vögel können nur fliegen, wenn sie es auf dem Nestrand erlernen. Wer nicht mit der Sprache aufwächst, bleibt stumm. Die jungen Nackten an diesem Strand sind für die Liebe wie gemacht und kennen sie nicht. Niemand hat sie als Kind geliebt.

Auch ich habe die Liebe nicht erlebt, und trotzdem sehne ich mich nach ihr. Liegt das wirklich nur an dem Hormon, das wir den Blühenden vorenthalten? Schon als kleines Mädchen habe ich die kleinen Katzen um die Zärtlichkeit beneidet, die sie von ihrer Mutter empfingen, wenn sie, eng aneinandergeschmiegt in ihrem Körbchen, gewärmt, beleckt und gestillt wurden.

»Alle Tiere haben eine Mutter. Warum haben wir keine?«, habe ich unsere Erzieherin gefragt, und sie hat geantwortet: »Weil wir keine Tiere sind.«

Wie gerne wäre ich eins gewesen!

In der Mondfischbucht bin ich ihr begegnet. Sie tollte mit einem Delfin in der Brandung umher. Der Kopfschmuck aus Hibiskusblüten fiel ihr bis auf die Brüste. Meerschaum auf braunen Schultern. Unbefangen wie ein junges Tier, so erschien sie mir.

Die meisten Menschen tragen eine Maske, nicht bloß vor den anderen, sondern auch vor sich selbst. Weder unser Wissen noch unser Wuchs unterscheiden uns Menschen, sondern der Grad der Natürlichkeit. Das Schöne ist der Glanz des Wahren.

Lebenslust leuchtete ihr aus den Augen.

Ich war ihr von Anfang an verfallen.

Als Ordensfrau hatte ich nicht nur das Recht, sondern sogar die Pflicht, mir eine junge Novizin ins Haus zu holen. Merimé gehörte zu den Blumenkindern, die in den Inselgärtnereien die Pflanzen betreuen. Diese Hege obliegt den Blühenden unterhalb der Geschlechtsreife. Sie hatte die Droge der Purifikation noch nicht empfangen. Der Eintritt in den Orden stand ihr also noch offen. Obwohl ich eigentlich noch zu jung für die Erziehung einer Novizin war, wurde mein Antrag vom Orden angenommen. Widerstand gab es nur vonseiten der Erwählten. Merimé wollte bei den anderen Blumenkindern bleiben. Zwar wagte sie nicht zu widersprechen, dafür war der Respekt vor dem Orden zu groß, aber man sah ihr an, wie schwer es ihr fiel, die vertraute Welt ihrer Freundinnen verlassen zu müssen.

»Warst du nie ein Blumenkind?«, fragte sie mich.

»Nein, ich war bei der Aufnahme zur Novizin noch zu jung für diese Aufgabe.«

»Du Arme. Dann hast du die wunderbare Welt der Blumen nie kennengelernt.«

Ich versuchte, ihr klarzumachen, dass Lesen und Schreiben erstrebenswertere Tätigkeiten seien als Säen, Jäten, Graben und Ernten. Sie schüttelte ihren schönen Kopf und meinte, der Umgang mit ihren Blumen und Gewächsen sei ein Spiel, das Vollstopfen des Kopfes mit Buchstaben sei Arbeit. Und die Arbeit – der Vernunft sei Dank – sei ja wohl abgeschafft worden, so habe sie es jedenfalls in der Schule gelernt.

Nun war ich an der Reihe zu widersprechen: »Unsere spielerische Beschäftigung hat nichts mit der Arbeit der zivilisierten Kulturmenschen zu tun. Die Jäger und Sammler der Steinzeit haben nicht gearbeitet. Sie haben sich Futter gesucht und Wild gejagt wie die Tiere. Vielleicht haben sie sich auch ein Nest gebaut, wie das die Vögel tun. Aber Tiere arbeiten nicht für Lohn oder unter Zwang. Ihre Tätigkeit ist ein Teil ihres natürlichen Daseins. Kein Tier käme auf die aberwitzige Idee, den größten

Teil des Tages hinter einem Schreibtisch oder an einer Werkbank zu verbringen, ohne Rücksicht darauf, ob ihm die zeitraubende Tätigkeit Freude bereitet oder nicht.«

»Und warum haben die Menschen es dann gemacht?«, fragte Merimé.

»Um Geld zu verdienen, das man benötigte, um Essen, Unterkunft, Kleidung und andere Dinge zu kaufen. Die Arbeit lastete wie ein Fluch auf der Menschheit, und das war sie auch, ein Fluch Gottes bei der Vertreibung aus dem Paradies: Im Angesicht des Schweißes sollst du dein Brot verdienen, heißt es da.«

»Das klingt nicht gut«, meinte Merimé, und sie sagte es mit so mitleidiger Mimik, dass ich lachen musste.

Mit einem Gespräch über die Arbeit begann einer meiner glücklichsten Lebensabschnitte. Es ist schon ein Unterschied, ob man mit einem alten Menschen sein Leben teilt oder mit einem jungen. War ich bisher diejenige gewesen, die die Fragen gestellt hatte, so musste ich nun den Wissensdurst eines sehr lebhaften Mädchens stillen. Sie war ja noch ein Kind, das lieber bei den anderen Kindern im Garten geblieben wäre.

Sie war voller Fragen. Am Strand wollte sie wissen: »Warum heißt die Erde eigentlich Erde, wo sie doch bis auf ein paar Inseln aus Meer besteht? Ozeanien oder Mare wäre doch ein viel schönerer Name.« Oder sie fragte:

»Warum soll ich lernen, mich in Buchstaben auszudrücken? Die Schrift ist ein so armseliges Gedankengefäß. Wie kann ich aufschreiben, wie die Amsel ruft oder wie der Jasmin duftet? Kein Buch kann den Unterschied zwischen meiner und deiner Stimme festhalten.«

Sie konnte auch sehr witzig sein. Als ich ihr erzählte, Pflanzen würden besser gedeihen, wenn man liebevoll mit ihnen redete, da sagte sie: »Dann sollten wir in den Garten gehen und das Unkraut ausschimpfen?«

Sie hinterfragte alles und wollte ständig verändern und verbessern. Dann musste ich ihr immer wieder ins Gedächtnis rufen: Veränderung ist die Mutter aller Verhängnisse.

Bisweilen war sie still, antwortete nicht auf meine Fragen. Dann merkte ich, dass sie lautlos weinte. Schweigend überließ ich sie ihren Tränen. Ich wusste aus eigener Erfahrung, wie schmerzhaft Heimweh ist.

Die Tage verbrachten wir spielend mit Lernen, Gartenarbeit und Umherreisen. Einschlafend hielten wir uns in den Armen. Ihr Gesicht leuchtete im Halbdunkel. Wie ich das alles in meinem Gedächtnis bewahrt habe, auch die kleinsten Dinge: Der dunkle Bogen ihrer Augenbrauen, der schmale Spalt zwischen ihren Schneidezähnen, das kleine Mal an ihrem linken Mundwinkel, der helle Halbmond an den Fingernägeln ihrer schlanken Finger, die Schultern im Kerzenlicht. Wenn ich die Augen schließe, sehe ich das alles vor mir, und ich fühle, wie der Schmerz der Erinnerung mein Herz berührt.

9. KAPITEL

Ich war besorgt um meine kleine Merimé wie eine Tiermutter, die ihre Jungen nicht aus den Augen lässt und viel Zeit damit verbringt, ihnen zärtlich das Fell zu lecken.

Sie war wie eine Katze: leise, geschmeidig und verspielt. Dann wieder erinnerte sie mich an einen jungen Hund: anhänglich und ungestüm. Ein Welpe, nach Zuneigung und Zärtlichkeit lechzend, aufmerksam für alles, was ihn interessiert, aber von erstaunlicher Gleichgültigkeit, wenn ihn etwas langweilt.

Die Bilder, die die Erinnerung heraufbeschwört, verflüchtigen sich so rasch wie Seifenblasen. Mit geschlossenen Augen sehe ich sie vor mir: ein Mädchengesicht mit schwarz gelocktem Haar und leuchtenden Kinderaugen. Fohlen haben so lange Beine und so zottelige Mähnen. Zögernd nur wich die knabenhafte Schlankheit den weichen Rundungen. Schon bald war sie eine wahrhaft Blühende. In ihrer Gegenwart begann alles zu leuchten. Nie zuvor habe ich mich an der Natur so erfreut. Die Morgenröte über dem Meer und die Sterne am Nachthimmel strahlten heller als sonst. Die einfachsten Alltagsbeschäftigungen erschienen mir in ihrer Gegenwart so aufregend neu, als hätte ich dergleichen nie zuvor erlebt.

Strahlende Bilder der Erinnerung: Trauben pflücken und hineinbeißen. Über lachende Mädchenlippen fließt der Saft, färbt helle Haut scharlachrot. Oder Kopfschmuck flechten aus Blüten vom Feuerstrauch, Goldrute und Ehrenpreis. Bei Tagesdämmerung barfuß durch das taufeuchte Gras zum Bach laufen, um das Liebesspiel der Fischottern zu belauschen.

Nachts erzählten wir uns Geschichten: Die eine begann, und die andere musste den Faden weiterspinnen. Schaurige Moritaten waren das. Meist begann Merimé:

»Auf der Insel Kytera lebte eine Ordensfrau …«

»… die war so alt und faltig wie eine Schildkröte …«

»Sie hatte nur noch zwei Zähne, und die waren schwarz …«

»… schwarz vor Trauer über ihre dahingeschiedenen Schwestern.«

»Ihr selber war Trauer fremd, denn sie war eine …«

»… eine von denen, die sich auf der Liebesinsel um die Toten kümmern.«

»Sie küsste …«

»… die im Liebesrausch Gestorbenen.«

»Denn sie wollte wissen, wie die Liebe schmeckt.«

Die bleiche Sichel des zunehmenden Mondes schien durch das geöffnete Fenster. Wir teilten uns das Kopfkissen, und ich lauschte ihrem gleichmäßig dahinfließenden Atem.

Ein Sommertag bei hohem Wellengang im Boot: Der Regen prasselte auf uns nieder, und wir haben laut dagegen angesungen. Besteht nicht alles Glück darin, jeden Augenblick zu leben?

Ich will das Glück von damals nicht nachträglich übertrieben ausschmücken; ich muss vielmehr darauf achten, dass die Bilder der Erinnerung nicht zu blass geraten.

Sie war mir sanftmütig ergeben, aber keinesfalls unterwürfig. Wenn die folgsam gesenkten Lider sich hoben und sie mich aus wachen Augen anblickte, fühlte ich mich ihr unterlegen. Sie verehrte mich, so wie ich sie verehrte, aber sie tat es aus respektvoller Distanz. Ich vermag nicht zu sagen, wann daraus Liebe wurde. Ich habe Merimé von Anfang an geliebt. Ihre Liebe brauchte Zeit. Blüten öffnen sich so behutsam.

Ihr junger Leib wandelte sich. Doch nicht nur die Zeit veränderte ihn ständig. Ein Tag am Strand genügte, um ihre Haut dunkel wie Kauriholz zu färben. Ein Nachmittag über aufgeschlagenen Büchern, und ihre Lippen verzogen sich zum

Schmollmund. Ihr Gesicht veränderte sich, und ich bildete mir ein, daran nicht unbeteiligt zu sein. Wenn meine Fingerspitzen über ihre Schläfen strichen oder meine Hände über ihre glatte Haut, dann fühlte ich mich wie ein Töpfer, der einer Tonfigur Gestalt verleiht. Formte ich sie? Ja, ich bin sicher, ich formte sie nach dem Bild, das ich mir von ihr gemacht hatte.

Sie wollte gestreichelt werden, und ich genoss es, sie mit meinen Händen zu erkunden, den sanften Schwung ihrer Hüften, die gewölbte feine Linie ihres Rückens vom allerfeinsten Nackenhaar hinab bis zu den Wölbungen ihrer Pobacken. Samtgolden schimmerte ihre Haut. Sie spürte meine Blicke auf ihren Brüsten und schien meine Erregung zu genießen.

»Gefalle ich dir? Ich möchte dir gefallen.«

Ihre Stimme lud mich ein, sie zu umarmen. Ich liebkoste sie, so wie das Kinder untereinander tun. Aber schon bald sollte sich das ändern. Liebe ist Verlangen, gepaart mit Zärtlichkeit. Zärtlichkeit verwandelte sich in Sehnsucht. Verlangen drängte nach lustvoller Erfüllung. Wir liebten uns mit der Hingabe, die alles andere auslöscht. Es gab keinen Orden mehr, keine Blühenden und keine Reifen. Wann war gestern? Gab es ein Morgen? Wir fühlten uns wie zwei Kinder. Nein, nicht wie Kinder. Kinder lieben sich nicht so, wie wir uns liebten.

Blühende sind schwesterlich miteinander verbunden wie die Immen eines Bienenvolkes. Für uns Ordensfrauen aber gilt: Enge persönliche Kontakte zeugen von Unreife und sind unerwünscht. Das gilt natürlich erst recht für das Zusammenleben von Ordensfrauen mit den ihnen anvertrauten Mädchen. Denn den jungen Blühenden soll so der Eintritt in die Ordenswelt erleichtert werden. Alles, was über dieses Lehrer-Schüler-Verhältnis hinausgeht, gilt als sträfliches Vergehen. Das war mir bekannt, aber keine Kraft der Welt hätte mir meine Liebe zu Merimé zu nehmen vermocht.

»Warum müssen wir vor den anderen so tun, als liebten wir

uns nicht?«, hat Merimé mich gefragt. »Warum darf niemand wissen, wie sehr ich dich mag?«

»Erinnere dich: Drei Dinge stehen außerhalb der Vernunft.«

»Ich kenne das Gebot. Wer kennt es nicht? Es verbietet die Liebe zwischen Mann und Frau. Bist du ein Mann?«

Als ich lachend verneinte, streifte sie ihr Gewand ab und rief: »Komm, nimm mich in die Arme! Worauf wartest du?«

10. KAPITEL

Rückblickend erscheint es mir, als hätte ich vor lauter Zuneigung für Merimé meine Arbeit vernachlässigt. Das stimmt natürlich nicht. Dafür sind wir Ordensfrauen viel zu sehr mit unseren Aufgaben verwoben.

Ich arbeitete zu der Zeit an einer Studie über Nützlinge im Feldanbau, eine Aufgabe, die mir viel Freude machte, zumal sie mich mit Merimé verband. Sie hatte einmal auf unseren Blumenfeldern gearbeitet.

Wenn ich abends von der grünen Insel, wie sie das Eiland nannte, heimkehrte, fragte sie: »Lebt Lara, die Eselin mit dem lahmen Hinterfuß, noch? Wie geht es den beiden Lamas? Sie müssten doch längst Fohlen haben.« Sie wollte wissen, ob die Avocadobäume, die sie vor drei Jahren gepflanzt hatten, schon Früchte trugen und ob die Hibiskushecke bei der großen Bananenhalle trotz der Trockenheit blühte. Ein paarmal fragte sie auch nach einem Mädchen, mit dem sie zusammen die Rosen betreut hatte. Es gelang mir nicht, sie ausfindig zu machen. Da die Blühenden im Laufe ihres Lebens unterschiedliche Aufgaben übernehmen, lebte die Kleine vermutlich längst auf einer der Inseln, die für die Keimkraftgewinnung zuständig sind.

Obwohl Merimé die grüne Insel gewiss gerne besucht hätte, bat sie niemals darum, mich begleiten zu dürfen. Und das war auch gut so. Als jüngste Ordensfrau mit einer Novizin musste ich sorgfältig darauf achten, unsere Gefühle füreinander vor den anderen zu verbergen. Schon steckten einige der älteren Ordensfrauen die Köpfe zusammen, sobald sie uns erblickten.

Merimé schien das nicht zu beunruhigen. Im Gegenteil, sie genoss die Aufmerksamkeit, die man ihr entgegenbrachte. Sie leuchtete unter den Alten wie eine Mohnblume in einem Kornfeld. Obwohl schwarz gewandet und kahl geschoren, war sie keine Morituri. Sie war im wahrsten Sinne des Wortes eine Blühende. Wenn sie einen Raum betrat, verstummten die Gespräche. Sie zog alle Blicke auf sich. Ihre Anwesenheit genügte, um uns alle zu verzaubern.

»Sie ist keine von uns.« Niemand sprach das aus, aber viele im Orden empfanden so, und man fragte sich natürlich: »Woraus schöpft dieses junge Ding solch unverschämte Kraft?«

Ich kannte das Geheimnis: Lieben macht mutig. Geliebt werden macht stark.

Es sind nicht so sehr Bilder als vielmehr Berührungen, die Merimé in meiner Erinnerung wieder lebendig werden lassen. Liebe lebt von Berührungen. Wenn uns der Tastsinn im Vergleich mit den anderen vier Sinnen weniger wichtig erscheint, so vermittelt doch keiner so viel Wohlgefühl. Welch aufregender Weg, Empfindungen mitzuteilen, die sich nicht in Worte fassen lassen. Mitteilungen von Haut zu Haut. Ein Finger, der sich suchend den Körper entlangtastet. Lippen- und Zungenspiele. Geflüsterter Atem auf der nackten Haut. Keiner unserer Sinne birgt so viel Sinnlichkeit wie der Tastsinn: streicheln, küssen berühren, begehrlich oder erfüllt.

Wir entdeckten die schamhafte Intimität unserer Körper, den salzigen Geschmack der Haut. Haut schmeckt an jeder Stelle des Körpers anders.

»Schade, dass wir keine Tiere sind«, sagte Merimé. »Tiere müssen nicht vernünftig sein.«

»Welches Tier wärst du gerne?«

»Ein Delfin. Delfine sind liebevolle Spielgefährten. Sie benehmen sich wie alberne Mädchen. Sie lachen mit den Augen, und ihre Haut ist glatt wie die unsrige. Ich wünschte, wir wären zwei Delfine. Wir würden durch die Wellen gleiten und vor

Übermut in die Luft springen. Bis auf den Grund des Meeres würden wir hinabtauchen, um uns dort schwerelos schwebend zu umarmen. Wie lieben sich die Delfine eigentlich?«

»Nicht anders als Mann und Frau.«

»Und wie lieben sich Mann und Frau?«

»Du hast doch auf der Farm gearbeitet. Hast du nie gesehen, wie die Tiere das machen?«

»Soll das etwa heißen, der Mann besteigt die Frau, so wie das die Esel und die Hähne machen? Das hat doch nichts mit Liebe zu tun. Der Hahn verbeißt sich im Kamm der Hennen, und die Stuten zittern vor Angst, wenn der Hengst ihnen Gewalt antut. Da ist keine Spur von Zuneigung.«

»Wenn es nicht lustvoll wäre, würden sie es gewiss nicht tun«, widersprach ich.

»Ja, lustvoll für ihn, aber schmerzvoll für sie. Denn als Zutat zu dem lieblosen Gewaltakt wird ihr dabei ein Keim eingepflanzt, der wie eine Geschwulst im Bauch heranwuchert und am Ende unter Schmerzen herausgepresst werden muss. Viele Frauen starben dabei. So habe ich es in der Schule gelernt. Diese Barbarei wurde mit Recht abgeschafft, weil sie unmenschlich war. Wie aber kann man verbieten wollen, was wir beide füreinander empfinden?«

Ich konnte es ihr nicht erklären, obwohl ich die Ältere war. Aber was hat Liebe mit Alter zu tun? Die Jahre fielen von mir ab wie alte Kleider. Ich hätte das Unheil voraussehen müssen.

Wir waren nicht schamlos, aber eine Art von kindlicher Unbefangenheit zwang uns, der Scham zu trotzen. Wir liebten uns bei Kerzenlicht, im Mondschein und am Strand. Der Sand war noch warm. Merimé streichelte mein Gesicht, und ich bedeckte ihren ganzen Körper mit Küssen. Ein Gewitter war über dem Meer aufgezogen. Schon fielen die ersten Tropfen. Warmer Regen rann über unsere Haut. Der Wellenschlag wurde übertönt vom Rollen des Donners. Blitze beleuchteten unsere Leiber. Ein wilder Wahnsinn hatte uns erfasst. Donnerschläge entrissen uns

Schreie, die bei jedem Blitz durch den Anblick unserer Nacktheit lauter wurden. Wir wälzten uns in der Meeresbrandung, die Lust schwemmte uns davon, und gepeitscht vom Gewitterguss, hielt ich Merimés Kopf zwischen meinen Schenkeln, während sie mit beiden Beinen meine Hüften umschlungen hielt.

Plötzlich war da wer. Wir nahmen ihn wahr, bevor wir ihn sahen. Mit angehaltenem Atem verharrten wir reglos in verräterischer Stellung.

Ein Aufschrei. Flüchtende Schritte, verschluckt vom Dunkel der Nacht.

Ich habe nie erfahren, wer uns entdeckt und verraten hat, aber die Folgen waren fürchterlich. Zunächst geschah lange Zeit nichts, so lange, dass wir schon hofften, unsere Angst sei unbegründet gewesen. Doch dann am letzten Tag des darauffolgenden Monats hieß es auf dem regelmäßig stattfindenden Konvent des Ordens, Merimé sei auf die Schulungsinsel Santiago versetzt worden. Sie habe sich unverzüglich dort einzufinden. Der Befehl erfolgte ohne Begründung. Keinen der Anwesenden schien das zu erstaunen. Sie waren offensichtlich eingeweiht. Man sah es ihren Gesichtern an, hart und unbeweglich wie aus Holz geschnitzt. Es war eine Verurteilung. Fragen wurde nicht gestellt. Die Entscheidung war gefallen, endgültig und unerbittlich.

Abschied nehmen ist immer ein Stückchen Tod, so sagt man, aber für uns war es der Weltuntergang, das Ende von allem, ein Todesurteil.

In jener letzten gemeinsamen Nacht tobte ein Unwetter über der Insel. Der Hagel zerhackte die blühenden Beete vor unserem Haus. Das Tosen der Brandungswellen übertönte das Prasseln der Hagelkörner.

Merimé lag weinend in meinen Armen: »Wir müssen uns wehren. Das kannst du doch nicht zulassen.« Sie klammerte sich an mich wie eine Ertrinkende. »Du liebst mich. Du hast mir doch geschworen, dass du mich liebst. Wie kannst du mich da wegschicken wollen? Selbst die Natur empfindet das als schreiendes Unrecht. Hör nur wie der Sturm tobt.«

Ich hielt sie in meinen Armen, so als würde ich sie niemals mehr loslassen, und hatte sie doch schon verloren. Ich belog sie, weil die Wahrheit zu grausam war um sie zu ertragen. Ich liebte sie mehr als mein Leben, und musste sie mir aus dem Herzen reißen. Ich verfluchte den Orden, haderte mit der Vernunft, so wie das früher die Menschen mit ihrem Gott gemacht haben, wenn er sie in ihrem Elend allein gelassen hatte, litt wie ein Tier und wünschte mir den Tod. Seit jener letzten Nacht weiß ich: Für die Vernunft gilt, was für die Sterne gilt. Sie leuchten, aber sie wärmen nicht.

In der Mondfischbucht wurde ihr Gewand gefunden. Sogar den Armreif hatte sie abgestreift und zu den Sandalen gelegt, bevor sie hinausschwamm zu ihren Delphinen. Im Mondlicht habe ich die Bucht nach ihr abgesucht. Bei Sonnenaufgang war ich bereit, ihr zu folgen.

Ein paar Blühende fanden mich auf dem Strand, ohne Bewusstsein. Die Wellen hatten mich an Land gespült. Das Meer wollte mich nicht.

In meinen Träumen – und ich träume oft von ihr – ist sie ein Delphin. Dann gleiten wir durch die Fluten, lauschen dem Gesang der Wale und tauchen hinab bis auf den tiefsten Meeresgrund, wo uns keiner zu finden vermag.

»Wie schön du bist, Merimé!«

Sterne leuchten am hellsten, bevor sie verglühen. Aber erlischt ein Stern, ist es viel dunkler als wenn er nie geleuchtet hätte.

11. KAPITEL

Man altert schubweise. Bisweilen verweilt man für einige Zeit auf der gleichen Reifestufe. Dann schlägt die Zeit zu, und man ist um Jahre gealtert. So erging es mir nach Merimés Tod.

Die Zeit heilt nicht alle Wunden. Die Zeit ist die Wunde.

Meine Liebe zu Merimé hat mich gelehrt, die Welt mit anderen Augen zu sehen. Wenn ich daran denke, wie mitleidlos ich früher jeden Verstoß gegen die Vernunft verfolgt wissen wollte, dann erfüllt mich das noch heute mit Scham.

Da war die traurige Geschichte mit den Blühenden von Gemora. Ich war damals noch eine junge Ordensfrau und hatte mir nicht vorzustellen vermocht, dass es dergleichen geben könnte: Blühende hatten versucht, ihre Kindheit abzustreifen wie ein lästiges Gewand.

Begonnen hatte es mit einer Inspektionsreise zu einer dieser Inseln am östlichen Rand unseres Archipels. Gemora ist nicht nur ein großes, sondern auch ein sehr bedeutendes Eiland, denn hier reift das Korallin, der Stoff aller Stoffe, heran.

Bei Sonnenaufgang machten wir die Leinen los. Wir waren zu dritt: der Bootsmann Baal, Mater Metaxa, die älteste unter uns Ordensfrauen, und ich. Und da der Rang im Orden mit den Lebensjahren wächst, genoss Metaxa nach der Magna Mater das höchste Ansehen. Sie war eine knochige Person mit krummem Rücken und kurzsichtigen Augen unter ergrauten Brauen. Was ihr an Sehschärfe fehlte, besaß sie umso reichlicher an Verstandesschärfe.

Obwohl ich mich geehrt fühlte, die alte Metaxa begleiten zu dürfen, nahm ich nur widerwillig an der Exkursion teil, denn meine Arbeit in der Bibliothek hatte gerade erst begonnen, und ich fühlte mich sehr wohl in dem Zentralarchiv, in dem die historischen Dokumente der alten Menschheit unter Verschluss gehalten werden. Entdeckungsreisen in die Welt von gestern erschienen mir wesentlich verlockender als eine Schiffsreise mit einer alten Ordensschwester.

Zum Glück war das Meer zwischen den Inseln so ruhig wie ein Waldsee. Wir lagen an Deck unter einem Sonnensegel in bequemen Bordstühlen und tranken gekühlten Papayasaft. Unsere Gespräche drehten sich um den Stoff der Stoffe. Baal, der Bootsmann, der sein dreißigstes Lebensjahr vermutlich längst überschritten hatte, aber immer noch wie ein großer Junge aussah, schwärmte von Gemora: »Nirgendwo trifft man so viel fröhliches Volk. Die Luft ist erfüllt von Musik und Gesang. Die Trommeln ruhen selbst nachts nicht. Gemora ist für mich die schönste aller Inseln. Waren die Fabriken der alten Menschheit wirklich so abstoßend, wie man es uns in der Schule erzählt hat?«

»Menschenunwürdige Dreckschleudern waren das«, meinte Mater Metaxa und schilderte die Industriegebiete der Vergangenheit in den schwärzesten Farben: »Rußende Schornsteine, vergiftete Luft, verwüstete Natur. Aber nicht nur die Fabriken verpesteten die Umwelt, sondern auch unzählige schmutzige, lärmende Baustellen. Die Natur wurde zugepflastert. Ungezügelte Bauwut hatte die Menschheit ergriffen. Schon im Mittelalter fielen ganze Waldlandschaften dem Brennen von Tonziegeln und Kalkmörtel zum Opfer. Das verschlimmerte sich noch mit der Entdeckung des Betons. Talsperren, Bunker und Brücken verwüsteten die Landschaft. Tunnel bohrten sich durch die Berge. Autobahnen umspannten die Erde, erstickten die fruchtbaren Böden Mit dem Beton, der damals verbaut wurde, könnte man eine fünf Meter dicke Säule bis zum Mond bauen.«

»Ihr scherzt. So eine mächtige Last hätte die Erde gar nicht tragen können.«

»Doch, das hat sie«, belehrte ihn Mater Metaxa, »denn Beton besteht aus Sand, Zement und Wasser, lauter Stoffe, die es auf der Erde gibt. Unser Planet wäre durch die Umwandlung in Beton nicht schwerer geworden, aber wir hätten ihn beinahe zubetoniert.«

»Dann sollten wir das Atomzeitalter eigentlich das Betonzeitalter nennen«, meinte Baal.

»Das wäre gar nicht so verkehrt«, gab Mater Metaxa ihm recht. »Kein anderes Material ist in solchen Massen verarbeitet worden. Aber Stahlbeton ist zu plump, um daraus handliche Gebrauchsgegenstände zu formen. So wurden damals Kunststoffe entwickelt. Die waren zwar billig, aber umweltbelastend und krebserregend.«

Baal strich sich das windzerzauste Haar aus der Stirn und sagte: »Ja, alle Produktion der alten Welt beruhte auf Zerstörung. Wir haben dem ein Ende bereitet. Wir arbeiten Hand in Hand mit der Natur.« Dabei berührte er die Reling: »Selbst mein Boot besteht aus natürlichem Korallin.«

»Was besteht nicht daraus?«, meinte Mater Metaxa. Sie verscheuchte die Fliege, die über ihr Knie krabbelte, und sagte:« Die Technik haben wir den Insekten abgeschaut, den Termiten und Spinnen, vor allem jedoch den Korallen. Es gibt keinen besseren Lehrmeister als die Natur.«

Sie sprach mit erhobenem Zeigefinger wie ein Lehrer zu kleinen Kindern. Ich fand das albern und nahm mir vor, niemals so zu werden wie diese Alte.

»Nichts verdeutlicht unseren Sieg über die alte Welt mehr als das Korallin«, fuhr sie mit ihrer Belehrung fort. »Früher mussten die Menschen mit einem riesigen Aufgebot an Techniken die unterschiedlichsten Materialien schmelzen, schweißen, nieten, fräsen, formen und was weiß ich alles anstellen, um ein gebrauchsfertiges Produkt herzustellen. Heutzutage wächst heran, was wir benötigen. Unsere Industrie ist ein Teil der Landwirtschaft.«

»Und das Korallin reift wirklich völlig selbstständig heran?«, unterbrach ich ihren langen Gedankengang.

»Du wirst es ja gleich sehen.«

Im späten Tageslicht glitt unser Boot in das Hafenbecken von Gemora. Musik wehte uns entgegen, Lachen und ferner Gesang. Auf grünem Rasen, beschattet von Zedern und Zypressen, stolzierten Flamingos umher. Ihr zartrotes Gefieder leuchtete wie ein Blumenbeet. Mater Metaxa, die sich auf der Insel gut auskannte, zeigte auf die mit Palmenblättern gedeckten Hallen: »Hier, gleich beim Hafen, wächst der Rohstoff heran. Weiter im Hinterland werden die Formen hergestellt.«

Mich interessierten vor allem die Menschen, die hier lebten. »Wo haben die Blühenden ihre Wohnungen?«, wollte ich wissen.

»Auf der Südseite der Insel.« Sie winkte ein Maultiergespann herbei. Wir kletterten in die offene Kutsche. Sie beklopfte sie mit knöchernem Finger und sagte: »Auch aus gutem Korallin.« Es klang albern und war wohl auch so gemeint.

Die Prinzipalin empfing uns auf der Freitreppe vor der Hauptverwaltung: »Willkommen auf Gemora. Ihr werdet hungrig sein, Schwestern. Für einen Rundgang durch die Produktionsstätten ist es wohl schon zu spät.«

»Nein«, widersprach ich. »Ich möchte die Anlage so schnell wie möglich kennenlernen.« Mater Metaxa wäre wohl lieber der Esseneinladung gefolgt, schloss sich aber meiner Bitte an. Schließlich befanden wir uns auf einer Inspektionsreise.

So sah ich zum ersten Mal in meinem Leben, wie in Meerwasserbecken das Korallin heranwächst. Natürlich sah ich es nicht wirklich wachsen, denn das Heranreifen vollzieht sich nur langsam, wenn auch viel schneller als bei den gewöhnlichen Meereskorallen, die mit ihren winzigen Leibern Riffe so groß wie Gebirgsketten aufbauen. Was im Ozean Jahrhunderte dauert, geht hier in wenigen Monaten vor sich. Die Korallinzellen werden in Formen aus Hartholz eingepflanzt. Dort vermehren sie sich, bis sie die Form ausfüllen, die sie umhüllt. So reift vom Schaukelstuhl bis zum Bootsrumpf alles heran, was wir benötigen, lebendig gewachsen wie Holz, aber passgenau, wie aus Metall gegossen.

»Wir verfügen im Augenblick über mehr als vierhundert Becken«, erklärte die Prinzipalin. In einem dieser Becken erblickte ich Rundformen von gewaltiger Größe. »Was sind das für riesige Eier? Die sind ja so groß, dass in ihnen Menschen ausgebrütet werden könnten.«

»Mit dieser Einschätzung liegst du gar nicht so weit daneben.« Die Prinzipalin lachte. »Das sind Heilgondeln für die Krankenstation.«

Ich erinnere mich noch deshalb so deutlich an dieses Gespräch, weil ich nur wenige Wochen später selbst wie ein Küken in solch einem Ei stecken sollte.

Eine Halle reihte sich an die andere. Während das Korallin in den Becken ungestört heranreifte, herrschte in den Handwerkerhallen reger Betrieb. Hier wurden die neuen Formen angefertigt, alte wurden entschalt, repariert und geölt. Hammerschlag und Sägen mischte sich mit Musik, Gesang und lautem Lachen. Wie hatte unser Bootsmann gesagt: Gemora – ein Fest fürs Leben.

Nach einer reichlichen Mahlzeit hatten wir uns auf der Terrasse der Prinzipalin niedergelassen. Schläfrige Abendruhe lag über der Insel. Die Grillen zirpten. Palmwedel bewegten sich schwerfällig im Wind, der fast eingeschlafen war. Zitronenbäume verströmten ihr Aroma.

Wie ein Faustschlag durchschnitt ein Schrei die friedfertige Stille, ein lang anhaltender tierischer Schrei.

Wir fuhren erschrocken von unseren Sitzen.

Der Schrei verebbte und ertönte aufs Neue.

»Um aller Vernunft willen, was ist das?«

Es hörte sich an als würde eine armselige Kreatur gefoltert.

»Ich werde mich darum kümmern«, sagte die Prinzipalin. «Kein Grund zur Aufregung. Bitte nehmt wieder Platz. Ich bin gleich zurück.«

Wir lauschten angespannt in die Nacht. Das Geschrei war jetzt verstummt. Aber wir waren um unsere Ruhe gebracht.

»Was war das für ein Tier?«, fragte ich. »Das klang ja grauenhaft.«

»So schreit kein Tier. Das war ein Mensch«, meinte Mater Metaxa.

Nach einiger Zeit, die uns vermutlich viel länger erschien, als sie in Wirklichkeit war, kehrte die Prinzipalin zurück. Sie blickte in unsere erwartungsvollen Gesichter und sagte: »Ich nehme an, euch hat die Große Mutter geschickt, um herauszufinden, was wahr an den Gerüchten ist, die man über uns erzählt.«

Und als sie uns die Unwissenheit von den Gesichtern ablas, fragte sie ungläubig: »Sollten die Vorgänge der letzten Tage wirklich nicht eure Ohren erreicht haben?«

»Du sprichst in Rätseln«, meinte Mater Metaxa.

Die Prinzipalin füllte unsere Tassen mit Tee und erklärte: »Auf keiner anderen Insel leben so viele Menschen wie hier auf Gemora, denn der Stoff der Stoffe benötigt viele Hände. Dieses dichte Zusammenleben auf engem Raum erzeugt einen widerspruchsvollen Typus Mensch. In den Großstädten der christlichen Zeitrechnung mag es dergleichen gegeben haben. Menschen in der Masse sind schwerer zu führen als in kleinen Gruppen. Nur so erkläre ich mir diese Verfehlungen.«

»Verfehlungen? Was für Verfehlungen?«

Die Prinzipalin griff nach ihrer Tasse, sie hatte auffallend schlanke Hände, und trank mit geschlossenen Augen Schluck für Schluck von ihrem Tee. Endlich setzte sie die Tasse ab und sagte: »Es begann damit, dass in Attaja, der südlichen Siedlung der Blühenden, ein Buch gefunden wurde.«

»Ein Buch bei den Blühenden?«, fragte Mater Metaxa ungläubig. »Du glaubst, es gibt auf Gemora Blühende, die lesen können?«

»Lesen und sogar schreiben, wie die Randbemerkungen auf einigen Seiten des Buches bezeugen.«

»Vielleicht stammen diese Randbemerkungen aus längst vergangenen Tagen.«

»Nein. Die Kommentare am Blattrand sind eindeutig neu. Sie wurden mit Schieferstiften ausgeführt, wie wir sie für Markierungen im Werk verwenden, und das in unterschiedlicher Handschrift. Das heißt, es haben mehrere Personen darin gelesen.«

»Unglaublich! Ein Buch!«

»Es handelt sich sogar um mehrere Bücher. Vermutlich wurden sie aus der Bibliothek des Ordens entwendet. Eine andere Erklärung gibt es nicht. Bei der sofort eingeleiteten Untersuchung stießen wir auf einen Blühenden namens Alkasar. Unter seiner Schlafstelle fanden wir zwei weitere Bücher und ein Rasiermesser.«

»Ein was?«, fragte ich. Ich hatte das Wort noch nie gehört und glaubte nicht recht verstanden zu haben.

»Ein Messer zum Bartabschneiden«, erklärte die Prinzipalin und strich sich mit der Hand über ihr Kinn, um der Ungeheuerlichkeit Gewicht zu verleihen.

»Du meinst, ihm wuchs ein Bart? Man bekommt doch vom Lesen keinen Bart.«

Nein, natürlich nicht. Aber vom Testosteron. Er ist ein Aussteiger. Es ist ihnen gelungen, die Purifikation zu umgehen.«

»Wieso ihnen? Handelt es sich etwa um mehrere Blühende?«

»Die beiden sind keine Blühenden mehr. Die beiden sind etwas, das es nicht gibt und niemals mehr geben darf: ein Paar – ein Mann und eine Frau.«

Mater Mwraxa legte eine Redepause ein, um die Ungeheuerlichkeit auf uns wirken zu lassen. Ein paar Atemzüge herrschte Stille. Dann sagte sie:

»Ein Krebsherd muss beseitigt werden, bevor er Metastasen bildet, die den gesamten Organismus gefährden. Wer seine vorpubertäre Unschuld abstreift, um sich verbotene Lust zu erschwindeln, wird kastriert. Wie aber lässt sich ein bücherlesender Möchtegernreifer in einen Analphabeten zurück verwandeln?«

»Darüber werden wir morgen früh entscheiden«, sagte die Prinzipalin.

12. KAPITEL

Die Nacht neigte sich dem Ende zu. Ein blassgelber Streifen über dem Meer kündigte den Sonnenaufgang an. Wir Ordensfrauen saßen in dem noch dunklen Saal, an einem langen Tisch. Uns gegenüber vor der weiß gekalkten Stirnwand standen die beiden Gesetzesbrecher. Das Licht der Öllampen huschte flackernd über ihre Gesichter und Leiber. Sie waren nackt und wirkten so verloren wie zwei aus dem Nest gefallene Vögel.

Auf Kinn und Wangen des Mannes wucherten schwarze Bartstoppeln, die sein Gesicht noch fahler aussehen ließen, als es von Natur aus schon war. Man hatte ihm das Rasiermesser weggenommen. Schütteres Kräuselhaar wuchs ihm von der Kehle bis hinab zur Scham. Ein ekelerregender Anblick.

Die Brüste der Frau waren nicht knabenhaft flach, wie sie den Blühenden zu eigen sind, sondern fleischig. Sie wirkten aber schlaff, weil die Frau sie fest an den Leib gewickelt hatte, um sie nicht in Erscheinung treten zu lassen.

Bei ihrem Anblick fragte ich mich, wie diese beiden Elendsgestalten es geschafft hatten, über so lange Zeit ihre Reife zu verbergen. Und vor allem, warum sie sich das angetan hatten. Was bringt einen Menschen dazu, sich derart zu entstellen?

Ich kann mich nicht mehr wortgetreu an die Anhörung erinnern. Aber einzelne Passagen sind mir unvergesslich geblieben. Die Frage, warum sie aus der wohlbehüteten Welt der Blühenden ausgebrochen seien, beantwortete der Mann mit einer Gegenfrage: »Warum fliegen Käfigvögel davon, sobald sich die Gelegenheit dazu bietet? Eingesperrte Vögel singen von der Liebe; wilde Vögel leben sie.«

»Wie kannst du vom Käfig sprechen? Noch nie verfügten Menschen, junge Menschen, über so viel Freiheit wie ihr.«

Der Mann erwiderte: »Man kann Zugtiere mit der Peitsche antreiben. Man kann sie mit einer Möhre voranlocken. Am wirkungsvollsten aber ist es, wenn man sie von Kindheit an so dressiert, dass sie die Last des Karrens für einen natürlichen Teil ihres Daseins halten. Die totale Gewalt über eine arme Kreatur wird erreicht, wenn man sie kastriert, wenn man Stiere zu Ochsen verstümmelt und Menschen zu Blumenkindern.«

»Die Verstümmelung, wie du Dummkopf sie nennst, verleiht dir Gesundheit und Jugend bis an dein Lebensende. Ihr verdankst du, dass du ein Blühender bist.«

»Wir sind keine Blühenden«, widersprach die Frau, und es war das erste Mal, dass sie etwas sagte. »Blüten sind Organe der Liebe. Dafür verströmen sie ihren Duft und werben in leuchtenden Farben. Die ganze Welt ist erfüllt von dieser Lust: der Gesang der Vögel, das wirre und wunderliche Konzert der Frösche, der Gaukelflug der Schmetterlinge, das Umherschwärmen der Käfer, die bunte Welt der Blumen und Blüten. Sie alle singen, tanzen, schweben, leuchten und locken aus Liebe. Sie sind wahrhaft Blühende. Wir sind Verstümmelte.«

»Deine Worte klingen so geschwollen wie die Sprache in dem Buch, das wir bei euch gefunden haben«, meinte die Prinzipalin und wollte wissen, woher sie es hätten und wieso sie lesen könnten.

Die beiden Angeklagten schwiegen beharrlich. Der Mann kratzte sich an seinem behaarten Hodensack.

»Wir erwarten eine Antwort.«

Und als sie weiterhin schwiegen, sagte Mater Metaxa: »Dann erklärt uns wenigstens, warum ihr nicht länger blühen wollt. Oder gibt es auch darauf keine Antwort? Warum werft ihr eure Jugend leichtfertig fort?«

»Weil wir uns lieben.«

»Lieben tun wir uns alle«, entgegnete die Prinzipalin, »aber nicht paarweise wie die Tiere. Ihr liebt euch, weil ihr euch begehrt.« Mit einem Blick auf die Frau sagte sie: »Du bist an Jahren nicht mehr die Jüngste und wirst schneller altern, als dir lieb ist. Bist du sicher, dass er dich dann noch will? Die Liebe der Vögel, Frösche und Schmetterlinge, die du hier als leuchtendes Beispiel angeführt hast, währt nur wenige Tage, und die Blumen verwelken noch rascher.«

»Wenn ihr Blühen länger als ein paar Tage währte, wir würden sie so innig nicht lieben«, sagte die Frau. »Es gibt keine Schönheit ohne Vergänglichkeit. Gemeinsam alt werden, wie wundervoll muss das sein!«

»Das ist unmoralisch«, belehrte sie die Prinzipalin. »Und glaube mir, es gibt keine Gesellschaft ohne Moral. Wo sie stark genug ist, bedarf es keiner Polizei und Gerichtsbarkeit. Wichtigste Voraussetzung aber ist Gehorsam.«

»Erzwungener Gehorsam erwürgt alle Intelligenz«, höhnte der Mann. »Die besten Geister verblöden zu Schafen.« Er wurde im Laufe der Anhörung immer ungehaltener, sprach von der Verhausschweinung des Menschen, verglich den Orden mit der Inquisition, ballte seine Fäuste und stieß wütende Drohungen aus.

Für uns Ordensfrauen war das der sichtbare Beweis für die gewalttätige Kraft des Testosterons, das in ihm aufkeimte. Als er sein Recht auf Freiheit beschwor, unterbrach ihn die Prinzipalin:

»Freiheit sei der Zweck des Zwanges.
Wie man eine Rose bindet,
dass sie, statt im Staub zu kriechen,
froh sich in die Lüfte windet.«

Inzwischen war der Tag angebrochen. Die Strahlen der aufgehenden Sonne fielen waagrecht in den Saal. Sie verliehen den blassen Leibern der Angeklagten rosigen Glanz. Hand in Hand ließen sie sich widerstandslos abführen, wie Schafe auf dem Weg zur Schlachtbank. Wie scheußlich war das alles! Die Gesichter der Ordensfrauen erschienen in dem ersten Licht des Tages noch faltiger, als sie von Natur aus waren. Mater Metaxa war die Erste, die das eisige Schweigen brach: » Ich hoffe doch sehr, ihr habt nicht mehr von diesen fauligen Früchten auf Gemora.«

»Das wäre gewiss fatal«, sagte die Prinzipalin. »Aber ich versichere euch, es handelt sich um einen Einzelfall. Ich kenne meine Schutzbefohlenen und weiß, wie sie denken.«

»Verlass dich nicht auf Kennen und Wissen. Das Gefühl ist ein besserer Führer als der Verstand. Unsere Überlegenheit stammt eher aus dem Blut als aus dem Hirn. Ohne sie erlangst du keine Macht über deine Schutzbefohlenen. Das Ansehen des Ordens beruht auf der Ehrfurcht, die man uns entgegenbringt.«

»Soll das Kritik an meiner Führung sein?«

»Wie anders sollen wir es uns erklären, dass es hier auf Gemora Bücher lesende Liebespaare gibt?

»Jede gemeinschaftliche Unternehmung bedarf der straffen Führung. Wenn ein Haus errichtet werden soll, so kann der Plan nicht den Launen der Maurer überlassen werden. Beim Bau einer neuen Straße muss jemand bestimmen, wohin sie führt. Es genügt nicht, die Produktion des Korallin zu überwachen. Wichtig wie der Werkstoff ist die Kunst der Menschenführung.«

Die Prinzipalin wollte den Vorwurf entkräften. Bevor es ihr gelang, ein Wort hervorzubringen, stellte Mater Metaxa die Frage, die uns alle interessierte:

»Wie willst du dieser Pest Einhalt gebieten? Wie wir alle wissen, ist der Reifeprozess nicht umkehrbar. Es gibt nur einen Weg, um den Mann wieder unter die Geschlechtslosen einzureihen: die Kastration.«

»Und die Frau?«, fragte ich. »Was geschieht mit ihr?«

»Die Frau entgeht der schmerzhaften Prozedur. Dafür hat sie

ein Leben lang ihre euterhaft prallen Brüste für alle sichtbar zur Schau zu tragen, ein Schandmal unter Blühenden.«

Mater Metaxa fragte: »Was aber geschieht mit einem Blühenden, der sich mit Hilfe verbotener Schriften das Lesen angeeignet hat? Auch dieser geistige Reifeprozess ist nicht umkehrbar. Solch einen Fall hat es meines Wissens noch nie gegeben.«

»Blenden«, schlug eine junge Ordensfrau vor. Sie war nur wenig älter als ich.

»Was sagst du da?«, fragte die Prinzipalin, die glaubte, nicht richtig verstanden zu haben.

»Die Augen ausstechen.«

»Eine andere Möglichkeit wird es wohl kaum geben«, schloss sich ihr eine Ordensfrau an. Und ich war damals mit ihr einer Meinung.

»Leib- und Todesstrafen gehören der christlichen Vergangenheit an«, belehrte uns die Prinzipalin.

»Wie aber willst du einen, der lesen kann, am Lesen hindern?«, fragte ich. »Wenn wir zulassen, dass einige die verbotene Kunst beherrschen, wie willst du dann verhindern, dass es bald alle können?«

»Eine Entscheidung von solcher Tragweite obliegt uns nicht«, sagte die Prinzipalin. »Die Magna Mater soll entscheiden, was mit den beiden zu geschehen hat.«

Dazu kam es jedoch nicht, denn anderentags waren die Verurteilten geflohen. Der Wind spielte mit der offenen Tür ihres Kerkers.

»Ja, war denn die Tür nicht verschlossen?«, rief ich ungläubig.

»Nein, wozu?«, bekam ich zur Antwort. »Wohin kann man auf einer Insel schon fliehen?«

Auf der Heimfahrt meinte Mater Metaxa: »Das hat sie geschickt angestellt.«

»Wer hat was geschickt angestellt?«, wollte ich wissen.

»Die Prinzipalin. Sie hat ihnen mit der Blendung gedroht und die Tür offen gelassen, wohlwissend, dass sie die Gelegenheit zur Flucht nutzen würden.«

»Sie werden nicht weit kommen«, gab ich zu bedenken. »Niemand vermag sich dauerhaft auf einer Insel zu verstecken.«

»Der Ozean ist grenzenlos weit.«

»Du meinst, sie sind mit einem Boot auf und davon?«

»Ihnen bleibt gar keine andere Wahl.«

»Das werden sie nicht überleben.«

»Nein, ganz gewiss nicht, aber es war richtig, die Hinrichtung dem Meer zu überlassen. Sind wir nicht alle der Naturgewalt ausgeliefert?«

»Was aber«, fragte ich, »wäre geschehen, wenn sie nicht geflohen wären, hätten wir ihnen dann die Augen …«

»Unsinn«, unterbrach Mater Metaxa meine Frage: »Diese Möglichkeit ist zu abwegig, um sie in Betracht zu ziehen. Selbst wenn einem völlig Verzweifelten nichts mehr an seinem eigenen Augenlicht läge, so würde er niemals zulassen, dass man der Geliebten die Augen aussticht. Es gibt Strafen, die zu schrecklich sind, um je vollzogen zu werden. Ihre Androhung genügt, sofern man den Verurteilten eine Fluchttür offen lässt.«

Ich wollte wissen: »Warum dürfen die Blühenden weder lesen noch schreiben?«

»Weil sie dann aufhören würden zu blühen. Die dunkelhäutigen Bewohner Afrikas haben Sprachen entwickelt, die an Klangfarbe und Ausdrucksreichtum nicht zu überbieten sind, aber sie haben niemals ihre lebendigen Stimmen und Gedanken in Buchstaben eingefroren. Ein Volk ohne Schrift ist ein Stamm von Naturkindern. Und das sind auch unsere Blühenden: Naturkinder. Lesen ist eine unnatürliche Kopfakrobatik. Es gibt keine kompliziertere Leistung unserer Gehirnzellen als die abstrahierende Übersetzung von Schriftzeichen in Bilder und Gedanken. Kein Tier kann das und kein Kleinkind.«

Sie fuhr sich mit der Hand über ihre in Falten gebetteten kurzsichtigen Augen, schwieg ein paar Atemzüge und sagte:

»Während des Atomzeitalters gab es Wissenschaftler, die kannten jeden Knochen und alle Chromosomen eines Kamels. Aber falls ihnen jemals ein Kamel begegnet wäre, so hätten sie es nicht erkannt. Zu viel Detailwissen macht dumm. Man weiß dann immer mehr über immer weniger, bis man am Ende alles weiß über nichts. Die Naturwissenschaftler der Betonzeit haben die Natur zerdacht.«

Ich verstand nicht, wie sie das meinte, und muss sie wohl so fragend angeschaut haben, dass sie sich genötigt sah, es mir zu erklären:

»Der Abstand zwischen der Erde und dem Andromedanebel beträgt viele Lichtjahre. Er entfernt sich von uns mit einer Geschwindigkeit von über hunderttausend Kilometern pro Sekunde.

Die kleinste Zeiteinheit ist das Chronon, das aus der Zerfallszeit physikalischer Elementarteilchen abgeleitet wird. Ein Chronon ist der Zehn hoch dreiundzwanzigste Teil einer Sekunde. Wie nennt man eine Zahl mit dreiundzwanzig Nullen?«

Ich zuckte ratlos mit den Schultern, und sie fuhr unbeirrt fort: »Unsere Blühenden lernen – die Erde ist undenkbar alt, der Andromedanebel ist undenkbar fern, das Chronon ist undenkbar klein. Und sie haben recht. Denn diese Berechnungen waren schon damals für die meisten Menschen so unbegreiflich wie der Gott, den sie verehrten. Manche Dinge muss man verstehen, andere nur auf sich einwirken lassen.«

»Wieso weißt du bloß so viel?«, verwunderte ich mich.

»Weil ich so alt wie ein Baum bin. Alt zu werden, ist unser Vorrecht und unsere Tragödie, denn alles, was lange währt, altert. Das Schöne lebt nur eine kurze Zeitspanne. Wenn Gott ewig war, dann war er hässlich.«

Die Wellen schlugen gegen unser Boot. In der Nacht hatte ein

Sturm getobt. Wir schauten hinaus und dachten beide dasselbe. Ich sagte: »Sie haben ihr Leben und ihre Würde verloren.«

»Nein, nicht ihre Würde«, verbesserte sie mich. »Auch Tiere verfügen über Würde. Die beiden haben schamlos ihr Menschsein weggeworfen. Allein die Scham trennt uns von den Gottesanbetern und deren grausamen Ritualen wie der Ehe, das feierliche Versprechen, eine bestimmte Person, und nur die, zu lieben und mit ihr das ganze Leben zu verbringen, ja sogar neben ihr bestattet zu werden, bloß weil sie hin und wieder Sex miteinander hatten. Ein zwanghafter Kult von Primitiven.«

Ich kannte das ehemals weit verbreitete Eheritual aus den Romanen. In der Bücherei lagert hinter ellendicken Mauern das Gedächtnis des Ordens. Tausende von Büchern, jedes einzelne Blatt eingegossen in transparentes Korallin, sorgfältig konserviert wie die Mumien der alten Ägypter. Ein unersetzlicher Schatz, den wir nicht aus musealer Liebe zur Vergangenheit aufbewahren, sondern als Mahnung gegen das Vergessen. Bücher als Ruinen. Antike Säulen der alten Unvernunftswelt.

»Unsere Zeitmaschine«, sagte Mater Nabilia, die Herrin der Bücherei, als sie mich durch die langen Reihen der Regale führte.

»Wieso Zeitmaschine?«, habe ich sie gefragt, und sie hat geantwortet:

»Gibt es vollendetere Flugmaschinen in die Vergangenheit als Bücher? Keine noch so ferne Zeit, in die sie dich nicht tragen könnten. Du willst mit Marco Polo durch das alte China reisen oder mit Dante durch das klassische Florenz? Du willst Kaiser Nero im Circus Maximus erleben oder Stalin im Kreml? Steig ein! Die Bücher bringen dich, wohin du willst. Herrscher, Heilige und Wissenschaftler, die vor vielen Jahrhunderten gelebt haben, sprechen in diesen Büchern so lebendig zu dir, als säßen sie neben dir.«

Gefährlich wie die Strahlung in einem Atomkraftwerk ist das Wissen, das von diesen Büchern ausgeht. Aus diesem Grund ist der Zugang nur wenigen gestattet. Ungeheures Leid ist von diesem bedruckten Papier ausgegangen, vom Völkermord bis zur Verblödung der Massen, die vor lauter Lesen und Fernsehen immer realitätsfremder wurden. Das eine ist vom anderen nicht zu trennen. Auch Filme wurden aus Büchern gemacht.

Fünf Jahre habe ich im Tower arbeiten dürfen. Obwohl mir nicht alle Bände zur Verfügung standen, habe ich in jener Zeit gelesen, gelesen und gelesen. Es waren wahrhaftig aufregende Reisen in die Vergangenheit.

Ich hätte mein ganzes Leben dort verbringen können, musste aber gehen, weil die Beschäftigung im Tower nur befristet ausgeübt werden darf.

Kein Mensch kann das, was in diesen Büchern steht, in seinem Kopf speichern. Man nimmt das Gelesene wie Nahrung auf und vermag sich schon nach kurzer Zeit nicht mehr zu erinnern, was man zu sich genommen hat. Und das ist gut so. Man würde sonst auf der Stelle verrückt werden.

13. KAPITEL

Nicht-krank-sein-Können ist eine Krankheit«, behauptet Asra. »Der gesunde Körper braucht hin und wieder die Flucht aus der leidfreien Scheingesundheit. Manche Krankheiten müssen geradezu als gesundheitsförderlich angesehen werden. Sie sind wichtig, um die Kunst des Immunwerdens zu erlernen.«

Mit solchen Sätzen versuchte Asra mich zu trösten, als ich in ihr Hospital eingeliefert wurde.

Asra ist die Prinzipalin der Genesungsinsel Karakara. Obwohl älter als ich, ist sie dennoch glatthäutig wie eine Blühende. Die lebendige Verkörperung der Gesundheit. Sie würde jetzt sagen: »Nicht der Gesundheit, sondern der Gesundheiten. Denn so, wie es verschiedene Krankheiten gibt, so gibt es auch verschiedene Gesundheiten. Wenn zwei frierend durch den Regen laufen und nur einer sich erkältet, obwohl beide die gleichen Krankheitskeime einatmen, dann liegt das daran, dass sie von unterschiedlicher Gesundheit sind. Nicht auf den Erreger kommt es an, sondern auf den Organismus, den er vorfindet.«

Mein Organismus hatte sich offensichtlich in keiner guten Verfassung befunden. Bewusstlos, mit entzündeten Lungen und vom Fieber geschüttelt, war ich nach Karakara gebracht worden.

Als ich dort aus mehrtägiger Ohnmacht erwachte, lag ich auf einem ovalen Wasserbett. Dicht über mir wölbte sich die Decke, so rund und eiförmig wie der übrige Raum. Tageslicht sickerte durch die glatt polierten Wände. Welch seltsamer Traum.

Ich kniff mir in die Wange und spürte den Schmerz. Nein,

das hier war kein Traum. Ich steckte wahrhaftig nackt wie unausgebrütet in einem Ei. Was hatte das zu bedeuten? Mir fielen die Eier ein, die ich auf Gemora gesehen hatte. »Heilgondeln« hatte die Prinzipalin sie genannt.

Ich drückte auf den roten Knopf, der vor mir aufleuchtete, und dabei kam es mir so vor, als würde sich mein Gehäuse in Bewegung setzen, um mit mir davonzuschweben. Nach kurzem Flug und ruckartiger Landung wurde die Decke über mir aufgeklappt. Ein Gesicht beugte sich zu mir herab: »Wie fühlst du dich?«

»Wie ein Küken in seinem Ei.«

»Dann ist das Schlimmste überstanden.«

Bitter schmeckende Medizin floss über meine Lippen. Davongleitend, spürte ich, wie ich in tiefem Schlaf versank.

Es war das erste Mal, dass ich in einer Heilgondel steckte und ihre Heilkraft am eigenen Leib erfahren sollte. Welch ein Fortschritt gegenüber den alten Krankenhäusern!

Damals waren die Patientenzimmer durch Flure und Treppenhäuser miteinander verbunden, auf denen Ärzte, Kranke und Besucher umherliefen und ungehindert Krankheitskeime verbreiteten. Die Patienten wurden auf rollenden Betten durch das ganze Haus geschoben, um operiert, verbunden und therapiert zu werden.

Wie übersichtlich klein ist dagegen unser Inselhospital: ein niedriges, helles Gebäude neben einem steinernen Turm für die Gondeln. Jede einzelne ist eine von der Umgebung abgeschlossene Welt für sich: keimfrei und heilungsgerecht temperiert. In ihnen liegen die Patienten in künstlichem Tiefschlaf. Ihre Gondeln hängen dicht an dicht wie die Beeren einer Weintraube in dem Turm. In tiefer Stille schöpfen die Erkrankten hier neue Lebenskraft. Niemand stört den Genesungsschlaf. Keiner betritt ihr Zimmer, um sie zu untersuchen oder zu behandeln. Auf Abruf gleiten die Gondeln in die für die Behandlung erforderlichen Räume, wo die Patienten vom Krankenhauspersonal betreut und versorgt werden.

Nach dem »Schlüpfen« – so nennen sie auf Karakara die Beendigung des Heilschlafes – beziehen die Genesenden riedgedeckte Rundhütten in einem Pinienwäldchen. Dort brennen am Abend Lagerfeuer. Gitarren erklingen. Es wird gesungen und getanzt, vor allem getanzt. Auch das gehört zur Genesung. Mit dem Schlüpfen ist der Heilungsprozess nicht beendet.

»Wir wollen nicht nur wissen, was in unseren Körpern passiert, wenn wir krank werden, sondern vor allem, warum uns dieses Leiden befallen hat«, erklärte mir Asra. »Wir fahnden nach den Wurzeln.«

»Werden alle, die hierherkommen, geheilt?«, fragte ein Blühender.

»Fast alle«, antwortete die behandelnde Schwester.

»Gibt es auch … Tote?«

»Noch nie haben wir einen Blühenden durch Krankheit verloren. Dafür seid ihr, der Vernunft sei es gedankt, zu gesund, aber vor Unfällen ist keiner gefeit. Vor ein paar Tagen wurde uns ein Kind mit einem Schlangenbiss gebracht. Ihm war nicht mehr zu helfen.«

»Und wie ist es mit den Ordensfrauen?«

»Die sterben fast alle an der Krankheit, die keiner zu heilen vermag: am Alter.«

Obwohl noch geschwächt vom Fieber, unternahm ich schon bald kurze Spaziergänge am Strand, wobei mich die Prinzipalin begleitete. Asra war eine zarte Frau mit schmalen Händen. Unbefangen und selbstbewusst sprach sie von ihrer Arbeit, vermischte Wissenswertes mit Witz und ungewöhnlichen Gedanken. Ich hätte ihr stundenlang zuhören können.

Als sie mich in ihr Haus einlud und wir uns zu Tisch legten, sprach sie über das Essen: »Sage mir, was du isst, und ich sage dir, wer du bist. Alles hängt davon ab, was wir essen. Schau dir nur die Abbildungen der Menschen an, die vor uns die Erde bevölkerten. Nimm zum Beispiel die alten Briten. Kein anderes Volk war so stolz auf seinen Rindfleischkonsum. Ärmere Länder hielten sich Kühe der Milch wegen. Die Briten verzehrten mehr Beaf als alle anderen, und so sahen sie auch aus. Obwohl ihr Wappentier der Löwe war, hatten die englischen Königinnen von je her mehr Ähnlichkeit mit Kühen als mit Löwinnen. Und sie waren noch stolz auf ihre Rinderseelen. Die Eliteuniversität der Insel nannte sich Oxford, die Leibgarde der Königin Beafeater.«

Asra zeigte auf ein Bild, das wie eine Mahnung in der Essecke hing. Es zeigte einen dicken Mann mit einem Steinkrug in der Faust: »Jahrhundertelang haben Mönche und Pfaffen Karpfen gezüchtet und verzehrt. Hier hängt das Resultat: Halslose Fischköpfe mit hervorquellenden Karpfenaugen.«

Ich musste laut lachen, doch sie fuhr unbeirrt fort: »Noch nie zuvor wurden so viele Hühner verspeist wie gegen Ende der christlichen Zeitrechnung. Dass die Menschen am Ende nicht so dachten wie die Käfighennen, verdankten sie nur der Tatsache, dass Hühner nicht denken, und das taten auch immer mehr Zeitgenossen. Das überließen sie den Computern.«

Sie träufelte Zitronensaft auf die Avocados und meinte: »Es gab fast nichts, was diese Vielfraße sich nicht einverleibten, vom Kalbshirn bis zur Haifischflosse. Frösche verendeten mit abgerissenen Beinen, Singvögel in Fangnetzen und Hummer in kochendem Wasser. Essen war für sie ein fleischliches Vergnügen, so sinnlich geil wie ihre Sexsucht. Sie schwelgten in wahren Gaumenorgasmen. Und dabei saßen sie wie die Affen auf ihren dicken Ärschen. Sitzen scheint überhaupt ihre Lieblingsbeschäftigung gewesen zu sein. Bei Tisch, im Büro, auf Reisen, sie saßen immer und überall. Diese unnatürliche Körperhaltung ist ein unverwechselbares Kennzeichen der christlichen Menschheit. Die Griechen und Römer lagen beim Essen, auch die Inder und Orientalen. Außer den Affen sitzt kein Tier, Hund und Katze tun es bisweilen, weil sie schon so lange mit den Menschen unter einem Dach leben. Aber Mäuse und Elefanten tun es nie.«

Beim Schälen eines Apfels sagte sie: »Äpfel, Birnen, Kirschen und Pflaumen gehören botanisch zur Familie der Rosengewächse. Und Rosen liebe ich in jeglicher Gestalt. Keiner käme auf die Idee, eine Rose zu kochen, und eigentlich sollte man das keiner reifen Frucht antun. Denn der Genuss von Rohkost dient der Heilung, Gekochtes nur der Sättigung. Am gesündesten ist das eingeweichte volle Korn. Ich esse es täglich.«

Sie wusste Dinge, von denen ich nie zuvor gehört hatte, die ich mir aber merkte. War ihr blühendes Aussehen nicht der augenscheinliche Beweis für die Richtigkeit ihrer Ratschläge?

»Der Verzehr von Nachtschattengewächsen hat Nebenwirkungen, die man kennen sollte. Kartoffeln fördern das verstandesmäßige Denken auf Kosten des intuitiven Empfindens, womit sie für uns Frauen mit beschnittenen Köpfen völlig ungesund sind. Honig ist gut. Er belebt Leib und Seele.

Nichts ist so wohltuend wie das Beisammensein mit lebensbejahenden Menschen. Geht zu den Gesunden und steckt euch alle an!«

Sie füllte einen Becher mit Milch und sagte:

»Für bestimmte Krankheiten gibt es keine bessere Medizin als Milch, weshalb wir auf Karakara Rinder halten.«

Ich wollte sie sehen, und Asra zeigte sie mir.

Es ist eine Wohltat, den grasenden Tieren zuzuschauen, wie sie mit tief gesenkten Köpfen Schritt für Schritt die Wiesen abweiden. Alles an ihnen ist ruhig, selbst der Schwanzschlag, mit dem sie die Fliegen vertreiben. Sanftmut leuchtet ihnen aus den Augen. Und wie andachtsvoll sie kauen.

Die Ställe lagen in einer Talmulde hinter einer hohen Tamariskenhecke, die den Seewind abhielt. Die Kühe konnten sich dort frei bewegen. An diesem Nachmittag lagen sie wiederkäuend auf der Weide. Asra stellte fest, dass ein Tier fehlte.

»Normalerweise suchen sie die Ställe nur bei Regen auf. Irgendetwas stimmt da nicht.« Es klang besorgt. Sie begann zu laufen, und ich rannte hinter ihr her.

Bevor wir den Stall erreichten, hörten wir das Keuchen der Kuh. Sie stand wie erstarrt in dem knöcheltiefen Stroh. Ihre Flanken bebten. Schaum rann ihr aus dem geöffneten Maul. Die Augen voller Angst.

»Sie ist krank.«

»Nein«, sagte Asra. »Sie bekommt ein Kalb.« Sie strich dem Tier über den prallen Leib und sprach zu ihm wie zu einem Menschen. Gemeinsam versuchten wir die Kuh zu beruhigen. Zum Dank leckte sie uns die Hände. Wie rau ihre Zunge war! Und dann ging alles sehr schnell. Ein Schwall Wasser ergoss sich aus ihrem Leib. Etwas Glitschiges aus Haut, Fell und Schleim quoll hervor und fiel zu Boden. Vor uns lag ein Kalb, nass und blutverklebt. Ich wollte ihm helfen, aber Asra hielt mich zurück: »Überlass das der Mutter.« Die hatte sich bereits über ihr Kind gebeugt, um es trocken zu lecken. Ehe sie damit fertig war, stand das Kleine auf seinen viel zu langen, dünnen Stelzenbeinchen, noch wacklig, aber schon laufbereit, um ein paar erste Stolperschritte zu wagen.

Es war das erste Mal, dass ich eine Geburt miterleben durfte. Sie hat mich nachhaltig beeindruckt. Nach allem, was ich bisher darüber gehört hatte, glaubte ich, Gebären sei eine ekelerregende, scheußliche Tortur, eine menschenunwürdige Barbarei. Was es ja wohl auch ist, aber dennoch: welch ein Wunder!

Ich versuchte mir vorzustellen, wie es wohl wäre, ein Kind zu haben. Ein wundervolles Gedankenspiel.

Das Kind, das ich nicht habe und nie haben werde, heißt Isabel. Warum gerade Isabel? Weil das ein schöner Name ist. Ich will, dass es große braune Augen hat. Es ist klein, mit niedlichen Kinderhänden, die sich mir entgegenstrecken. Alle sagen, wie schön mein Kind ist. Und ich bin so stolz, als hätte ich es selbst geboren. Eine Angelegenheit, die ich mir in meiner kühnsten Fantasie nicht vorzustellen vermag. Der Gedanke, dickbäuchig wie ein Igelfisch zu werden, erfüllt mich mit Schaudern. Ich möchte auch nicht, dass mein Kind an meinen Brüsten herumschmatzt, wie das die Säuglinge im Menschenzoo tun. Das Kind, das ich nicht habe und nie haben werde, ist vier Jahre alt. Es kann sprechen und laufen und benötigt keine Windeln mehr. Es bleibt für immer ein Kind, mein Kind, wenn auch nur in Gedanken.

14. KAPITEL

Zwischen Dämmerung und Dunkelheit, wenn die Blüten lockender duften und die ersten Fledermäuse einflattern, erwachen die Trommeln. Seit Tagen beunruhigen sie die Menschen, verheißen höchste Wonne, letzte Vollendung, Ekstase, Totentanz.

Auch für Baal, den Bootsmann, der mich auf vielen Reisen begleitet hat, war die Lebensuhr abgelaufen. Nach unserer letzten Fahrt hat er mir schweigend die Hand gereicht. Wie jung und faltenlos sie noch war. Und doch lag der Schatten des Todes schon auf ihr. Er blickte mir in die Augen und meinte lächelnd: »Das Leben ist wie ein Festessen. Man muss zur rechten Zeit aufhören.«

Der Mond war fast voll. Erwartungsvolle Unruhe lastete auf den Inseln. Auch die Natur schien davon ergriffen zu sein. Der sommerliche Gesang der Grillen war erloschen. Kein Windhauch bewegte die Blätter der Bäume. Das Geschrei der Möwen erschallte noch schriller als sonst. Die Ordensfrauen gingen so ernst umher, als wäre auch ihre Lebensfrist abgelaufen.

Dann herrscht eine Stimmung wie in einem Bienenvolk kurz vor dem Hochzeitsflug. Die Sexualität, sonst kein Thema unter Blühenden und Ordensfrauen, steht mit einem Mal im Mittelpunkt unserer Gedanken und Gespräche.

Ich hörte, wie eine Ordensfrau zu einer anderen sagte: »Die Hoden der Gemeinen Fledermaus sind doppelt so groß wie ihr Gehirn.«

Und bei anderer Gelegenheit erfuhr ich aus dem zahnlosen

Mund der alten Mater Thekla, dass Ratten sich bis zu fünfhundertmal am Tag paaren und dass der Penis der Moorente länger ist als das ganze Tier. Dabei sah man ihrem Gesicht an, wie ekelhaft sie das fand.

Was vollzog sich dort draußen auf den Inseln, auf denen die Blühenden, getrennt nach Geschlechtern, zu fortpflanzungsfähigen Männern und Frauen heranreiften, um der höchsten Glückseligkeit teilhaftig zu werden?

Da Blühende wie Ordensfrauen nie sexuelle Wonnen oder Ekstasen am eigenen Leib erlebt haben, betrachten sie das orgiastische Finale als eine Art unbegreifliches Mysterium, das ihnen Schauer über den Rücken jagt. Auch ich vermochte mir nicht vorzustellen, was dort draußen auf der Schmetterlingsinsel abläuft.

»Es geht zu wie bei den Fröschen«, hatte Mater Metula mir erklärt.

»Und wie geht es bei den Fröschen zu?«, wollte ich wissen.

Da ist sie mit mir zu dem Moor hinter der Mondfischbucht gelaufen. Die Dunkelheit war schon hereingebrochen, und das Quaken der Frösche übertönte die Brandung des Meeres.

»Warum schreien sie bloß so entsetzlich?«

»Vor Sehnsucht und Gier nach Liebe.«

»Aus Liebe? Wie kann man aus Liebe schreien?«

Als Antwort stieg sie in den flachen Tümpel, um dem unheimlichen Spuk ganz nahe zu sein. Die Frösche waren so sehr mit sich beschäftigt, dass sie uns nicht wahrnahmen. Mater Metula griff nach einem aufeinanderhockenden Paar, und als sie es aufhob, sah ich, dass drei Frösche davonsprangen.

»Sie werden von so wilder Liebesraserei befallen, dass sie oft genug bei der Begattungsumarmung ihre Weibchen zerfetzen. Sie klammern sich auch an anderen Männchen fest, sogar an Fischen, denen sie die Kiemen zudrücken. Sie vergreifen sich an allem, was schwimmt, sogar an Treibholz. Die sexuelle Gier beraubt sie jeglicher Vernunft.«

An die Liebesraserei der Frösche musste ich denken, als der Nachtwind den Klang der Trommeln von der Schmetterlingsinsel herüberwehte. Mir schauderte vor der wütenden Gier, die uns den Verstand raubt und in den Tod treibt, wie die Spinnen, die während der Begattung ihre Männchen fressen, oder wie die Drohnen, die nach dem Hochzeitsflug erstochen werden. Meistens sind es die Männchen, die nach Erfüllung ihres sexuellen Auftrages aus dem Leben scheiden. Bei den Blühenden wie bei den Lachsen müssen beide Geschlechter sterben, um dem neuen Leben Platz zu machen.

Wilde Träume verfolgten mich in jenen Nächten.

Ich stehe am Rand eines moorigen Tümpels. Das Wasser brodelt vor zappeliger Bewegung, aber es sind keine Frösche. Es sind Menschen. Sie lieben sich paarweise, zu dritt und zu viert. Zwei Bärtige umklammern eine Frau, einer von hinten, der andere von vorn. Im Mondlicht glänzen ihre nackten Körper wie Krötenhaut. Arme und Beine, ineinander verschlungen wie Schlangenleiber, in gleitender Bewegung. Münder, die sich an quellendem Fleisch festgesaugt haben. Ein Mann mit einem Geschlecht wie ein Esel über einer Frau mit schwingenden Brüsten. Moorverschmierte Bäuche neben schweißglänzenden Gesichtern. Giftgrüne Blasen quellen aus dem Morast und zerplatzen an der Luft. Bäuche und Schenkel spiegeln sich im schlammschwarzen Wasser. Schmatzen, Kreischen und lustvolles Stöhnen. Befingern, Betatschen und Verschlingen. Dazu dröhnen die Trommeln, hektisch wie fiebriger Herzschlag.

Am Ende erwache ich schweißgebadet.

Alle drei Monate das gleiche schaurige Mysterium. Und trotzdem überfällt uns alle immer wieder das gleiche Fieber, wenn die Trommeln zur letzten Lust rufen. Kaum einer denkt an die Neugeborenen, die zur gleichen Zeit in das Licht der Welt gehoben werden, und an die Ungeborenen, die in jener Vollmondnacht gezeugt worden sind. Gewiss ist das so, weil wir den Bezug zu Zeugung und Geburt verloren haben, während keiner von uns dem Tod entkommt.

Mit der abnehmenden Phase des Vollmondes verstummen die Trommeln auf den Inseln, die niemand betreten darf, niemand außer den Liebenden. Nur die Skarabäen wissen, was da wirklich vor sich geht. Sie entnehmen den im Liebesrausch verstorbenen Frauen die befruchteten Eier, um neues Leben in der Brutstation heranreifen zu lassen.

Die Toten finden auf der Liebesinsel ihre letzte Ruhe. Und es heißt, dass nirgendwo so prächtige Blumen gedeihen wie in dem Tal, in dem die Blühenden begraben werden. Ihr Duft lockt so viele Falter herbei, dass man glaubt, bei Windstille ihren Flügelschlag zu vernehmen. Ihr fein beschwingtes Schweben scheint alle irdische Schwerkraft aufzuheben. Die spinnwebenhafte Leichtigkeit verleiht dem Ort überirdischen Zauber und dem Tal den Namen: Schmetterlingstal.

Besteht nicht die wichtigste Aufgabe eines Schmetterlings darin, einen Geschlechtspartner zu finden? Erst dann kann er sterben.

15. KAPITEL

Ich hatte zwei Tage auf Kurakabana verbracht, einem Atoll am äußersten Rand unserer Inselwelt, um dort einen Lehrgang zu leiten. Als ich am Morgen meiner Abreise die Stufen zum Hafen hinabstieg, war der Himmel schwefelgelb, was ich für kein gutes Vorzeichen hielt. Da Stürme um diese frühe Jahreszeit sehr selten sind, schob ich alle Bedenken beiseite, machte mein Boot für die Heimfahrt klar und stieß in See, die so ruhig dalag wie ein großer Teich. Nachdenklich hätte mich stimmen sollen, dass außer mir kein Schiff ausgelaufen war.

Den größeren Teil der Heimreise hatte ich bereits zurückgelegt, als sich im Westen Wolken zusammenballten. Es wurde so finster, als wenn die Nacht hereinbräche. Wie ein Faustschlag traf die erste Bö das Boot. Am liebsten hätte ich eine nahe gelegene Insel angesteuert, aber das Meer hatte sich inzwischen so wild erhoben, dass ich befürchten musste, an dem felsigen Steilufer zu zerschellen. Die Wellen brachen sich mit Schaumkronen, und der Sturm tobte. Wie ein Stück Holz wurde das Schiff hin und her geschleudert. Warum war ich bloß allein losgefahren und hatte mir nicht einen Bootsführer genommen, wie das die anderen Ordensfrauen taten, wenn sie längere Fahrten zu unternehmen hatten?

So rasch, wie das Unwetter ausgebrochen war, so rasch verebbte es auch wieder. Das Meer aber blieb weiterhin wild bewegt. Um nicht zu kentern, bemühte ich mich, die Wellen so steil wie möglich zu schneiden, was meine ganze Aufmerksamkeit in Anspruch nahm. Im Windschatten einer Insel nutzte ich die Gelegenheit, das eingedrungene Wasser aus dem Boot zu schöpfen. Dabei bemerkte ich achtern voraus einen dunklen Gegenstand. Er ragte aus dem Wasser wie der Rücken eines großen Fisches. Als ich näher kam, sah ich, dass es ein Baumstamm war. Aber bewegte sich da nicht etwas? Und dann erkannte ich den Menschen. Mit nackten Armen umklammerte er das Treibholz und schien am Ende seiner Kräfte zu sein. Es kostete mich große Anstrengung, ihn in mein Boot zu ziehen. Seine Finger hatten sich so fest in dem Treibholz verkrallt, dass ich ihn nur mit Hilfe einer Trosse frei bekam.

Mehr tot als lebendig hing er schließlich über der Ruderbank. Das Wasser rann ihm aus dem ledernen Lendenschurz. Keuchender Atem hob und senkte seinen nackten Brustkorb. Fragen nahm er nicht zur Kenntnis. Seine Zähne schlugen aufeinander. Er fror. Ich wickelte ihn in eine Wolldecke, und er versank in tiefen Schlaf.

Die Wellen schlugen immer noch hoch und erforderten meine ungeteilte Aufmerksamkeit. Ich vermochte mich nur mit Mühe auf meine Arbeit zu konzentrieren. Wilde Gedanken schossen mir durch den Kopf.

Wer war dieser Mensch? Woher kam er? Er war kein Blühender, sondern ein Mann mit Bart und behaarter Brust. Eine menschliche Abart, der ich bisher nur im Menschenzoo begegnet war. Und auf Gemora als Gesetzesbrecher. Vom ersten Augenblick unserer Begegnung an übte der Fremde magnetartige Kräfte auf mich aus. Er zog mich an und stieß mich zugleich ab.

Ein Mann – wie konnte sein, was nicht sein durfte? War er einer von denen, die es wagten, die Purifikation zu umgehen, ein Ketzer gegen die reine Lehre der Vernunft? Oder stammte der Mann aus einer fernen Inselwelt, von der wir nichts wussten? Gewiss waren wir nicht die Einzigen, die die südliche Erdhalbkugel bewohnten. Vielleicht gab es irgendwo da draußen in der Weite des Ozeans noch primitive Wilde, Tierfleischesser oder vielleicht sogar Menschenfresser. Wir hatten uns nie die Mühe gemacht, das nachzuprüfen, denn im Gegensatz zu unseren Vorfahren, die nichts lieber taten, als um die Welt zu reisen, gilt für uns: Fortfahren und Fortschritt sind zwei Seiten des gleichen Übels. Gefahrvoll ist die Fremde. Kein Atoll, das nicht radioaktiv verseucht sein kann. Kein Boden ohne Landminen. Kein Neuland ohne unbekannte Gifte.

Nicht in die Fremde reisen, um Neues in Augenschein zu nehmen, sondern Bestehendes gründlich erkunden. Darauf basiert unsere Kultur. Nicht nach immer Neuem forschen, sondern das vorhandene Wissen weiter vertiefen. Erhalten ist wichtiger als Entdecken und Erfinden.

So wie wir nicht in fremde Lebenskreise eindringen, so erwarten wir auch, dass sich andere von uns fernhalten. Jeder Fremdkörper, der versucht, von außen in einen lebenden Organismus einzudringen, ist eine Bedrohung für die Gesundheit, ist Krankheitskeim und Verletzung. Alles Fremde ist gefährlich!

Anstatt den Mann, wie es sich gehört hätte, dem Orden auszuliefern, nahm ich ihn mit zu mir, in mein Haus, das ich seit dem Tod von Mater Metula allein bewohnte. Der Mann aus dem Meer bedurfte so sehr meiner Hilfe, dass ich gar nicht anders konnte als ihm zu helfen.

Ich weiß nicht, wie ich es fertigbrachte, ihn vom Strand ins Haus zu schaffen, aber als ich ihn endlich über die Türschwelle gezogen hatte, befand auch ich mich am Ende meiner Kräfte. Ich richtete ihm ein Bett her und eilte in die Küche, um heißen Tee zu bereiten. Als ich zurückkehrte, steckte er unter der Bettdecke. Nur seine Füße schauten hervor. Meine Güte, was für große Füße er hatte!

Ich wollte ihm Tee einflößen. Es gelang mir nicht. Mit zusammengepressten Lippen bebte er am ganzen Körper. Er fror. Mit geöffneten Augen, aber ohne Bewusstsein lag er da wie ein Toter.

Ich dachte an Nandu, meinen kleinen Seeadler. Als sie ihn

brachten, war er so hilflos wie dieser Mann hier. »Zu früh aus dem Nest gefallen«, sagte die Ordensfrau, die ihn gefunden hatte. »Für einen Greifvogel ist dies das Todesurteil.« Ich war selber noch ein Kind und wollte nicht einsehen, dass diesem Vogelkind nicht mehr zu helfen war. Man warnte mich: »Ein Seeadler lässt sich nicht zähmen. Nimm dich in Acht! Sein Schnabel ist so scharf wie ein Hackmesser.« Aber ich habe ihn versorgt und aufgezogen mit Fischbrei und Muschelfleisch, vor allem aber mit viel Liebe und Körperwärme.

Daran musste ich denken, als ich neben dem Bett des Mannes kauerte. Ich beugte mich über ihn, um ihn aus der Nähe in Augenschein zu nehmen. Das Barthaar in seinem Gesicht verlieh ihm etwas Tierhaftes. Tiere habe ich immer geliebt, mehr als Menschen. Ich bewunderte die breite Stirn, die hervortretenden Backenknochen, die buschigen Augenbrauen, den Haarwuchs über kantigem Kinn.

Er sah nicht so aus, als gehörte er zu jener gefährlichen Art, deren hormongesteuerte Brutalität den ganzen Planeten bedroht hatte. Er machte auch nicht den Eindruck auf mich, als wäre er ein primitiver Wilder, ein Fleischfresser von einem fernen Eiland.

Welche Sprache er wohl beherrschte? Bisher hatte er noch kein Wort gesprochen. Stumm wie ein Tier lag er da, ein sterbendes Tier, das dringend Hilfe brauchte. Ich berührte ihn: Hand, Stirn, Schulter. Kalt wie ein Fisch. Wie konnte es anders sein. Lammfelle, die man über einen Frierenden wirft, erzeugen keine Wärme, sondern bewahren nur die Wärme des Leibes. Was aber, wenn der kalt wie Eis ist?

Heißen Tee verweigerte er. Mater Metula hatte mich nach dem Schwimmen im Meer immer mit rauen Tüchern warm gerubbelt. Ich schob die Felle beiseite und legte meine Hände auf seinen nackten Leib. Ich schauderte. Mater Metula hatte sich auf dem Totenbett so kalt angefühlt. Wie hatte sie gesagt, wenn sie gewärmt werden wollte: »Man kann Schiffbrüchige in warmes Wasser legen, sie mit Branntwein abreiben und mit heißen Getränken vollpumpen, und dennoch werden nur wenige überleben. Weißt du, wie das die Seeleute früher gemacht haben? Wenn sie einen Schiffbrüchigen aus dem Meer fischten, haben sie ihn einem anderen Menschen ins warme Bett gelegt. Das ist das Geheimnis der brütenden Vögel, die mit der Wärme ihrer Körper leblosen Eiern Leben einflößen.« Dabei hatte sie sich an mich geschmiegt, als wollte sie mir das Leben schenken.

Einen Atemzug lang öffnete der Mann die Augen. Er tat einen Seufzer. Dann sank ihm das Kinn auf die Brust.

Starb er bereits?

Da streifte ich meine Kleider ab, schlüpfte zu dem Sterbenden unter die Felldecke, umschlang ihn mit beiden Armen, presste meinen Bauch an seinen Rücken, berührte ihn mit den Lippen. Seine Haut schmeckte nach Salz. Der Geruch des Meeres vermischte sich mit dem Geruch unserer Leiber. Ich spürte, wie die Wärme meines Körpers den seinen belebte. Es war ein beglückendes Gefühl. Ich wagte nicht, mich zu rühren. Da war nur mein Herzschlag und der nackte Rücken des Mannes. Nach einer Weile begannen meine Finger ihn zu erkunden, glitten über behaarte Haut, stießen gegen sein schwellendes Glied. Ich weiß nicht, wie lange ich ihn in meinen Armen hielt, aber am Ende hatte ich das Gefühl, dass er mich mehr wärmte als ich ihn.

Als ich erwachte, hielt ich ihn noch immer umschlungen, so als wollte ich ihn festhalten. Die Sonne schien durch das Fenster. Ich fror. Sein Rücken an meiner Wange war warm. Tiefe Atemzüge hoben und senkten ihn. Der Mann hatte sich ganz offensichtlich erholt. Was würde geschehen, wenn er in meinen Armen erwachte? Der Gedanke daran erschreckte mich so sehr, dass ich aus dem Bett sprang und mich im Nebenzimmer ankleidete.

Der Tag ging zu Ende. Der Mann war noch immer nicht aus seiner Ohnmacht erwacht. Seine Lungen schienen entzündet zu sein. Das Atmen fiel ihm schwer. Auch ich fühlte mich krank. Mein Hals schmerzte. Schüttelfrost quälte mich. Jetzt machte sich meine Unterkühlung vom Vortag bemerkbar. Hatte mich der Mann angesteckt? Der fror nicht mehr, sondern glühte vor Fieber.

Ich flößte ihm Tee ein, verschüttete jedoch die Hälfte. Dabei sprach er. Nur ein Wort. Es klang wie »Mond«. Er wiederholte es mehrmals, versank danach aber wieder in tiefen Schlaf.

Es schien ihm besser zu gehen, dafür stieg mein Fieber von Stunde zu Stunde, vermengte Traum und Wirklichkeit, sodass ich rückblickend nicht mehr zwischen Hirngespinst und tatsächlichem Hergang zu unterscheiden vermochte. Wirre Bilder. Sinnliche Empfindungen. Wahnsinn, im wahrsten Sinne des Wortes.

Er liegt neben mir, streichelt mein Haar, bedeckt meinen Körper mit Küssen. Wir umschlingen uns, durchdringen einander zu wilden ekstatischen Knoten. Atemlos vor Begehren.

Als der Knoten sich auflöst, bin ich schweißgebadet, ob vom Fieber oder vom Traum, ich weiß es nicht. Wo endet der Wahn? Wo beginnt die Wirklichkeit? Ich taste nach ihm. Er ist fort. Ich liege in meinem Bett, allein und nackt. Ich kleide mich an, suche ihn im Haus und im Garten, vergeblich. Er ist verschwunden, als hätte es ihn nie gegeben. Da ist nichts, das er zurückgelassen hat, nicht einmal ein Haar auf den Kissen.

Vielleicht hat es ihn nie gegeben. Vielleicht habe ich das alles nur geträumt. Fieberfantastereien? Ich suchte nach ihm bis zum Einbruch der Nacht. Er muss fortgegangen sein, als ich krank daniederlag, doch wie und wohin und warum?

Ich habe mir das alles nur eingebildet.

Aber am Landungssteg fehlte ein Ruderboot.

16. KAPITEL

Das ganze Jahr über lassen sich die Eichhörnchen nicht blicken, aber wenn die Nüsse reif sind, springen sie plötzlich wie herbeigezaubert im Geäst der Nussbäume umher, scheu und doch neugierig, flink und unerhört eifrig, selbst noch in der Reglosigkeit. Mitten im Klettern und Springen erstarren sie plötzlich ohne ersichtlichen Grund, verharren eine Weile unbeweglich und schießen dann mit ihren langen wippenden Schwänzen wie im Flug davon.

Ich hatte an jenem Abend diesen drolligen Akrobaten zugeschaut, bis eine Wolkenwand im Westen die untergehende Sonne verdeckte und die Nacht überraschend schnell hereinbrach. Regentropfen fielen. Ich beeilte mich, ein Dach über den Kopf zu bekommen.

Auf der dunklen Terrasse stolperte ich über einen umgestürzten Schemel und fiel so ungeschickt, dass ich von Glück sagen konnte, mir nichts gebrochen zu haben. Es blieb bei aufgeschrammten Knien und Blutergüssen. Aber während die Schwellungen im Laufe der nächsten Tage zurückgingen, schienen sie am Bauch noch zuzunehmen. Da mir nichts wehtat, sagte ich mir: Mädchen, du isst zu viel. Wenn du nicht aufpasst, wirst du noch so dick wie die alte Mater Metula.

Gegen Ende des Monats verfügte ich nicht nur über einen beachtlichen Leibesumfang, auch meine Brüste schwollen an und wölbten sich immer deutlicher hervor. Ich weiß nicht, wann mir der Gedanke zum ersten Mal in den Sinn kam, aber danach ließ er mich nicht mehr los. Ich war … Nein, das konnte nicht sein. Es musste eine andere Erklärung für die beängstigende Veränderung meines Körpers geben, eine Störung der Hormone oder …

Aber dann schoss mir durch den Kopf, dass meine Monatsblutungen ausgeblieben waren, seit Längerem schon. Wir messen dem keine Bedeutung bei, da fruchtbare und unfruchtbare Tage in unserem Leben keine Rolle spielen. Nachts, wenn ich keinen Schlaf fand, glaubte ich bereits die ersten Bewegungen des Ungeborenen wahrzunehmen. Ich befand mich ganz offensichtlich in einem Zustand, den es nicht gab, nicht geben durfte. Ich war … ich suchte nach dem richtigen Wort … schwanger, so sagte man wohl früher, wenn eine Frau ein Kind in ihrem Leib trug.

Diese Erkenntnis traf mich wie ein Peitschenschlag. Ich lief in meiner Stube umher wie ein gefangenes Tier. Wenn es wenigstens einen Menschen gegeben hätte, dem ich mich hätte anvertrauen können. Ich habe mich noch niemals so einsam gefühlt wie in jenen Tagen und Nächten. Eine schwangere Ordensfrau – welch unvorstellbarer Gedanke!

Hatte ich früher nur selten und flüchtig in den Spiegel geschaut, so nahm ich jetzt jede Gelegenheit wahr, mich lange und ausgiebig zu betrachten, so als müsste ich herausfinden, wer ich wirklich war.

Nachts lag ich grübelnd wach. Ein Mann aus einer anderen Welt, von mir halb tot aus dem Meer gefischt, hatte mich zur Mutter gemacht, als ich bewusstlos neben ihm im Bett lag, um ihn zu wärmen. Wer würde mir solch eine Geschichte glauben, noch wahnwitziger als das Bibelmärchen von der jungfräulichen Geburt im Eselsstall? Ich musste handeln, und zwar schnell, denn die bevorstehende Geburt machte etwas ganz Entsetzliches: Sie rückte unaufhaltsam näher und näher.

Vier Mondwechsel war es her, dass ich den Fremden zu mir ins Haus geholt hatte. Ich befand mich also im vierten Monat. Aus einem alten Buch der Ordensbücherei erfuhr ich, dass es zur Abtreibung der Leibesfrucht zu spät sei. Rückblickend glaube ich, dass ich trotz der Verzweiflung, die mich ergriffen hatte, auch nie die Kraft gehabt hätte, das zu tun. Stattdessen begann ich davon zu träumen, wie wundervoll es sein müsste, ein Kind zu haben. Schon oft hatte ich in Gedanken mit der Vorstellung gespielt. Wie konnte ich jetzt zerstören, was ich im Geheimen seit Langem begehrte?

Ich sagte mir immer wieder: »Du steuerst einer Katastrophe entgegen. Niemand verwechselt ungestraft seine Träume mit der Wirklichkeit. Dieses Kind darf nicht sein.«

Es half nichts. Mein Mutterinstinkt war stärker. Ich glaube, ich war immer mehr Frau als andere Frauen. Meine Liebe zu Merimé, meine Hingabe an den Mann aus dem Meer, so etwas konnte nur mir passieren. Niemand im Orden würde Verständnis dafür aufbringen. Nachts im Traum zeigten sie mit ihren alten, knochigen Fingern auf mich: »Sie ist ein Tier, ein wildes Tier. So benimmt sich kein Mensch, und schon gar nicht eine von uns.«

Und sie hatten ja recht.

Allmählich fand ich meine innere Ruhe wieder. Eine Situation wie die meine hatte es noch nie gegeben. Die zu lösende Aufgabe lautete: Wie kann in einer Gesellschaft, in der es keine Geburten gibt, eine Frau ein Kind in die Welt setzen, und vor allem, wie kann sie es aufwachsen lassen, ohne dass es jemand bemerkt?

Auf den ersten Blick eine ganz und gar unlösbare Aufgabe. Aber seit damals weiß ich, es gibt Urtriebe in der Natur, die sich gegen alle Logik und Vernunft durchsetzen. Dazu gehört der Muttertrieb. Mütter entwickeln Kräfte, die ihre natürlichen Fähigkeiten weit überschreiten. Die Häsin, die sich furchtlos gegen den Habicht zur Wehr setzt, um ihre Jungen zu retten, das Rebhuhn, das die Aufmerksamkeit des Marders auf sich lenkt, um ihn von seinem Gelege wegzulocken, sie handeln alle mit dem gleichen Mut der Verzweiflung. Auch ich war dazu bereit.

Ich besuchte mehrmals Urutawa. Als Begründung gab ich an, eine Arbeit über pränatale Praktiken zu schreiben. Dabei interessierte mich vor allem der Zeitpunkt, an dem die ausgereiften Föten das Licht der Welt erblicken würden. Wie nicht anders zu erwarten, lag der ziemlich genau neun Monate nach den Lupanarien. Ich stellte mit großer Freude fest, dass sich dieser Termin mit meinem voraussichtlichen Geburtstermin in etwa deckte. Was hätte ich nur gemacht, wenn das nicht so gewesen wäre!

In meinem weiten Ordensgewand sah man mir meinen Zustand nicht an. Die beiden Schwestern, mit denen ich in der Bibliothek im selben Saal zusammenarbeitete, waren zwei kurzsichtige Matronen, die beide mehr Bauch vor sich herschoben als ich. Anfang des achten Monats spürte ich die Bewegungen des Kindes so heftig, dass ich mich aus Angst vor einer Frühgeburt krankmeldete. Ich brauchte mich gar nicht sehr zu verstellen, denn mein Gesundheitszustand wurde immer erbärmlicher.

Jetzt kam mir zugute, dass es uns Ordensfrauen nicht gestattet ist, Besuch in unseren Häusern zu empfangen. Der Vernunft sei Dank gab es auch keine Novizin, die mit mir das Haus teilte. Ich war allein und begann, mich auf die Geburt vorzubereiten. Obwohl ich mich in einem Zustand dauernder Übelkeit befand, war ich glücklich wie nie zuvor. Vor lauter Erwartung vergaß ich alle Angst vor der Geburt, von der ich keine rechte Vorstellung hatte. Die Geburt des Kalbes auf der Krankeninsel Karakara, die ich aus der Nähe miterlebt hatte, war sehr rasch und schmerzlos vor sich gegangen.

Warum sollte das bei uns Menschen anders sein?

Vor Sonnenaufgang setzten die ersten Wehen ein. Als sie in immer kürzeren Abständen folgten, legte ich mich so nieder, dass ich mit Hilfe eines Spiegels in der Lage sein würde, die Geburt zu verfolgen. Ich war ohne Angst und erfüllt von freudiger Erwartung.

Was nun folgte, war so ungeheuerlich, dass es sich nur schwer in Worte ausdrücken lässt. Der Schmerz sprang mich an wie ein wütendes Tier, verkrallte sich in mir, zerfleischte meine Eingeweide. Ich schrie mir die Kehle wund und war fest davon überzeugt, sterben zu müssen.

Schweißgebadet sah ich, wie sich der Kopf meines Kindes hervorzwängte. Er war ungewöhnlich groß. Nach und nach drängte sich im Rhythmus der Wehen das Neugeborene immer mehr aus mir heraus, blutig und schleimig. Ich durchtrennte mit eigenen Händen die Nabelschnur und hielt einen kleinen Knaben in meinen Armen. Ich weinte und lachte vor Glück. Dann fiel ich in einen totenähnlichen Schlaf, aus dem ich erst gegen Mittag wieder erwachte. Der Kleine lag auf mir und schaute mich an. Ich legte ihn an meine Brust. Es erschien mir so natürlich, dass ich die Welt um mich herum vergaß und ihn auf meinen Armen wiegte, bis er einschlief.

Ich hatte ein Kind.

Ich war der einzige lebende Mensch, der ein Kind geboren hatte. Man würde es töten, denn dieses Geschöpf war eine Schandgeburt, die es nicht geben durfte. Ein von einer Frau geborenes Kind würde alle Ordnungen über den Haufen werfen. Man würde nicht zögern, es zu eliminieren, weil nicht sein kann, was nicht sein darf.

Der Kleine lag wach in seinem Körbchen und schaute mit seinen großen, glänzenden Augen zu mir empor, leuchtend blau wie blühender Jakaranda.

Ich gab ihm den Namen Jakaranda.

Er brauchte meine Hilfe, und zwar sofort. Das allgemeine Gebären hatte bereits begonnen. Wenn es mir nicht gelang, Jakaranda unter die Neugeborenen zu schmuggeln, war er verloren.

Mit dem Mut einer Häsin, die nicht zögert, ihr Junges vor den Krallen der Falken zu schützen, stach ich bei stockdunkler Nacht in See. Mein Kind steckte, umhüllt von warmen Decken, in der Basttasche, die wir Frauen vom Orden auf unseren Reisen tragen. Als ich kurz vor Sonnenaufgang Urutawa erreichte, regnete es. Kein Mensch war zu sehen. Selbst der kleine Hund, der mich sonst immer am Landungssteg in Empfang nahm, hatte es vorgezogen, den verregneten Morgen im Trockenen zu verschlafen.

Man hatte mir in dem Langhaus der Laboratorien einen kleinen Raum zur Verfügung gestellt, in dem ich ungestört an meinem Bericht arbeiten konnte, wann immer ich auf Urutawa weilte. Dorthin brachte ich Jakaranda. Ich legte ihn mir an die Brust. Wie gierig er seinen Hunger stillte. Mir war bewusst, dass es das letzte Mal sein würde. Die Tränen liefen mir über die Wangen. Jakaranda blickte mich mit großen Kinderaugen an, als ahnte er den Abschied.

Ich weiß nicht, wie lange ich ihn in meinen Armen hielt. Wir waren aus der Zeit gefallen. Erst als im Haus eine Tür zugeschlagen wurde, fand ich in die Wirklichkeit zurück: Ich war nicht hier, um den Verlust meines Kindes zu beweinen, sondern um ihm das Leben zu gewinnen. Ich musste das Unmögliche wagen.

Und es gelang mir! Ich begreife es bis heute nicht. Es gelang mir. Der Mut der Verzweiflung verlieh mir ungeahnte Kräfte. Ich erinnere mich nur mit Schaudern daran, wie ich während der Mittagspause ein Neugeborenes, das tags zuvor das Licht der Welt erblickt hatte, aus dem Korb hob, um Platz für mein eigenes Kind zu schaffen. In der Basttasche, in der ich Jakaranda hergebracht hatte, trug ich es zum Boot. Der Weg zum Steg war jetzt voller Menschen. Man sprach mich an, wollte sich mit mir unterhalten, und ich konnte nicht davonhasten, ohne Argwohn zu erregen. Zu allem Unglück kam jetzt auch noch der kleine Hund herbeigelaufen und begann an meiner Tasche zu schnuppern. Nass geschwitzt vor Angst, erreichte ich die Mole. Um das Boot mit beiden Händen heranzuziehen, musste ich die Tasche auf dem Steg absetzen. Ein Junge wollte mir behilflich sein. Er griff nach der Tasche, um sie mir hinüberzureichen. Dabei begann der Inhalt zu strampeln und schreien. Entsetzt ließ der Junge die Tasche fallen und rannte davon. Ich riss die Tasche an mich, stieß das Boot vom Steg und suchte das Weite. Das Herz schlug mir bis zum Hals hinauf.

Auf offener See, fernab von den Inseln, warf ich die Tasche ins Meer und schaute zu, wie sie gluckernd versank. Ich empfand kein Mitleid, so wie die Bienen kein Mitleid empfinden, wenn sie beim Schlüpfen der neuen Königin alle anderen heranreifenden Königinnen in ihren Waben töten. Ihr Leben gegen das Leben der Einen und Einzigen. So lautet das Gesetz. Und wie alle Gesetze ist es herzlos.

Auch auf der Geburtsstation werden Kinder getötet, die nicht den strengen Anforderungen entsprechen. Das geschieht zwar meist schon, bevor sie das Licht der Welt erblicken, aber wo liegt der Unterschied? Dabei sind viele nicht einmal missgebildet. Sie gehören bloß zum falschen Geschlecht. Nur jeder fünfte Fötus ist ein Knabe. Mehr werden nicht benötigt. Wir sind eben doch wie die Bienen eine sehr weibliche Gesellschaft.

Ich aber habe einem Knaben das Leben geschenkt. Ich habe es ihm erkämpft und gewonnen.

17. KAPITEL

Die Sehnsucht nach meinem Kind raubte mir den Schlaf. Nachts schwor ich mir: Morgen früh fährst du nach Urutawa! Bei Tageslicht rief ich mich zur Vernunft: Tue das nicht. Lass die Wunde verheilen!

Aus eigener Beobachtung weiß ich: Wenn man einen jungen Vogel aus dem Nest nimmt und ihn wieder zurücklegt, nimmt ihn die Mutter nicht mehr an. Das Band zwischen ihr und dem Neugeborenen zerreißt bei gewaltsamer Trennung sehr rasch. Das gilt für viele Wildtiere, nicht aber für uns Menschen. Ich hing an meinem Kind, als wäre es ein Teil von mir, und das war es ja auch.

Nach einem Monat, der mir so lang erschien wie ein ganzes Jahr, hielt ich es nicht länger aus und fuhr nach Urutawa. Als ich die Aufzuchtstation für Säuglinge betrat, schlug mir das Herz bis zum Hals. Ohne zu zögern, ging ich an all den anderen Körben vorbei zu meinem Kind. Die Stimme des Blutes war so stark, dass ich es vermutlich sogar mit geschlossenen Augen gefunden hätte. Die meisten Kleinen schliefen. Jakaranda aber streckte mir seine Ärmchen entgegen, als hätte er mich erwartet. Dabei leuchteten seine Augen so strahlend blau wie der Himmel über den Bergen.

»Ein ungewöhnliches Kind«, sagte Mater Hecuba, die für die Betreuung der Jüngsten verantwortlich war. »So anders als alle anderen.«

»Wieso anders?«

»Es verfügt über geheimnisvolle Kräfte. Jeder fühlt sich von ihm angezogen. Auch du bist an allen anderen vorbei direkt zu ihm gelaufen. Sind es die Augen, die uns alle so in den Bann schlagen?« Sie beugte sich zu Jakaranda hinab, um ihn zuzudecken: »Ich kann mich nicht erinnern, jemals in solche Augen geblickt zu haben.«

»Er ist schön.«

»Ja, wunderschön«, gab sie mir recht. »Fast ein wenig zu schön. Er wird es weit bringen.«

»Ja«, sagte ich und spürte, wie mir die Tränen über die Wangen liefen.

»Fehlt dir etwas, Schwester?«, fragte Mater Hecuba.

Und ich schwieg wie eine, die ein Verbrechen in ihrer Brust verbirgt. Ich hatte ein Kind ermordet, um meinem Kind das Leben zu bewahren. Und ich würde es wieder tun. Gibt es größeres Glück, als ein Kind zu haben? Gibt es größeres Leid, als ein Kind zu verlieren?

Wäre Jakaranda gestorben, ich hätte ihn beweint wie Merimé, die ich geliebt habe. Ein Leben lang von ihm getrennt zu sein, erschien mir schlimmer als der Tod.

Ich vergrub mich in meiner Arbeit, hielt Vorträge, sprach über das Denken, um nicht an ihn denken zu müssen:

Wir wissen nicht, was Denken ist, woraus es besteht, wie es vor sich geht. Wir können das Denken ebenso wenig anhalten wie den Atem. Dabei erfolgt der weitaus größte und wichtigste Teil unseres Lebens gedankenlos: Atmung, Wachstum, Verdauung, Heilung, Schlaf, das alles geschieht uns ohne unser bewusstes Dazutun. Würde ein Tausendfüßler über seinen nächsten Schritt nachdenken, würde er sich hoffnungslos verheddern. Über das Denken nachdenken ist wie eine Schlange, die sich in den Schwanz beißt, um sich zu verschlingen.

Menschen, die nicht lesen können, sind gute Zuhörer. Obwohl sich Geschichten natürlich größerer Beliebtheit erfreuen, kamen die Blühenden in Scharen. Das recht anspruchsvolle Thema schien sie zu interessieren.

Denken ist nicht an Schrift gebunden, aber es gibt kein Denken ohne Worte. Wortlose Empfindungen nennen wir Gefühle. »Ich kann es nicht in Worte fassen«, sagt der Überglückliche und der Trauernde.

Säuglinge und Tiere leben in dieser wortlosen Welt der Empfindungen. Wir werden daraus vertrieben durch den Fall ins Denken.

Bei anderer Gelegenheit sagte ich: Mir ist es lieber, in einer von Geheimnissen umgebenen Welt zu leben, als in einer, die so klein ist, dass mein Verstand sie begreift. Das Leben will gelebt werden.

Schönheit ist das höchste Privileg, das ein Mensch zu erlangen vermag. Das war schon immer so. Ein junger Armer konnte durch dieses Privileg reich werden. Ein hässlicher Reicher konnte trotz seines Geldes niemals jung und schön werden. Im Gegensatz zu Besitz und Macht kann man Schönheit und Jugend weder kaufen noch stehlen. Aber man muss sie wie alles, was blüht, hegen und pflegen.

So sprach ich zu den Blühenden, deren Denken wir durch Beschneiden ihrer Köpfe in intuitive Intelligenz verwandelt hatten. Ich fühlte mich wie eine Bienenkönigin, die einzige Gebärende in ihrem Volk. Durch meine Brust war Milch geflossen, um den Alleingeborenen zu stillen. Ein Kind, so einzigartig wie das leuchtende Himmelblau seiner Augen. Wie sehr sehnte ich mich nach einem Menschen, dem ich mich hätte anvertrauen dürfen.

Ich hatte schwere Schuld auf mich geladen, hatte meinen Orden getäuscht und verraten, Gesetze gebrochen, gelogen und sogar gemordet und empfand weder Scham noch Reue. Die Natur schien über alle Vernunft zu triumphieren. Ich fühlte mich wie eine Eingeweihte, die das Geheimnis des werdenden Lebens am eigenen Leib erfahren hat. Dabei verschwendete ich keinen Gedanken daran, wie ich mein Kind empfangen hatte. Die Sexualität, von uns verteufelt wie der Krieg und die Religion, hatte keinen Anteil an meinem Mutterglück.

Zum ersten Mal kamen mir Zweifel, ob die Vernunft wirklich so von der Sexualität bedroht wird, wie wir verkünden. Gewiss, die Geburt meines Kindes hat mich dazu verleitet, die unvernünftigsten Dinge zu tun. Aber das alles habe ich nur tun müssen, weil wir den natürlichsten Trieb der Welt unter Strafe gestellt haben.

Nicht anders verhält es sich mit dem Töten. Ehrfurcht vor dem Leben, lautet unser oberstes Gebot. Wir töten nicht einmal Tiere, so wie es unsere Vorfahren jahrtausendelang getan haben. Und dennoch habe ich ein Kind umgebracht, musste es umbringen, um Leben zu bewahren.

Aber bewahren nicht alle Lebewesen ihr eigenes Leben dadurch, dass sie fremdes Leben zerstören? Alles, was lebt, muss töten. Das gilt nicht nur für die Raubtiere, sondern auch für uns Menschen, selbst wenn wir keine Tiere mehr essen. Auch Pflanzen sind lebendige Geschöpfe, die wir vertilgen müssen, um zu überleben.

Ich begann die Welt wahrzunehmen, wie sie wirklich war, fühlte mich wie einer, der mitten in der Nacht aus einem Traum erwacht. Unsere schöne neue Welt war nur ein verlogener Schein. Wie gerecht kann es überhaupt in einer Welt zugehen, in der Kreaturen geboren werden, nur um anderen als Fraß zu dienen?

18. KAPITEL

Ich weiß noch, welcher Schreck mich durchfuhr, als ich im Spiegel mein erstes graues Haar entdeckte. Wie beneidete ich die Blühenden, die mit vierzig so aussehen wie mit zwölf. Als junge Frau war ich der Meinung, das sei unnatürlich. Aber ist das wirklich so? In einem Schwarm von Fischen oder in einem Ameisenhaufen sehen alle gleich alt aus. Auch bei den Spatzen vor meinem Fenster gibt es keine erkennbaren Altersunterschiede. Darin gleichen sie den Blühenden. Für uns Reife gilt das nicht. Wir verkörpern das Altern schlechthin. Innerhalb des Ordens fällt das nicht so auf, denn wir werden ja alle gemeinsam älter, doch im Vergleich mit den Blühenden ist das so offensichtlich, dass es mich immer wieder in Schrecken versetzt.

Ich sehe heute so aus, als wäre ich die Mutter meiner Spielkameraden von damals, und die sehen nicht nur so aus, sie sind auch große Kinder geblieben. Nicht, dass sie dumm wären, nein, das sind sie ganz gewiss nicht. Aber Menschen, die nicht schreiben und lesen können, denken nicht abstrakt. Sie verfügen über eine emotionale Intelligenz, wie sie höherstehenden Tieren gegeben ist, allerdings vielfach gesteigert durch die Trepanation, die Verformung des noch weichen Schädels der Neugeborenen. Der Blühende ist in der Lage, die kompliziertesten Aufgaben zu lösen. Richtig dazu angeleitet, bereitet ihm jede Aufgabe Freude. Die meiste körperliche Tätigkeit wird von Gesang und Händeklatschen begleitet. Und selbst das Lernen erfolgt mit tänzerischer Bewegung.

Es ist eine Freude, sie zu unterrichten. Als junge Ordensfrau habe ich das oft getan. Du zeigst ihnen einen Gegenstand aus Korallin und rufst: »Das ist Korallin!«

Und aus zwei Dutzend junger Kehlen schallt dir lautstark entgegen: »Korallin, Korallin, Korallin!« Und dabei stampfen, hüpfen und tanzen sie so lange, bis sich der Begriff in ihr Bewusstsein eingeprägt hat. Auf diese Art und Weise erlernen sie die kompliziertesten Begriffe wie im Spiel.

Wir vermitteln ihnen nicht Wissen, sondern Können. Denn Wissen ist niemals das Resultat von fleißig Erlerntem, sondern immer nur das Ergebnis langjähriger Kenntnis, wie sie dem Orden innewohnt. Was die Blühenden von uns erfahren, können sie lediglich glauben, aber niemals wissen. So betrachtet, sind sie eine große Glaubensgemeinschaft, die die Erkenntnisse einiger wahrhaft Wissender gläubig wiederkäut. Mehr bedarf es nicht, denn Wissen hat die Menschen nicht glücklicher gemacht.

Die Geschichte der sogenannten Naturwissenschaften ist in Wahrheit die Geschichte menschlicher Irrtümer. Jede Generation von Gelehrten war sich sicher, die Irrtümer der Vergangenheit beseitigt zu haben und im Besitz der Wahrheit zu sein. Ihre Fortschrittsgläubigkeit vermochte nicht einzusehen, dass die Wahrheit von heute der Irrtum von morgen ist.

»Gilt das nicht auch für uns Heutige?«, hat mich ein Schüler gefragt.

»Nein, denn wir leben im Einklang mit der Natur, und dort ist die Wahrheit von heute nicht der Irrtum von morgen, andernfalls wird er ausgemerzt.«

19. KAPITEL

Wie sehr bewundere ich die Möwen, wenn sie leicht und schwerelos am Himmel hängen, ganz im Gegensatz zu den Fledermäusen, die den Eindruck erwecken, nur ihr hektischer Zickzackflug würde sie vor dem Absturz bewahren. Sie schießen so blitzartig durch das Dunkel, dass man sie bloß als schemenhaften Spuk wahrnimmt. Aus der Nähe betrachtet, sind sie hässlich. Alte Ordensfrauen haben so faltige Haut, so verknitterte Gesichter und rot umränderte Augen, mit denen sie schwachsichtig ins Licht blinzeln.

Trotzdem mag ich diese nackthäutigen Kobolde. Und ich glaube, sie mögen mich auch, denn sie scheinen sich im Dachstuhl meines Hauses sehr wohlzufühlen. Angenehme Mitbewohner, die keinen Ton von sich geben, jedenfalls keine Töne, die wir Menschen hören können. Umso störender ist ihr Balzgehabe während der Paarungszeit. Da sie nachtaktive Tiere sind, beginnt das Spektakel immer dann, wenn ich schlafen will.

Es war wieder einmal so weit. Ich lag auf meinem Bett und ließ sie gewähren. Sie schienen noch aufgeregter als sonst zu sein. Lag es am Mond, der hell in mein Zimmer schien? Auch ich kann mich seinem Zauber nicht zu entziehen. Im Sonnenlicht reifen die Gedanken, im Mondschein aber erwachen die Träume.

Ich schreckte aus dem Schlaf. Das Fledermausgeflatter war verstummt. Morgenstille lastete auf dem Land. Die Vögel, die sonst um diese Zeit den Tag begrüßen, schienen davongeflogen zu sein. Selbst die Zikaden ließen nichts von sich hören. Kein Windhauch. Kein Laut. Die Stille war bedrohlich.

Calligula, der zahme Rabe, hockte mit offenem Schnabel und zitternden Flügelspitzen auf seiner Stange beim Fenster und starrte mit schräg gelegtem Kopf hinaus auf die See. Er hatte Angst. Man sah es ihm an. Irgendetwas war verkehrt mit dem Meer. Es lag da wie erstarrt, glatt wie Spiegelglas, friedlich und doch Furcht einflößend. Dabei war der Himmel wolkenlos, ohne Anzeichen von Sturm oder Unwetter. Die Wellen, die sonst tosend gegen die Steilwand brandeten, umspülten sanft plätschernd die Felsen in meiner Bucht.

Als ich die steile Steintreppe zum Ankerplatz hinabsteigen wollte, sah ich auf halbem Weg, wie das Meer davonfloss, so wie Wasser aus einer Badewanne, wenn man den Stöpsel herauszieht.

Erschrocken hielt ich inne. Ich fuhr mir über die Augen. Als ich sie wieder öffnete, sah ich, wie mein Boot, das eben noch im Wasser schwamm, auf dem Trockenen lag.

Schon wollte ich tiefer hinabsteigen, um das Wunder aus der Nähe in Augenschein zu nehmen, als ich den schmalen weißen Streifen am Horizont bemerkte. Er sah aus wie eine flache, lang gestreckte Wolke oder wie Meerschaum, der über dem davongleitenden Wasser schwebte. Er kam sehr rasch näher. Schon hörte man das Rauschen der heranrollenden Welle.

Und was für eine gewaltige Welle!

So wie man beim Heranfliegen eines Gegenstandes ohne lange nachzudenken die Augen schließt, so rannte ich, so schnell mich meine Beine trugen, die Treppe empor, zwei Stufen mit einem Schritt, stolperte, raffte mich auf und hetzte weiter, als liefe ich um mein Leben, und das tat ich dann wohl auch.

Als ich keuchend vor Angst und Atemnot mein Haus erreichte, hörte ich hinter mir den tosenden Aufschlag der Riesenwelle gegen die Felswand der Insel. Der Boden unter meinen Füßen erzitterte wie bei einem Erdbeben.

Ein wolkenbruchartiger Schwall von Wasser schwappte über den oberen Rand der Steilküste, verwüstete meinen Garten und riss mir die Füße unter dem Leib weg. Durchnässt und mit zerschundenen Knien rettete ich mich in mein Haus. Nicht auszudenken, was mit mir geschehen wäre, wenn mich die Welle unten am Ankerplatz erwischt hätte.

Was aber war mit all den anderen geschehen, deren Inseln nur knapp über dem Meeresspiegel lagen?

Die Ordensfrauen, die nicht weit von mir die Hänge des Bergrückens bewohnten, kamen herbeigeeilt, um nach mir zu sehen. Sie hatten befürchteten, ich sei dem Seebeben zum Opfer gefallen. Nun umarmten sie mich so freudig, als wäre ich von den Toten wiederauferstanden. Vom oberen Rand des Steilufers überblickten wir das Meer, das jetzt so ruhig dalag, als wäre nichts geschehen. Gleichmäßig wie immer rollten seine Wellen heran. Die Palmen, die heute Morgen noch ihre Wipfel zum Himmel gestreckt hatten, trieben mit den Planken meines zerschlagenen Bootes auf der trüben Gischt umher.

An meinem Esstisch bildeten wir zu viert eine Art Krisenstab. Unsere Hilfe wurde dringend benötigt. Wie aber sollte die zum Einsatz kommen? Vermutlich hatte keines unserer Boote die Flutwelle heil überstanden. Ohne Boot jedoch konnten wir den Opfern auf den anderen Inseln nicht helfen.

Zum Glück fanden sich dann aber in einer geschützten Bucht auf der Westseite der Halbinsel zwei Korallinboote, die das Seebeben überstanden hatten.

Meine Ordensschwestern beschlossen, die Magna Mater aufzusuchen, um Anweisungen entgegenzunehmen. Ich dagegen wollte nach Urutawa. Sie versuchten, mich davon abzuhalten. Ich aber verteidigte meinen Vorsatz: Retten nicht selbst die Ameisen bei Lebensgefahr zuerst ihre Eier? Gibt es Wichtigeres als den Erhalt der Brut?

Dabei dachte ich vor allem an mein Kind.

Ich bekam, was ich wollte.

Während der Bootsfahrt begegneten mir immer wieder Astwerk, Gesträuch und entwurzelte Bäume. Auf einer Platane hockte ein durchnässtes Eichhörnchen, das sich auf den schwankenden Stamm gerettet hatte. Nicht weit entfernt davon kauerte ein Marder. Für gewöhnlich Todfeinde, bangten sie jetzt gemeinsam um ihr Leben. Eine tote Ziege trieb an uns vorüber, ertrunkene Kaninchen und eine Schlange, den weißen Bauch zum Himmel gereckt. Die Wellen bewegten den schlanken Leib, als wollte sie noch davonschwimmen.

Und dann erkannte ich die ersten Leichen. Mit dem Gesicht nach unten, die Arme weit von sich gestreckt, trieben sie auf dem Meer. Ihr Haar bewegte sich in der Bugwelle des Bootes wie Seetang. Sie waren nackt und voller Verletzungen. Zwischen den Schulterblättern der einen klaffte eine tiefe Wunde, so als wäre sie gegen einen scharfen Gegenstand geschleudert worden.

Mich quälte während der ganzen Fahrt vor allem die Angst, Jakaranda könnte etwas geschehen sein.

Je mehr ich mich den bewohnten Inseln näherte, desto mehr Tote sah ich zwischen dem Treibgut aus Brettern, bunten Stofffetzen, Sisalmatten, Kartons und Kisten. Ein Holzschuh schwamm vorüber, Stühle, denen die Wucht der Flut die Beine zerbrochen hatte. Und immer wieder Leichen.

Gegen Mittag erreichte ich die Bucht von Urutawa. Der Landungssteg, an dem ich für gewöhnlich festmachte, war nicht mehr vorhanden. Die Flutwelle hatte ihn fortgespült. Von dem Kleinkinderhaus waren nur noch die Fundamente übrig geblieben. Schwarzer Schlamm bedeckte Grünanlagen und Wege. Ein paar Dachsparren ragten anklagend in den Himmel. Die höher gelegenen Steinhäuser standen zwar noch, aber an dem schwarzen Meerschaum, der bis zur Türhöhe am Mauerwerk klebte, ließ sich ablesen, wie hoch die Flut gestiegen war. Zweifellos hatte die untere Etage des Haupthauses unter Wasser gestanden.

Ich warf Anker und watete an Land. Niemand empfing mich. Kein Mensch war zu sehen. Das Eiland des werdenden Lebens hatte sich in eine Toteninsel verwandelt. Versiegt war die lebendige Quelle des immerwährenden Generationsflusses.

Ich stieg über Korallinscherben, klebrig von schwarzem Schlamm. Kleidungsstücke, verstreutes Küchengeschirr deuteten darauf hin, dass die Räume fluchtartig verlassen worden waren. Vermutlich waren alle Säuglinge umgekommen. Doch was war mit den Kleinkindern im Obergeschoss geschehen?

Auf dem Rückweg zum Boot hörte ich Hundegebell. Es kam von der höher gelegenen Seite der Bucht. Dort fand ich den kleinen Terrier, der mich bei der Ankunft immer am Steg begrüßt hatte. Er kam mir schwanzwedelnd entgegengesprungen und führte mich zu einer Hütte aus Palmblättern, in der er mit kläglichem Gewinsel verschwand.

»Ist da wer?«

Da niemand antwortete, schob ich die Blätter beiseite und blickte auf eine Frau. Sie lag da wie eine Tote. Als ich mich niederkniete, um ihren Puls zu fühlen, fuhr sie aus dem Schlaf. Die Augen voller Angst, machte sie den Eindruck eines Menschen, dem Schlimmes widerfahren war.

»Tote, überall Tote«, stammelte sie.

»Was ist mit den Kindern geschehen?«

»Tot, alle tot, bis auf meins.« Und dabei begann sie zu lachen. Sie hatte ganz offensichtlich den Verstand verloren, wollte wieder zurück in ihre Laubhütte, um sich dort wie ein verwundetes Tier zu verkriechen. Als ich sie daran hindern wollte, schrie sie: »Lass mich! Ich will zu meinem Kind. Hörst du? Es ruft mich.«

Sie verschwand in ihrem Unterschlupf, und als sie zurückkehrte, trug sie ein Wäschebündel im Arm, das sie fest an sich drückte. Affenmütter umklammern so ihre Jungen. Während sie das Bündel liebevoll wiegte, schien es, als erwachte sein Inhalt zum Leben. Bewegte sich da nicht ein Fuß, eine Hand? Ich wollte danach greifen, aber sie entriss es mir so hastig, dass der kleine Hund nach mir schnappte, weil er glaubte, ich wollte seiner Herrin etwas antun. Sein Gebell weckte das Kind. Es begann zu weinen.

Ein kleiner Kopf wurde entblößt. Ein Paar Kinderaugen blickten mich an.

Sie waren jakarandablau.

20. KAPITEL

Das ist die wahre Geschichte eines unglaublichen Wunders, von dem man noch in hundert Jahren sprechen wird.

Als der Tsunami die Kinderstation erreichte, befand sich Mater Momo, die an jenem Morgen die Kleinkinder betreute, im oberen Stockwerk der Station. Erschrocken vernahm sie das Donnern der heranrollenden Flut. Sie wollte die Treppe hinabeilen und stellte mit Entsetzen fest, dass auch diese davongespült worden war. Sie lief zum Fenster, rief um Hilfe, aber da war niemand mehr, der ihr zu helfen vermocht hätte.

Dort, wo vor wenigen Minuten noch Häuser gestanden hatten, trieben jetzt hölzerne Dachziegel, Korallinstühle und Bettlaken auf schäumendem Schlammwasser. Wie ein Moloch war das Meer an Land gestiegen, um alles zu verschlingen, was sich ihm in den Weg stellte.

Aus der brodelnden Sintflut erhob sich das Dach der Säuglingsstation wie ein vor Anker liegendes Schiff. Aber schon quoll das Wasser durch die Fugen der Fußbodendielen. Wie lange würde das Mauerwerk dem ungeheuren Druck der Wassermassen widerstehen können?

In dieser verzweifelten Lage wusste sich die junge Ordensschwester keinen anderen Rat, als die von der Decke herabhängenden Körbe abzuketten, um die Kinder darin festzuschnallen. Eingewickelt in Windelstoff, lagen sie darin wie der junge Moses, bevor er im Nil ausgesetzt wurde. Sie hatte erst einen geringen Teil ihrer Schützlinge versorgt, als der Boden unter ihren Füßen schwankte wie bei einem Erdbeben, bis das ganze

Gebäude mit donnerartigem Getöse einstürzte. Wen Dach und Wände nicht erschlugen, den schwemmte die Flut davon.

Als die junge Ordensschwester aus ihrer Ohnmacht erwachte, trieb sie mit blutender Stirn auf einer aus den Angeln gerissenen Tür. Ein herabstürzender Dachbalken hatte sie am Kopf getroffen.

Wo waren die Kinder? Gab es Überlebende?

Dem Sonnenstand nach zu urteilen, konnte sie nicht lange bewusstlos gewesen sein. Sie erkannte in Rufweite die Umrisse der Insel. Die Strömung hatte sie also nicht weit fortgeschwemmt. Wenn es Überlebende gab, dann mussten sie hier irgendwo auf dem Wasser treiben. Das galt natürlich auch für die Toten.

Bei dem Versuch, sich auf ihrer schwimmenden Plattform aufzurichten, um sich einen besseren Überblick zu verschaffen, verlor sie das Gleichgewicht und fiel ins Wasser. Doch bevor sie ausglitt, war ihr, als hätte sie eine Bewegung wahrgenommen, einen Gegenstand, schwarz wie ein großer Fisch. Oder war es ein Korb? Bevor sie erkennen konnte, was sich da vor ihr im Meer bewegte, vernahm sie das Planschen. Und je näher sie heranschwamm, desto deutlicher glaubte sie Stimmen zu vernehmen: Vogelgezwitscher? Nein, Delfine.

Schwamm da nicht einer der Körbe aus der Brutstation? Wie wild er umherschaukelte. Und nun sah sie auch, was ihn in so heftige Bewegung versetzte. Es waren Delfine. Sie balgten sich um einen Gegenstand, balancierten ihn auf ihren Nasenspitzen, und wenn er ihnen entglitt und ins Wasser fiel, so stupsten sie ihn wieder nach oben, immer wieder.

Sie waren so vertieft in ihr Spiel, dass sie die Gegenwart des Menschen nicht bemerkten. Das war ungewöhnlich, denn normalerweise kommen sie herbeigeschwommen, um mit den Badenden zu spielen. Und dann …,

An dieser Stelle begann Mater Momo immer zu weinen, gleichgültig, wie oft sie von dem Wunder sprach. Und sie musste oft darüber sprechen. Alle wollten es hören, aus ihrem Mund.

»… und dann erblickte ich das Kind! Es war wahrhaftig ein Kind, das die Delfine da aus dem Wasser hoben, immer wieder und ohne Ende, um den kleinen Menschen vor dem Ertrinken zu retten. Ein Wunder! Wahrhaftig ein Wunder!«

So empfanden es viele. Aber keiner sprach es aus. Wir hatten ja den Wunderglauben abgeschafft.

Der Orden verkündete, es handle sich um einen angeborenen Instinkt der Delfine, die bei der Unterwassergeburt ihre Jungen gemeinsam an die Wasseroberfläche heben würden, weil die sonst ertrinken müssten. Denn Delfine haben, wie jedermann weiß, keine Kiemen, sondern Lungen. Allein dieser Instinkt hat dem kleinen Menschenkind das Leben gerettet.

Das mag wohl so sein, sagte ich mir, aber warum hatte keines der anderen Kinder diesen Mutterinstinkt der Delfine zu wecken vermocht?

»Zufall«, sagte der Orden.

Ich wusste es besser.

Für ein paar wundervolle Tage war es mir vergönnt, mit meinem kleinen Sohn zusammenzuleben. Ich wiegte ihn auf meinen Armen und sang ihm alle Lieder, die ich kannte. Er blickte mich dabei mit seinen großen blauen Augen an, sprach aber selber kein Wort. War er noch zu klein, oder hatte er die Stimme verloren? So viel Mühe ich mir auch gab, es gelang mir nicht, ihn zum Sprechen zu bewegen. Umso lebendiger war die Sprache seiner Augen.

21. KAPITEL

Als die Magna Mater den Saal betrat, erhoben sich die Mitglieder des Großen Rates, um der goldenen Maske ihren Respekt zu erweisen. Bevor sie sich an der Stirnwand des hohen Raumes auf dem Thron aus Muschelkalk niederließ, hob sie ihre Hand, um die Anwesenden zu segnen. Die Ordensfrauen erwiderten den Gruß mit einem Summton, wie ihn die Bienen beim Hochzeitsflug von sich geben.

Ein Gong wurde angeschlagen, und dann verkündete der Sprecher der Magna Mater:

»Stürme und Seebeben sind Seeland nicht fremd, aber eine Flutwelle von solcher Gewalt hat es, so weit wir zurückdenken können, noch nie gegeben. Was zerstört wurde, werden wir wiederaufbauen. Sorge bereitet uns der Verlust an Menschen. Zu viele hat uns das Meer entrissen.«

Die Magna Mater richtete ihren Blick hinaus auf das Meer, dessen Wellen unterhalb der Großen Halle gegen die Felsen brandeten, und ließ den Sprecher sagen:

»Stark wie das Meer ist der Mond, ist das Dunkel. Stärker als das Meer sind die Segel der Zeit.«

Kraftvoll hallten die Worte in dem hohen Raum:

»Viele Mondwechsel wird es dauern, bis es uns gelingt, diese Bresche wieder zu schließen, kostbare Zeit, in der wir besonders viele Hände für den Wiederaufbau benötigen. Aus diesem Grund müssen wir in Erwägung ziehen, die Lebenszeit der Blühenden zu verlängern.«

Die Magna Mater legte eine längere Redepause ein, um ihren

Vorschlag auf uns einwirken zu lassen. Allen war klar, dass eine Anhebung der Lebenszeit Probleme mit sich bringen würde. Es hatte Generationen gedauert, bis es der neuen Menschheit gelungen war, die vorpubertäre Jugendphase auf vierzig Jahre auszudehnen. Würde sie sich um weitere Jahre verlängern lassen, und, falls ja, welche Folgen würden sich daraus ergeben? Waren die Blühenden am Ende ihres Lebens noch fruchtbar genug, um den Nachwuchs sicherzustellen? Wenn sich der Tod der Blühenden um einige Jahre hinausschieben ließ, warum dann nicht um weitere Jahre? Wurde damit nicht die bisher unanfechtbare Spanne der Lebenszeit in Frage gestellt?

Schon jetzt herrschte größte Verwirrung unter den Blühenden, die lebenslang jung und von keiner Krankheit bedroht, denen der Tod völlig fremd war. Niemals zuvor hatten diese großen Kinder einen Toten gesehen, und nun türmten sich die Leichen der Ertrunkenen zu schaurigen Bergen. An Stelle der Trommeln, die auf der Schmetterlingsinsel zur letzten Lust riefen, brannten in den Nächten die Scheiterhaufen, auf denen die Toten verbrannt wurden.

Der dunkle Vorhang des Todes, vom Orden sorgsam behütet, war zerrissen. Zerschlagen war die heile Welt der Blühenden. Sie bedurften der Hilfe wie Kinder, die in dunkler Nacht verängstigt aus ihren Träumen schrecken.

Vorrangig erschien uns der Aufbau der Säuglingsstation auf Urutawa. Besser geschützt und vor allem größer sollte sie sein. Denn wir hatten fast alle Kleinkinder an die Flut verloren. Um diese Lücke schnell zu schließen, benötigten wir rasch viele Embryonen. Das wurde jedoch nur erreicht, wenn mehr Blühende früher ins Paradies eingehen würden. Stattdessen aber sollte deren Lebenszeit gerade um weitere Jahre verlängert werden, weil jeder Einzelne für den Wiederaufbau gebraucht wurde.

Nach langen Diskussionen setzte sich im Großen Rat die Meinung durch, die Lebenszeit sollte zunächst nicht verlängert, sondern gekürzt werden. Der Nachwuchs, und der sei langfristig am wichtigsten, ließe sich nur vermehren, wenn ein Teil der Jüngeren bereit sei, gemeinsam mit den Dahinscheidenden die letzte Lust zu erfahren.

Wie aber sollte das vor sich gehen? Sollte der Rat die Todeskandidaten bestimmen und, wenn ja, nach welchen Kriterien? Mit Freiwilligen war wohl kaum zu rechnen. Welcher Blühende wäre schon bereit, verfrüht aus dem Leben zu scheiden? Vor allem jetzt, nachdem sie die grauenhafte Fratze des Todes mit eigenen Augen geschaut hatten, die aufgedunsenen Leiber der Wasserleichen, den klebrig süßen Gestank des faulenden Fleisches. Da war keine Spur von paradiesischem Heimgang, von letzter Lust und glückseligen Wonnen.

Arm ist, wer den Tod fürchtet, aber noch ärmer ist, wer ihn sich wünscht. Von Gemora, wo das Seebeben am ärgsten gehaust hatte, wurde berichtet, eine Gruppe Korallingießer sei gemeinsam in den Tod gegangen. Sie hätten sich die Pulsadern zerschnitten und Schierlingssaft getrunken. Verzweiflungstaten, die noch vor Kurzem unvorstellbar gewesen wären.

»Menschen, die nie erwachsen werden, verfügen über beneidenswerte leibliche Gesundheit«, sagte die Magna Mater, »aber ihre Kinderseelen sind so verletzlich wie Schmetterlingsflügel. Alles muss unternommen werden, um ihr Selbstwertgefühl zurückzugewinnen. Das geschieht am wirkungsvollsten durch Arbeit. Und es gibt fürwahr genug zu tun. Wer eine Aufgabe zu bewältigen hat, findet keine Zeit, mit seinem Schicksal zu hadern.«

Wurde das Korallin früher nur so nebenbei gewonnen, wobei der größte Teil des Tages der Schönheitspflege, dem Spiel und dem Tanz gehörte, wurde nun der so dringend benötigte »Stoff aller Stoffe« in Tag-und-Nachtarbeit produziert. Vorbei waren die sorglosen Tage in der Mondfischbucht.

Große Katastrophen zerstören nicht nur Menschenleben, sie verändern auch die Gesellschaft der Überlebenden. So wie die

Pest im christlichen Mittelalter die Neuzeit gebar, so kündigten sich auch in unserer Inselwelt beunruhigende Veränderungen an. Hieß es gestern noch: Fortschritt ist Sünde, so galt nun: Vieles muss sich ändern, damit die Dinge so bleiben, wie sie sind.

Wir sahen darin noch keinen Widerspruch, denn Veränderungen fanden ja nur statt, damit alles beim Alten bliebe. Aber dennoch veränderte sich unser aller Leben.

Die Arbeit – wie stolz waren wir darauf gewesen, diese Geißel der alten Menschheit abgeschafft zu haben! Und nun gewann sie mehr und mehr Gewalt über uns.

Besonders die Landwirtschaft erforderte unseren ganzen Einsatz. Den grünen Inseln hatte die Flut schlimme Schäden zugefügt. Nicht nur Menschen und Tiere, auch die Äcker waren stellenweise davongeschwemmt worden. Es würde viele Jahre dauern, bis all die fruchttragenden Bäume wieder herangewachsen waren, die Kokospalmen, Mangos, Orangen und Avocados, ganz zu schweigen von den alten Nussbäumen. Der größte Teil der Ernte war samt Saat verloren. Eine Hungersnot drohte.

Von den Pavianen wissen wir, dass sie sich von Früchten und Wurzeln ernähren. Wenn jedoch der Regen ausbleibt und die pflanzliche Nahrung verdorrt, dann verwandeln sich die großen Affen in Kannibalen. Sie fallen Tiere an, mit denen sie sonst friedlich zusammenleben.

Um solch blutige Auswüchse unter den Blühenden zu vermeiden und dennoch den schlimmsten Hunger zu stillen, predigte der Orden den Fischfang.

Fische stehen den Pflanzen näher als den Tieren, so wurde argumentiert. Sie haben kein Blut in den Adern. Ihre farblose Körperflüssigkeit ist wie Pflanzensaft. Zum Beweis ihrer pflanzlichen Natur wurde angeführt, dass es unter den Fischen keine natürliche Sexualität gibt. Die Befruchtung erfolgt nicht wie bei den anderen Tieren im Leib der Weibchen, sondern außerhalb wie bei den Blütenpflanzen. Das hätten schon die Menschen der christlichen Ära richtig erkannt, die während der Fastenzeit kein Fleisch aßen, aber sehr wohl Fisch.

Selbstverständlich galt das in unserem Fall nicht für die Delfine, Robben und Wale, denn die hatten ja rotes Blut in den Adern. Aber trotzdem erging es mir wie den meisten, die Mitleid mit den anderen Fischen empfanden, die, in Netzen gefangen, zappelnd und japsend auf den Schiffsplanken ihr Leben aushauchten. Es war widerwärtig, sie zu ermorden und aufzufressen. Noch schlimmer allerdings war es, dass wir uns schon bald daran gewöhnten.

Wehret den Anfängen, lautet eine unserer Ordensregeln. Die Aufweichung eines Gebotes zieht weitere Verstöße nach sich. Und so verhielt es sich auch hier. Nach den Fischen standen schon bald andere Lebewesen auf dem Speiseplan. Warum soll man keine Schlangen essen, wenn man Aale verspeist? Und könnte man nicht auch die Albatrosse zu den Meerestieren zählen? Sie gleiten so dicht über dem Wasser dahin wie die fliegenden Fische.

Immer spitzfindiger wurden die Ausreden, denn große Kinder haben großen Appetit. Wir Reifen ernährten uns weiterhin vegetarisch, hauptsächlich von Seetang und Meeresalgen, was den jüngeren Ordensfrauen schwerfiel. Sie stillten heimlich ihren Hunger mit Fisch und anderem Meeresgetier, was dem Orden nicht verborgen blieb. Aber niemand gebot ihnen Einhalt. Die alten Gesetze wurden immer öfter umgangen. Damals begann das Unheil.

Der Verzehr von Lebewesen war ein Rückfall auf die Stufe der primitiven Urmenschen, die wie die Raubtiere jagten, um satt zu werden. Später domestizierten sie das Wild zu Haustieren, lebten mit ihnen in enger Gemeinschaft, um sie zu schlachten. Gegen Ende der christlichen Zeitrechnung verbluteten in einem einzigen Schlachthof bis zu vierzigtausend Schweine pro Tag. Der Mensch hatte sich zum blutrünstigsten Fleischfresser aller Zeiten entwickelt.

Wie konnte die Menschheit dermaßen verkommen?, fragen mich meine Schüler heute. Haben die damaligen Priester nicht verkündet: Liebe deinen Nächsten wie dich selbst.

Und ich erkläre ihnen dann: Unsere befellten und gefiederten Brüder wurden bedenkenlos verspeist, weil man glaubte, sie besäßen im Gegensatz zum Menschen keine unsterbliche Seele. Diese hielt man für wesentlich wichtiger als den Leib. Nur wer über eine Seele verfügte, galt als Gottes Ebenbild. Alle anderen Geschöpfe waren schutz- und rechtlos der Willkür der beseelten Menschen ausgeliefert. Man durfte mit ihnen anstellen, wozu man gerade Lust verspürte. Auf keinem anderen Gebiet war der Mensch so herzlos wie im Umgang mit den Tieren. Man konnte sie töten, um sie zu verspeisen, um sich mit ihren Fellen und Federn zu schmücken, sogar aus Spaß am Totmachen. Großwildjäger bezahlten enorme Summen, um Elefanten und Giraffen totschießen zu dürfen. Jagd und Angeln galten als Sport und Freizeitvergnügen. Versuchstiere mussten entsetzliche Schmerzen erleiden, um die Neugier der Forscher zu befriedigen.

Wie überlegen hatten wir uns gefühlt, dieses mitleidlose Tiermorden abgeschafft zu haben! Und nun töteten wir wieder, um zu überleben. Welch ein Unglück, nicht nur für uns. Auch das brüderliche Verhältnis zwischen uns und den Tieren begann Schaden zu nehmen.

Die Delfine kamen nicht mehr in die Mondfischbucht, um mit den Blühenden zu spielen. Und die Robben, die sich früher mit uns gesonnt hatten, verließen beim Anblick eines Menschen fluchtartig den Strand, so wie sie es immer gemacht hatten, wenn Haie in der Bucht waren. Nun waren wir wie Haie. Selbst mein guter alte Rabe Calligula, der so zutraulich war, dass er sich von allen den Kopf kraulen ließ, flog nun davon, wenn ihm ein Blühender zu nahe kam.

Die Flutkatastrophe hat uns alle verändert.

Veränderungen schlichen sich ein, die sich nicht aufhalten

ließen. Der Tod, gestern noch ein paradiesisches Ausklangserlebnis am Ende des Lebens, fuhr wie ein Hagelsturm in die heile Welt der Blühenden und zerschlug den beglückenden Traum ewiger Kindheit. Und wie Küken, die bei Todesgefahr unter die Flügel der Hennen flüchten, so suchten immer mehr Blühende Schutz und Geborgenheit bei den höheren Mächten, denen sie sich hoffnungslos ausgeliefert fühlten. Man sprach von höherer Gewalt und von der Vorsehung. Gefährliche Kräfte jenseits aller Vernunft.

22. KAPITEL

»Die Religion ist ein Heilmittel, das schlimmer ist als die Krankheit, die es bekämpft«, sagten die Berater der Magna Mater, als man ihnen berichtete, auf Gemora gebe es immer mehr Menschen, die Zuflucht im Glauben suchten. Die Ärmsten seien davon überzeugt, die Kräfte der Natur ließen sich durch Gebet und Opfergaben beeinflussen.

»Lasst sie«, sagten die Berater, »die Gleichsetzung von Gott und Natur ist die eleganteste Lösung, Gott abzuschaffen.«

Sie gaben jedoch zu bedenken, dass der wiedererwachte Aberglaube zugleich ein gefährlicher Bazillus sei, um erneut dem alten Gotteswahn zu verfallen.

»Verwirrte Kinder«, meinte die Magna Mater.

Als die Sekte der verwirrten Kinder jedoch anschwoll, beschloss der Orden, dem Unfug ein Ende zu bereiten, nicht durch Gewalt, sondern durch Überzeugungskraft. Eine Gruppe von Ordensfrauen wurde aufgestellt, um die Spinner zur Vernunft zu bringen. Eine dieser Frauen war ich, wobei ich nicht weiß, wie ich zu dieser Ehre kam.

Wir reisten nach Gemora, um dort öffentliche Disputationen abzuhalten. Das erste Gespräch fand auf dem breiten Sandstrand im Westen der Insel statt. Alles, was Beine hatte, war herbeigeeilt. Sogar die Hunde von Gemora hatten sich schwanzwedelnd unter die Menge gemischt. Die Blühenden hatten ihren schönsten Kopfschmuck angelegt. Federkränze, bunte Schleifen und Blütenbänder flatterten im Wind. Für sie war das wie alles in ihrem Leben ein großer Spaß.

Zwei Tribünen aus Bambusstangen waren am Strand errichtet worden. Auf der einen hatten wir Ordensfrauen Platz genommen, auf der gegenüberliegenden hockten die Verwirrten. Alle anderen lagerten im warmen Sand. Da war ein Lärmen und Schnattern wie auf einem Brutplatz für Wildgänse.

»Seit Urzeiten fürchtet der Mensch sich vor den Naturgewalten«, begann eine von uns das Gespräch. »Flut, Feuer und Erdbeben werden über die Menschen hereinbrechen als Strafe Gottes für begangene Sünden, so predigten früher die Priester. Tut Buße, seid unbeirrbar im Glauben, und der Herr wird herrliche Wunder an euch vollbringen.«

»Ich liebe Wunder«, sagte ein Blühender mit einem Lorbeerkranz im Haar. »Gibt es ein größeres Wunder als die Welt um uns herum?«

Er erhielt zur Antwort: »Um die Natur zu lieben, braucht man nicht sentimental zu sein. Es reicht, dass man erkennt, wie abhängig wir von ihr sind.«

»Vielleicht sind wir sentimental«, erwiderte der Blühende, »aber gibt es Schöneres als das Gefühl des Unbekannten, Geheimnisvollen?«

»Das ist ein gefährlicher Weg«, hielten wir dagegen. »Aus Lügen, an die wir glauben, werden Wahrheiten, mit denen wir leben müssen. Glauben heißt Nichtwissen. Religion ist Flucht in eine Scheinwelt.«

Und der Knabe, dem man wie allen Blühenden die Reife nicht ansah, antwortete: »Ist letztendlich nicht alle wissenschaftliche Theorie vom Atom bis zum schwarzen Loch Scheinwelt? Und was ist so schlimm an unserer Scheinwelt?«

»Die Erfindung von schönem Schein und himmlischen Paradiesen wäre nicht schlimm, bezahlte man dafür nicht einen hohen Preis, nämlich die Vergewaltigung der Wirklichkeit und den Verlust der geistigen Gesundheit. Der Glaube liquidiert alles, was sich ihm widersetzt, vor allem die Vernunft und den kritischen Verstand.«

Eine Blühende hob abwehrend ihre Hand und widersprach mit lauter Stimme. »Haben wir nicht gelernt: Das Unbewusste ist das wahrhaft Lebendige? In dem Augenblick, in dem sich das bewusste Denken einmischt, atmest du nicht mehr richtig?«

Ein Blühender mit feuerroten Hibiskusblüten im Haar sagte: »Jahrtausendelang haben die Menschen an ein ewiges Leben nach dem Tod geglaubt. Vielleicht hatten sie ja recht. Was spricht dagegen?«

Unsere Antwort auf diese Frage lautete: »Christen, Muslime und Juden haben an ein Leben nach dem Tod geglaubt, aber in ihren heiligen Büchern findet man keinen Satz über das Leben vor der Geburt. Eine Seele aber, die erst mit dem Körper zu existieren beginnt, kann nicht unsterblich sein. Eine Ewigkeit kann keinen Anfang haben. Denkbar ist unsere Unsterblichkeit nur, wenn es für uns auch ein vorgeburtliches ewiges Dasein gäbe. Und daran haben nicht einmal die Gottesanbeter geglaubt.«

Wir waren nach Gemora gekommen, um ein paar verwirrten Kindern den rechten Weg zu weisen. Am Ende mussten wir zur Kenntnis nehmen, dass wir sie gehörig unterschätzt hatten. Es gelang uns nicht, an ihre Vernunft zu appellieren. Sie waren dem Gotteswahn schon mehr verfallen, als wir geahnt hatten.

Uns wurde berichtet, es gebe da eine Blühende, die wie eine Priesterin verehrt werde. Diese Seherin, wie sie sich nannte, versammle in einer einsamen Bucht viel Volk um sich, um mit Gebet und sogar mit Tieropfern die Mächte des Meeres zu besänftigen. Ungeheure Energie gehe von ihr aus. Wenn sie einen Raum betrete, verstummten die Gespräche der Anwesenden. Sie gehöre zu den Menschen, die einen bleibenden Eindruck hinterlassen, wenn man ihnen jemals begegnen sollte.

Das Haar hing ihr in wilden Zotteln vom Kopf, und ihre tief liegenden, eng beieinanderstehenden Augen verströmten hypnotische Kraft. Wir hielten sie für gefährlich, nicht nur wegen ihres Aberglaubens, sondern auch und vor allem wegen ihrer aufrührerischen Reden, in denen sie mit flammenden Worten verkündete:

»Blühen ist besser als Reifsein. Denn Reife ist der Zustand vor der Fäulnis. Kleinsein ist schön. Es vermittelt dir das stolze Gefühl: Ich kann noch wachsen.«

Sie wurde vor den Großen Rat des Ordens befohlen, wo man sie belehrte: Beten ist nichts anderes als das Verlangen, die Gesetze des Universums zugunsten des Bittstellers aufzuheben. Und das sei ja wohl der Gipfel der Unvernunft.

Als das nicht fruchtete und dem Orden weitere nächtliche Zusammenkünfte zu Ohren kamen, wurde sie auf die Krankeninsel Karakara gebracht, mit der Begründung, sie sei dem Gotteswahn verfallen, und dabei handle es sich wie bei allen Religionen um eine ansteckende Form des Irreseins, die zwangsläufig zu völkermordenden Epidemien führe.

Jeder, der davon überzeugt ist, er würde von einem Unsichtbaren beobachtet und geführt, gehört in eine Anstalt, in unserem Fall auf die Krankeninsel.

Dort soll sie den Kühen gepredigt haben. Es hieß, ihr Geist habe sich verwirrt. Aber ich glaube, so wenig Geist verwirrt sich nicht.

Zum Schutz der reinen Vernunft beschloss der Orden, Schulungen zu veranstalten. Analphabeten lieben es, wenn man ihnen etwas vorliest. In einer Reihe von Vorträgen sollte den Blühenden leicht verständlich die Dummheit der Gottesanbeter vor Augen geführt werden.

Ich meldete mich für die erste Lesung und sagte in etwa Folgendes:

»Unsere Brüder, die Tiere, haben keine Götter. Wenn sie sich eine Gottheit nach ihrem Ebenbild erfinden würden, so wie das die Menschen gemacht haben, so hätte der Gott der Esel große Ohren, der Gott der Käfer acht Beine und der Allmächtige der Elefanten einen Rüssel. Tiere bauen sich keine Kathedralen, erfinden keine Lügengeschichten und keine heiligen Bücher, an die sie glauben und glauben müssen, auch wenn diese den größten Schwachsinn verkünden. Wo dieser Eingang findet, endet alle Vernunft. Damit öffnen wir der alten Barbarei wieder Tür und Tor. Denn der Gott der heiligen Schriften ist ein kriegslüsternes Ungeheuer.«

Und dann las ich ihnen aus der Bibel vor: »Saul darf von seinem heiligen Krieg gegen die Amalekiter keine Gefangenen mitbringen, keine Frauen, Kinder, Tiere. Alles muss gnadenlos getötet werden. So befiehlt es Jahwe.

Einem anderen Volk, den Kanaanitern, ergeht es nicht besser. Und Gott sprach: Ich will sie vertilgen. Er teilte das Meer, um darin ganze Armeen ertrinken zu lassen. Er mordete alle Erstgeborenen, unterbrach gar den Lauf der Sonne, damit seine Leute, die Hebräer, genug Zeit fanden, reichlich Feinde zu erschlagen. Er ließ Pest und Eiterbeulen regnen, Blut und Schlangen und Frösche.«

An dieser Stelle erhoben sich die ersten Blühenden, um angewidert zu gehen. Mein Vortrag hatte seine Aufgabe erfüllt.

Bei anderer Gelegenheit brachte ich meine Zuhörer zum Lachen, indem ich ihnen vorlas, wie Samson mit dem knöchernen Kinnbacken eines Esels eintausend Mann erschlagen haben soll.

Wir erzählten ihnen von dem Gott, der seinen Sohn kreuzigen ließ, um sich mit den Menschen zu versöhnen, vom Stammvater Abraham, der auf Befehl Gottes bereit war, seinen Sohn zu schlachten, von Fanatikern, die zu Ehren ihres Gottes Unschuldige in die Luft sprengten, nur weil die an einen anderen Gott glaubten, von Kreuzzügen und Hexenverbrennungen und all den anderen geistigen Verirrungen.

So anfällig unsere Blühenden für die Wunder des Glaubens auch waren, die dunkle Seite der Religion erfüllte ihre Kinderseelen schon bald mit solcher Abscheu, dass sich viele von ihnen ihrer abartigen Neigung wegen schämten. Die Unbelehrbaren aber fielen mehr und mehr dem Spott der Mehrheit zum Opfer.

Jakaranda befand sich zu der Zeit, von der ich hier berichte, in einem Alter, in dem den heranreifenden Blühenden die Droge unter die Haut gepflanzt wird. Als Mädchen wäre er gewiss in den Orden erhoben worden. Als Knabe war ihm die Aufnahme verwehrt. Er betreute seit einem Jahr die Pferde auf der Garteninsel Hakahana, auf der auch Merimé ihr landwirtschaftliches Jahr verbracht hatte.

Dort besuchte ich ihn, wann immer sich die Gelegenheit dazu bot. Das war nicht oft, aber doch wohl schon zu viel, denn die Prinzipalin der Plantage verwunderte sich bereits, wenn sie mich bei den Pferdeställen antraf: »Wie kann man nur so vernarrt in diese dummen Tiere sein?« Man sah ihr an, dass sie Pferde nicht mochte. Sie hatte sich bei einem Reitunfall die Beine gebrochen und stützte sich seitdem auf einen Krückstock.

Ich hatte meine Freude an den edlen Tieren, noch mehr an den Blühenden, die sie ritten, vor allem an meinem Sohn. Mein Sohn! Welch ein Wort!

Er überragte alle anderen an Kraft und Gewandtheit. Welch ein Bild, wenn er nackt und sonnengebräunt in wildem Galopp dahinstob! Wie sehr sehnte ich mich danach, ihn in meine Arme zu schließen. Ob er mich überhaupt wahrnahm? Eine Ordensfrau, die sich für Pferde interessierte?

Mit seinen leuchtend blauen Augen erregte er überall Erstaunen. Er war nicht zu übersehen.

Und doch war er plötzlich und auf rätselhafte Weise verschwunden. Einfach so, wie vom Erdboden oder, richtiger, vom Ozean, verschluckt. Es hieß, er habe vor Sonnenaufgang ein Schiff bestiegen, um gemeinsam mit anderen Knaben die Hauptinsel zu besuchen. Dort war er aber nicht angekommen. Der Bootsmann erinnerte sich, den Vermissten bei der großen Halle an Land gesetzt zu haben. Eine auffallend hagere Gestalt im Ordensornat habe ihn am Landungssteg erwartet. Später widerrief er seine Aussage. Es sei noch zu dunkel gewesen, um eine genaue Beschreibung abgeben zu können. Der Fahrgast habe eine Kapuze getragen.

Er wird in ein paar Tagen wieder auftauchen, sagten die, die ihn näher kannten. Ein Glückskind wie der geht nicht verloren.

Sie irrten. Die Tage verrannen, Jakaranda blieb verschwunden, und meine Sorge um ihn wuchs. Irgendetwas war ihm zugestoßen. Aber was?

Das Meer war seit Tagen so glatt wie ein Süßwassersee, und zudem war Jakaranda ein guter Schwimmer.

Ein Hai, hieß es schon bald. Es kann nur ein Hai gewesen sein. Haiattacken auf Menschen kamen zwar nur sehr selten vor, aber einer mit so auffallend hellem Haar, hell wie ein Fischbauch, forderte der nicht die Angriffslust der Haie heraus? Das klang überzeugend, aber ich glaubte nicht daran. Es erschien mir unmöglich. Ich wollte es nicht wahrhaben und litt wie ein Vogel in den Krallen der Katze.

Am Ende stellte ich mir nach durchwachter Nacht die Frage: Habe ich ihn wirklich verloren? Wie kann man verlieren, was einem nie gehört hat? Er hat immer getrennt von mir gelebt. Dass er lebte, dessen war ich mir ganz sicher.

In meinen Träumen ritten wir über die Wiesen von Hakahana, schwammen mit den Delfinen in der Mondfischbucht. Ein Hai begegnete uns. Jakaranda streichelte lachend seine Rückenflosse, als wollte er klarstellen: Der tut mir nichts.

23. KAPITEL

Ich erwachte von einem Geräusch.

Der Mondschein war der Morgendämmerung gewichen. Noch schwiegen die Zikaden. Gleichmäßig schlugen die Wellen gegen die felsige Küste. Ein vertrautes Geräusch.

Aber bewegte sich da nicht etwas? Ich hielt den Atem an. Und nun vernahm es ganz deutlich: Schritte auf dem Kiesweg unter meinem Fenster. Sie näherten sich der Haustür, verharrten dort abwartend.

Ein Besucher! Um diese Tageszeit!

Noch bevor ich die Tür öffnete, wusste ich, dass mir eine böse Begegnung bevorstand. Aber die Elendsgestalt, die mir dann im Türrahmen entgegenwankte, übertraf meine Befürchtung: ein Mensch am Ende seiner Kräfte, nackt und abgemagert. Das Haar fiel ihm über Gesicht und Schultern. Er triefte vor Nässe wie aus dem Wasser gezogen.

Bei Licht sah ich, dass es eine Frau war, eine Blühende mit jungem Gesicht und langem Haar, aber mit den Brüsten einer reifen Frau.

Nachdem sie mit großer Gier einen Krug voll Wasser ausgetrunken hatte, versank sie in tiefen Schlaf, aus dem sie erst am anderen Morgen wieder erwachte. Es dauerte auch dann noch lange, bis sie die Lippen bewegte, um unverständliche Laute von sich zu geben. Sie lag da wie eine Tote, die Augen geöffnet, die Finger zu Fäusten verkrallt. Meine Fragen nahm sie nicht zur Kenntnis. Sie musste schlimme Dinge erlebt haben.

Ihr Gesicht erschien mir nicht fremd, aber ich konnte mich

nicht erinnern, ihr jemals begegnet zu sein. Offensichtlich kam sie von weit her. An meinem Steg lag ein fremdes Boot.

Als sie endlich ihr Schweigen brach, waren es wirre, zusammenhanglose Sätze, mehr geflüstert als gesprochen, unverständlich zunächst, Bruchstücke, die sich nur mühsam zusammenfügen ließen.

Sie hieß Attea. Ich will versuchen, ihre Worte so wiederzugeben, wie ich sie verstanden und in meiner Erinnerung bewahrt habe:

»Am Tag vor Neumond ließ mich der Orden wissen, meine Lebenszeit sei abgelaufen. Ich war gerade achtunddreißig geworden und verspürte keinesfalls den Wunsch, auf die zwei Jahre zu verzichten, die mir noch zustanden. Gewiss empfanden das auch die anderen Todgeweihten so, aber sie fügten sich der Pflicht. Sind nicht auch unsere Vorfahren, ohne zu klagen, den Weg der letzten Vollendung gegangen?

Ich vermochte das nicht hinzunehmen. Sprüche wie ›Eine Feier wird nicht schöner, wenn sie länger währt‹ fanden in meinen Ohren kein Gehör. Das Grauen vor dem Tod war stärker als alle lustvollen Verheißungen. Das Massensterben während der großen Flut hatte sich mir tief und unauslöschlich eingeprägt.

Wie waren achtundachtzig Frauen, oder richtiger: achtundachtzig Blühende weiblichen Geschlechts, als wir auf dem Eiland der Verwandlung an Land gingen, wo uns in feierlichem Ritual die Libido eingepflanzt wurde. Berauschende Säfte und Räucherkerzen, Musik und Kokain verstärkten die Wirkung des Sexualhormons. Es war der Anbeginn einer unheimlichen Metamorphose. Raupen muss so zumute sein, wenn sie sich in Schmetterlinge verwandeln. Wir aber waren Schmetterlinge, die zu Raupen werden sollten.

Knabenhafte Schlankheit wich weichen Rundungen. Knochige Konturen verformten sich zu hormongeschwängertem Fleisch. Brüste begannen zu schwellen, Schamhaare zu sprießen.

Mit der Wehmut, die das Wissen um den Abschied verzaubert, leuchtete den Frauen noch lange das Glück der Blühenden aus den Augen.

Ich weiß nicht, wie lange der Reifeprozess gedauert hat. Rückblickend kommt es mir so vor, als wäre ich während dieser Phase aus der Zeit geglitten. Wie Pflanzen dämmerten wir der Reife entgegen. Den größten Teil des Tages verbrachte ich in traumlosem Tiefschlaf. Erst die Monatsblutungen beendeten unsere Metamorphose.

Bis dahin nackt, mussten wir nun wallende Gewänder tragen, die uns bis auf die Knöchel fielen. Blasse Haut und Entblößung seien wichtige Bestandteile der Leben spendenden Vereinigung, erklärten die Ordensfrauen, die uns betreuten. Ich fand das gut, denn der Anblick unserer prallen Leiber erschien mir ekelerregend. Da war keine Spur von Wollust oder sinnlicher Begierde.

Jedenfalls nicht in mir. Bei Musik und tänzerischer Bewegung erlernten wir die vollendete Hingabe an das andere Geschlecht. Zur Vorbereitung auf die zu erwartenden Orgasmen übten wir uns im Spiel der feuchten Finger am eigenen Fleisch.

Als wir die Barken bestiegen, lag der Mondschein auf dem Meer wie eine goldene Straße. Auf ihr ruderten wir unserem Schicksal entgegen. Dabei sangen wir, wie das kleine Kinder im Dunkeln tun, um sich gegenseitig Mut zu machen. In der Ferne ragten die weißen Kalksteinfelsen von Arkadia in den nächtlichen Himmel. Trommelschlag wehte uns entgegen. Durch einen Mangrovenwald glitten wir in den engen Hafen der Insel. Am Ufer erwarteten uns Wesen wie aus einer anderen Welt. Sie bewegten sich zum Takt der Panflöten, brennende Fackeln in den Fäusten und grauenhafte Fratzen über entblößten Oberkörpern. Alle trugen Masken, denn Skarabäen haben wie die Magna Mater kein Gesicht.

Das Tabu dieses Ortes, an dem unser aller Leben beginnt und endet, ist so übermächtig, dass kein Sterblicher Arkadia zu betreten wagt. Die Ordensfrauen, die uns auf unserer letzten Reise begleitet hatten, verabschiedeten sich an Bord der Boote von uns. Sie umarmten uns schweigend. Was hätten sie auch sagen sollen? Lebwohl oder Auf Wiedersehen?

Arkadia liegt weit außerhalb unserer Welt. Hier leben weder Reife noch Blühende. Das Eiland gehört ausschließlich den Skarabäen. Keiner kehrt von dort zurück, um zu berichten. Niemand weiß, was dort vor sich geht, und die meisten wollen es auch gar nicht wissen. Eine unüberwindliche Wand trennt das Geheimnis aller Geheimnisse von der übrigen Welt.«

Sie wiederholte diesen Satz mehrmals mit so ängstlicher Scheu, als wäre sie aus dem Reich der Toten zurückgekehrt, was sie ja in gewissem Sinne auch war.

Natürlich wollte ich wissen, was ihr dort widerfahren war. Aber sosehr ich mich auch bemühte, sie zum Sprechen zu bewegen, sie versank erneut in Schweigen. Mit angezogenen Knien hockte sie auf ihrem Lager und starrte mit weit geöffneten Augen ins Leere.

Als ich später nach ihr sah, lag sie zusammengerollt wie eine Katze in tiefem Schlaf. Die Sonne schien ihr ins Gesicht, und ich nahm die Gelegenheit wahr, sie aus der Nähe zu betrachten. Ein schwarz gelockter Mädchenkopf auf dem abgemagerten Leib einer reifen Frau. Die auffälligste Eigenschaft ihres Gesichtes war seine Undurchschaubarkeit, rätselhaft wie alles an dieser Verblühten aus dem Reich der Toten.

Spät in der Nacht berichtete sie von Arkadia in lebhaften Bildern. Dort gebe es Höhlen mit Wänden und Böden aus milchweißem Gestein, so glatt wie polierter Marmor. In Schwimmbecken perlt Quellwasser. Weiche Teppiche und Ruhelager voller Kissen laden zum Liegen ein. Im Schatten der Bäume Hängematten und Schaukeln, lauschige Lauben aus Palmblättern, Liegeplätze von duftendem Heu. Sie sprach mit geschlossenen Augen. Ein Lächeln lag auf ihren Lippen.

»Hier verbrachten wir die ersten Tage. Es waren schöne Tage.

Der Traum endete mit der Ankunft der Männer. Ich weiß nicht, was sie mit ihnen angestellt haben. Das waren nicht mehr die Blühenden, die ich kannte. Widerwärtige Wilde, wie aus dem Menschenzoo entsprungen. Behaart wie die Affen und geil wie Wildschweine. Sie verschlangen uns mit gierigen Blicken. Unsere Brüste schienen es ihnen ganz besonders angetan zu haben. Das Betatschen nahm kein Ende. Am widerwärtigsten waren ihre Lippen, die ständig die unsrigen suchten. Vielen Frauen schien das zu gefallen. Ich fand das ekelhaft.

Die Nacht war erfüllt von Stöhnen und Schreien. Es klang mehr nach Wut als nach Lust, mehr nach Wehtun als nach Liebhaben. Wilde Zuckungen im flackernden Licht der Fackeln. Umklammerungen wie beim Ringkampf. Reiten und geritten werden, neben mir, auf mir, in mir.«

Erst nach längerem Schweigen sprach sie weiter: »Flötenmusik erfüllte den Raum, eine wilde Melodie ohne Anfang und Ende. Pokale wurden gefüllt mit berauschendem Getränk. Durch die Finger troff der Saft, tropfte auf Brüste, Bauch und Schenkel, klebrig wie die Körpersäfte und der Schweiß der Männer, die sich zu mir legten. Igelköpfige Affen mit behaarten Pfoten. Eine Hand mit nur drei Fingern griff nach mir, immer wieder.

Wie von einem mächtigen Meeresstrudel erfasst, riss es mich fort. Von weit her hörte ich meine eigenen Schreie. Tierhafte Brunft, oder war das bereits mein Todesschrei?

Ich erwachte in Erbrochenem. Um mich herum nackte Leiber, erschöpft dahingesunken, von der Wollust überwältigt. Das Lächeln der Befriedigung auf den Lippen. Neben mir lag ein Paar. Sie umschlang ihn mit beiden Beinen. Er hatte sich in ihrem Haar verkrallt. Waren sie bereits tot? Der Männerarm, der mich umfasste, war noch warm. Ich befreite mich aus der Umklammerung und kroch zum Wasserbecken, um mir den Schleim von der Haut zu waschen.

Im Osten kündigte sich der neue Tag an. Die ersten Vogelstimmen erwachten. Das kalte Wasser weckte meine Lebensgeister. Ich fror, das hieß, ich lebte. Ob auch die anderen noch lebten?

Nein, so wollte ich nicht enden. Ich griff mir ein Wolldecke, ein Hemd, ein Paar Sandalen und eilte der aufgehenden Sonne entgegen, egal wohin, nur weg von hier.

Ich lief den ganzen Tag. Am Abend fand ich einen Felsüberhang in einer Bucht, in die sich ein Bach ergoss. In seinem klaren Wasser stillte ich meinen Durst. Nahrung benötigte ich nicht, denn ich war davon überzeugt, dass ich nur noch wenige Stunden zu leben hätte. Schließlich war ich hierhergebracht worden, um zu sterben. Völlig erschöpft, fühlte ich mich dem Ende nahe. Als ich mich, eingerollt in meiner Decke, niederlegte, spürte ich, wie ich aus dem Leben glitt.

Bei meinem Erwachen stand die Sonne schon hoch am Himmel. Der Kopf tat mir weh, aber ich lebte. Nach einem Bad im Bach fühlte ich mich richtig gut, sogar hungrig.«

Sie biss in einen Apfel und erzählte mir, wie erstaunt sie war, dass sie noch lebte. Musste sie nicht am Ende der Geschlechtsreife aus dem Leben scheiden wie die Lachse?

Ihre Brüste erinnerten sie unübersehbar daran, dass sie keine Blühende mehr war, sondern eine Todgeweihte.

Ein Tag verging, und noch einer. Am dritten wurde ihr bewusst, dass in ihrem Fall irgendetwas aus dem Ruder gelaufen war. Der Hunger quälte sie. Sie brauchte dringend Nahrung. In der Bucht gab es nichts Essbares.

In der Nacht – sie war bewölkt und mondlos – schlich sie sich zurück zu den Liebeshöhlen. Noch vor wenigen Tagen von Licht und lauter Musik erfüllt, lagen die jetzt so verlassen da, als hätte hier nie eine Orgie stattgefunden. Kein Licht und kein Laut verriet die Anwesenheit von Menschen. Und natürlich gab es auch nichts Essbares.

Von den Blühenden würde gewiss keiner mehr leben. Oder doch? Sie lebte ja auch noch. Aber die Skarabäen, wo hielten sich die Skarabäen auf? Wie viele es wohl waren? Beim Empfang im Hafen waren es höchstens zwanzig gewesen, vielleicht auch ein paar mehr. Aber später vermochte sie sich nur noch an einzelne Masken zu erinnern, die hin und wieder aus dem Dunkel auftauchten, um ihr Liebesspiel zu kontrollieren, so wie man die Paarung von Zuchttieren überwacht. Ihr grauste bei der Erinnerung. Am liebsten hätte sie sich versteckt, aber der Hunger trieb sie weiter voran. So stieg sie weiter das Tal hinauf, das sich von der Küste bis in die Berge trichterförmig und immer schmaler werdend vor ihr erstreckte. Irgendwann muss sie dann ein Licht erblickt haben, denn sie berichtete ganz aufgeregt:

»Plötzlich war da ein Licht. Es kam aus der Steilwand. Ich schlich mich näher, immer wieder verharrend und ängstlich lauschend, ob sich irgendetwas bewegte. Und dann erkannte ich noch andere leuchtende Öffnungen hinter hohen, schlanken Bäumen, Dattelpalmen voller Früchte. Ich schlüpfte aus der Decke, die mir als Kleidung diente, und füllte sie mit so vielen Datteln, wie ich tragen konnte. Das Pflücken fiel mir leicht. Auf die Bäume zu klettern hat mir schon als Mädchen Spaß bereitet.

Der Vorrat, den ich mir auf diese Weise beschafft hatte, würde für den Rest meines Lebens reichen, denn ich war fest davon überzeugt, dass meine Tage gezählt waren.

Nach einem halben Mondwechsel waren die Datteln fast verzehrt, und ich lebte immer noch. Und wie ich lebte! Ich schwamm im Meer, verbrachte einen großen Teil des Tages mit Meditieren, genoss jeden Sonnenaufgang, der vielleicht mein letzter war, und träumte von der Vergangenheit. Immer öfter aber befasste ich mich in Gedanken mit der Zukunft.

Wie sollte es weitergehen? Wie lange konnte ich hier leben, ohne entdeckt zu werden. Und was würde geschehen, wenn man mich fand? Wurde ich überhaupt vermisst? Und wenn ja, warum suchte dann niemand nach mir?

Dieses Eiland der letzten Glückseligkeit wurde mir immer unheimlicher. Was ging hier vor sich?

Meine Datteln waren aufgezehrt. Ich musste mich um neue Nahrung kümmern. Und dieses Mal wollte ich mir die Insel bei Tageslicht anschauen.

Ich nahm nicht den Weg durch das Tal, sondern bewegte mich oberhalb der Steilwand, von der ich auf das Tal hinabblicken konnte. Im Schutz dicht wuchernder Lorbeersträucher erkannte ich die Dattelpalmen direkt unter mir. Und da waren auch Menschen. Sie saßen im Schatten der Bäume um ein Feuer und führten ein Gespräch, von dem ich nichts verstand. Aber waren das Skarabäen? Sie trugen keine Masken, sondern Igelköpfe. Stachlige Haarstoppeln sprossen ihnen aus Kopfhaut und Wangen.

Ich zählte achtzehn. Mehr würde es auf der Insel wohl auch kaum geben. Und wenn die dort unten versammelt waren, so verschaffte mir das die Bewegungsfreiheit, die ich brauchte, um mich umzuschauen.

Nur wenige Schritte weiter stieß ich auf eine Felsspalte in der oberen Bergwand. Eine steile Treppe führte hinab in einen dunklen Schacht aus gewachsenem Fels. Die Skarabäen debattierten noch immer. Da wagte ich den Einstieg.

Was anfangs wie eine Höhle ausgesehen hatte, verwandelte sich schon nach wenigen Stufen in eine ganze Flucht von Räumen, kunstvoll in den Fels geschlagen, erhellt von Licht, das aus den Wänden zu kommen schien. Da gab es Arbeitstische mit gläsernem Gerät, Wandregale voller Flaschen und rätselhaften Apparaturen. Signallichter blinkten. Durch Röhren floss farbige Flüssigkeit. Pasten und Tinkturen. Aber nichts, mit dem ich meinen Hunger hätte stillen können. So stieg ich die Treppe immer tiefer hinab, um dort nach etwas Essbarem zu suchen.

Am Ende eines Ganges vernahm ich Schritte und Stimmen, musste mich verstecken. Und dann waren da die Frauen, nackt und unversehrt, als ob sie schliefen, wie tot und doch nicht tot, denn sie bewegten sich. Und ich sah …«

Sie hielt mitten im Wort inne und starrte mit angstgeweiteten Augen zur Decke, als sähe sie das Schreckliche noch einmal.

»Was sahst du?«

»Sie fuhren zum Himmel. Sie schwebten davon. Ich stieß einen Schrei aus. Zwei Arme umschlangen mich von hinten. Ich bin so erschrocken, dass ich wie vom Blitz getroffen zu Boden sank. Das Letzte, an das ich mich zu erinnern vermag, ist die Fratze, die riesige Fratze, die sich zu mir herabbeugte. Sie kam ganz dicht heran, als wollte sie mich verschlingen.

Ich kann mich nicht erinnern, was danach mit mir geschah. Ich habe alles vergessen, alles bis auf die Augen in den Schlitzen der Maske.

Als ich wieder zu mir kam, befand ich mich in einem Boot auf offenem Meer. Ich weiß nicht, wie ich dorthin gelangt bin. Ich weiß auch nicht, wie lange ich dort schon trieb. Der Regen rettete mich vor dem Verdursten. Hunger quälte mich. Ich fror erbärmlich, aber der Tod schreckte mich nicht. Ich gehörte ihm, seitdem ich auf Arkadia mit ihm vermählt worden bin.«

Auf meine Frage, wie sie zu mir gefunden habe, wusste sie keine Antwort. Vermutlich hatten Wind und Wellen sie in meine Bucht gespült, und sie hatte sich mit letzter Kraft bis vor meine Tür geschleppt.

Sie war auf offener See in einem Boot ausgesetzt worden. Wie hatte die Prinzipalin auf Gemora gesagt, als sie die Tür des Kerkers offen stehen ließ, um den beiden Angeklagten die Flucht zu ermöglichen: Überlassen wir die Hinrichtung dem Meer.

Attea hatte den Tod verdient, mit Recht, denn wer sich dem neuen Leben verweigert, hat sein Leben verwirkt. Ich bin, weil wir sind. Damit wir sind, darum bin ich. So lautet das Gesetz, das keiner ungestraft bricht.

Sichtlich erschöpft von dem langen Bericht und den Schreckensbildern der Erinnerung, schwieg sie, um dann noch einmal wie aus einem Albtraum aufzuschrecken: »Die Augen!«

»Was ist mit den Augen?«, wollte ich wissen.

»Sie waren …« Sie schlug die mageren Hände vor ihr Gesicht.

»So schrecklich?«

»Nein, nicht schrecklich. Sie waren gespenstisch. Kein Mensch hat solche Augen. Augen aus einer anderen Welt. Unbeschreiblich blau, blau wie …«

Sie suchte nach einem passenden Vergleich.

Ich hörte mich sagen: »So blau wie Jakarandablüten?«

»Ja«, erwiderte sie, »so blau wie Jakarandablüten.«

24. KAPITEL

Kurz darauf starb sie in meinen Armen, vor Erschöpfung oder weil ihre Lebenszeit abgelaufen war. Mich aber ließen die Augen nicht mehr los. Sie verfolgten mich bis in meine Träume.

Hatte sie Jakaranda gesehen, bei den Skarabäen? Nein, das war ganz und gar unmöglich. Undenkbar. Ein Hirngespinst. Wahnvorstellung. Aber sie hatte das Erlebte sehr wirklichkeitsnah beschrieben. Wenn sie diese Augen wirklich gesehen hat, so sagte ich mir, dann gehörten sie nicht meinem Kind. Aber solche Augen, und darin war ich mir ganz sicher, gab es kein zweites Mal.

Noch vor Sonnenaufgang verfasste ich einen Bericht und schickte ihn an die Magna Mater. Ich schilderte das Gehörte so genau, wie ich es vernommen hatte. Die Augen allerdings ließ ich unerwähnt.

Am Abend desselben Tages hielt ich die Antwort in meinen Händen. Mater Atara persönlich überreichte mir den Brief. Die Tatsache, dass die Magna Mater ihre engste Vertraute mit der Mission beauftragt hatte, führte mir vor Augen, dass es sich um eine Angelegenheit von höchster Geheimhaltung handelte. Mater Atara übernahm auch den Abtransport der Toten, nachdem ich geholfen hatte, die Leiche zum Boot zu tragen.

Mit dem Schreiben erteilte mir die Magna Mater den Auftrag, Arkadia aufzusuchen, um herauszufinden, weshalb es zu solch einer Verfehlung kommen konnte und wie sich dergleichen in Zukunft verhindern ließe. Der Fall unterliege der allerhöchsten Geheimhaltung. Der Kreis der Eingeweihten müsse so klein wie möglich gehalten werden. Aus diesem Grunde würde ich entgegen der sonstigen Gepflogenheit ohne Begleitung nach Arkadia reisen.

Natürlich war ich mächtig stolz. Eine Geheimmission im Auftrag der Magna Mater, und das im Alleingang!

Eine Bewährungsprobe erster Ordnung!

Mein Empfang auf der Toteninsel war nicht so spektakulär wie der, von dem Attea berichtet hatte. Es regnete. Nebelschwaden lagen auf dem Wasser. Zwei Skarabäen erwarteten mich am Landungssteg. Sie trugen Masken. Kein Wort der Begrüßung. Schweigend reichte mir einer die Hand, um mir an Land zu helfen. Dabei stieß ich ihm versehentlich mit dem Ellbogen die Maske vom Gesicht. Obwohl er es hastig wieder verdeckte, konnte ich einen Blick darauf werfen.

Der Skarabäus hatte den Kopf eines Tieres mit kurzem, stoppeligem Fell. Ich erschrak so heftig, dass ich ins Wasser gefallen wäre, wenn der andere der beiden mich nicht aufgefangen hätte. Dabei sagte er: »Vergiss, was du siehst. Hier ist alles anders als du erwarten würdest.«

Das galt sogar für seine Stimme. Sie klang fremdartig rau. Fragen wagte ich nicht zu stellen. Sie gaben mir mit ihrer ablehnenden Haltung deutlich zu verstehen, dass sie sie auch nicht beantworten würden. Wortlos schritten sie voran.

Nach längerem Fußweg erreichten wir die Schlucht, von der ich schon gehört hatte. Die felsigen Steilwände waren wahrhaftig ausgehöhlt worden. Treppen verbanden die übereinanderliegenden Räume. Etagen wie in den hohen Gebäuden der Vergangenheit. Wortlos wurde ich in einer Kammer dieses Termitenbaues abgesetzt. Eine Wabe mit Wänden wie aus Muschelkalk. Ein Bett, ein Stuhl, ein Tisch. Darauf eine Schale mit Datteln und Nüssen und eine Karaffe mit Wasser, aus der ich nicht zu trinken wagte. Wie hatte Attea gesagt: »Ich habe überlebt, weil ich nicht von ihrer Lethe getrunken habe.«

Vorsicht war geboten. Sie hatten mich nicht wie ein Ordensmitglied, sondern wie einen Feind empfangen. Ich war hier, um ein Vergehen aufzudecken. Wie konnte ich da erwarten, von den Beschuldigten mit offenen Armen empfangen zu werden. Ich war nicht gekommen, um Freunde aufzusuchen, sondern um Schuldige zu benennen.

Ich musste die Augen offen halten.

Hier sei alles anders als anderswo, hatte der Skarabäus mich gewarnt. Wie recht er hatte.

Das begann schon bei dem Licht, das die Kammer erfüllte. Sie war fensterlos und doch so hell, als läge sie im Sonnenlicht, oder richtiger, im Mondschein. Das Licht schien aus den Wänden zu kommen, aber die fühlten sich so kühl an, als wären sie nie mit Feuer in Berührung gekommen. Eine Lichtquelle, die wir den Glühwürmchen abgeschaut haben, von der ich zur damaligen Zeit noch nichts wusste.

Ich streckte mich auf dem Bett aus. Tausend Fragen schossen mir durch den Kopf. Aber nach der langen Bootsfahrt und dem beschwerlichen Fußweg versank ich grübelnd in unruhigen Schlaf.

Eine Tür wurde geöffnet. Träumte ich? Mit halb geschlossenen Augen erkannte ich einen Menschen, der sich über mich beugte, als wollte er prüfen, ob ich schliefe. Anscheinend befriedigt, schlich er sich aus dem Raum.

Ich wartete ein paar Atemzüge lang, bevor ich die Tür öffnete. Vor mir lag ein gewundener Gang. Der Fremde war nicht mehr zu sehen, aber seine Schritte auf dem steinigen Boden waren noch gut vernehmbar. Ich hörte, wie eine Tür aufgestoßen wurde, Stimmengemurmel. Türklappen und Stille.

Ich tappte barfuß den Gang hinunter, bog um eine Ecke und stand vor der Tür, hinter der gesprochen wurde.

»Sie schläft fest«, sagte eine Stimme. »Vor morgen Mittag wird sie nicht erwachen.«

»Und was machen wir dann mit ihr?«

Mehrere Stimmen redeten gleichzeitig durcheinander.

»Hören wir uns doch an, was sie zu sagen hat.«

»Und wozu das ganze Theater?«

»Um herauszufinden, was nach draußen gedrungen ist. Dergleichen darf sich nicht wiederholen. Ist es wahr, dass du vor ihr dein Gesicht entblößt hast?«

Kleinlautes Gemurmel.

»Schon wieder so eine Schlamperei.«

»Aber eine, die uns keinen Schaden mehr zufügen kann.«

»Was soll mit ihr geschehen?«

»Wir werden sie …«

Am Ende des Ganges wurde eine Tür geöffnet. Schritte kamen näher. Ich hastete zurück in mein Zimmer. Den Rest der Nacht verbrachte ich schlaflos. Das Gehörte hatte mich in Unruhe versetzt.

»Was machen wir mit ihr?« klang nicht gut. Und »Eine, die uns keinen Schaden mehr zufügen kann« noch bedrohlicher. Angst beschlich mich. Ich verdrängte sie, indem ich mir sagte: Was kann dir schon geschehen. Die Magna Mater hat dich geschickt. Du stehst unter ihrem Schutz.

Aber der Orden bestand aus Ordensfrauen, und die Stimmen, die ich in der Nacht vernommen hatte, waren mit Gewissheit keine Frauenstimmen gewesen. Waren die Skarabäen etwa …? Ich wagte den Gedanken nicht zu Ende zu denken.

Am Morgen wurde ich in einen kreisrunden Saal geführt, in dem mich die Skarabäen erwarteten. Sie saßen auf Kissen im Schneidersitz entlang der Wand. Alle trugen Masken. Auch ich hatte wie am Vortag meinen Schleier angelegt, um zu demonstrieren, dass ich mich keineswegs unterlegen fühlte. Als Gesandte der höchsten Autorität des Ordens erwartete ich, dass ich mit Respekt behandelt wurde. In ihrer Mitte stehend, nahm ich zur Kenntnis, dass man mir offensichtlich keinen Sitzplatz zugedacht hatte. Erst als ich darum bat, wurde aus einem Nebengemach ein Stuhl herbeigeholt.

Ich forderte sie auf, die Masken abzunehmen, wie es sich unter Ordensfrauen geziemt, und begann damit, meinen Schleier aufzuknüpfen. Die Skarabäen beobachteten mich regungslos wie hölzerne Skulpturen, anscheinend nicht bereit, meinem Beispiel zu folgen. Ich ließ mich nicht beirren. Dann würde ich halt mit gutem Beispiel vorangehen.

Als ich den Schleier ablegte, ertönte ein Aufschrei. Einer der Skarabäen war aufgesprungen. Er riss sich die Maske vom Gesicht und starrte mich an, als sähe er ein Gespenst: »Das ist sie, die Frau, der ich mein Leben verdanke.«

Nun fielen alle Masken.

Welch ein Anblick. Was waren das für Menschen?

Schädel, Wangen und Kinn waren mit Bartstoppeln übersät, wie bei einem kurzfelligen Tier, einem Affen oder einem Hund. Ich betrachtete sie erschrocken mit weit aufgerissenen Augen. Da sah ich ihn: Er stand nur zwei Schritte neben dem Mann, den ich aus dem Meer geborgen hatte. Er war es. Unverkennbar das Blau seiner Augen.

Jakaranda!

Ich streckte meine Arme nach ihm aus, wollte zu ihm. Doch er war erschrocken aufgesprungen, hob abwehrend die Arme und stieß mich von sich. Dabei verlor ich das Gleichgewicht, fiel und schlug mit der Stirn auf den Steinboden.

Als ich wieder zu mir kam, saß der Mann aus dem Meer an meinem Lager. Er strich mir das Haar aus der Stirn und meinte: »Was hat er dir bloß angetan?«

»Wer?«

»Der Junge. Warum hast du dich auf ihn gestürzt, als wolltest du ihn umbringen?«

Ich schloss die Augen und schwieg. Wie konnte ich ihm mit ein paar Sätzen erklären, dass Jakaranda mein Kind und er sein Vater war? Mit den Fingerspitzen ertastete ich den Verband, der meine Stirn bedeckte. Mein Schädel dröhnte wie Trommelschlag. Ich sehnte mich nach Schlaf.

Im Traum hörte ich die Männerstimmen hinter der Tür: »Ein Fremdkörper ist in unseren Organismus eingedrungen. Eine Eiterbeule, die entfernt werden muss, je eher, desto besser.«

Grüngelbliches Glühwürmchenlicht glomm auf Fratzen. Behaarte Hände hoben sich zum Schwur. Ein Daumen nach dem anderen senkte sich nach unten. Keiner fehlte. Ein Todesurteil.

Magna Mater, hilf! Wie gerufen trat sie in den Kreis der Scharfrichter. Hilfe im rechten Augenblick. Sie hob die rechte Hand. Der aufgereckte Daumen. Ich sah mit Entsetzen, wie auch er sich nach unten senkte.

25. KAPITEL

Im Rückblick vermag ich nicht mehr zwischen Traum und Wirklichkeit zu unterscheiden. Lag es an meiner Kopfverletzung oder an der fremdartigen Welt der Igelköpfe, dass ich nicht mehr mit Bestimmtheit weiß, ob sich alles so ereignet hat, wie ich es hier beschreibe? Erlebt habe ich es allemal, wenn auch vielleicht nur mehr oder weniger im Unterbewusstsein.

So wie Träume in der Erinnerung vor allem als Bilder gespeichert werden, so erlebte ich die Begegnung mit den Skarabäen mehr in Bildern als in Ereignissen.

Was für Köpfe! Nie zuvor habe ich dergleichen gesehen. Der Mann, den ich aus dem Meer gefischt habe – Karras nennen sie ihn –, hatte damals mit Mähne und Bart ausgeschaut wie ein Löwe. Jetzt erinnert er mich mehr an einen Bären, zumal er an Gewicht zugelegt hat. Die meisten Skarabäen sind hager wie Iltisse, Iltisse mit Igelköpfen. Und was für seltsame Namen sie haben. Der mit Abstand älteste heißt Estragon. Er scheint ihr Anführer zu sein und wird mit »Abt« angeredet. Wenn er spricht, schweigen die anderen. Er spricht nur selten, was übrigens für die meisten gilt. Sie nehmen mich zur Kenntnis, ohne mich wirklich wahrzunehmen.

Ein Alter mit kahlem Schädel wechselt täglich meinen Kopfverband. Meine Fragen überhört er. Dabei betrachtet er mich, als wollte er sagen: Jedermann verdient, dass man ihn anhört, aber nicht jeder verdient, dass man mit ihm spricht. Sie nennen ihn Harun. Er ist so etwas wie ihr Medizinmann. Er versorgt mich mit Tee.

Früh am Morgen bin ich aufgebrochen, um mir die Insel anzusehen. Obwohl sie so ausschaut, als wäre sie vulkanischen Ursprungs, sind ihre Felsen hell wie Kalkstein. Vom Hafen allmählich ansteigend, geht das flache Land in ein nacktes Bergmassiv über, das von tiefen Tälern durchzogen wird. In solch einer Schlucht, nur zwei Steinwürfe breit, befindet sich das Felsennest der Skarabäen.

Die Abenddämmerung senkt sich auf die Schlucht. Es ist still bis auf das Tosen des Meeres. Da liegt ein Geruch von feuchter Erde und fauligem Laub über dem Tal. Es hat geregnet, und der Himmel ist immer noch bewölkt. In der Luft hängt der Duft von Salbei und Eukalyptus.

Aber da ist ein Geruch, den ich nicht kenne, schmierig wie heißes Fett. Und da glimmt ein Feuer im Hof, an dem sich die Männer niedergelassen haben. Sie verzehren irgendetwas. Man kann hören, wie es ihnen schmeckt. Sie kauen mit offenen Mündern, halten Stöcke über die Glut, um ihr Essen zu garen. Maiskolben werden so geröstet. Ich mag Maiskolben, will mir einen greifen. Karras schiebt meine Hand beiseite: »Besser, du lässt das. Weißt du, was das ist?«

»Nein.«

»Gebratene Tauben.«

»Tauben! Ihr esst Tauben?«

Ich erhebe mich angeekelt und suche das Weite, verfolgt vom Gestank gebratenen Fleisches. Wie hatte der Skarabäus im Hafen gesagt: »Hier ist alles anders als anderswo.«

Später erfahre ich, dass sie sich von Tauben, Fisch und Muscheln ernähren, und von Datteln. Es muss ihnen gut bekommen, denn sie haben im Gegensatz zu den Ordensfrauen gesunde weiße Zähne.

Männer brauchen wohl Fleisch.

Karras läuft mit mir durch den Palmenhain. Er bückt sich, hebt eine Dattel auf und gibt sie mir.

»Danke.«

»Ich habe mich nicht bei dir bedankt«, sagt er.

»Wofür?«

»Du hast mit deiner Körperwärme mein Leben vor dem Erlöschen bewahrt. Dafür schulde ich dir mehr als Dank.«

»Warum bist du damals gegangen, ohne Lebewohl zu sagen?«

Wir laufen schweigend nebeneinander her. Dann sagt er: »Skarabäen sind wie die Kuckucksvögel. Alle haben schon den Kuckuck gehört. Aber nur wenige wissen, wie er aussieht. Jeder kennt uns. Aber wer uns schaut, ist des Todes.«

»Immer?«

»Immer. Nun weißt du, warum ich mich bei Nacht davongestohlen habe. Wir sind uns nie begegnet.«

»Aber es ist geschehen«, höre ich mich sagen, »und nun schon zum zweiten Mal.« Es klingt trotzig. Jetzt wäre der richtige Zeitpunkt, ihm die Wahrheit zu sagen: Das Resultat meiner Begegnung mit dem Tod war ein neues Leben. Und du, der Todesengel, bist sein Vater.

Stattdessen schweige ich. Er blickt mich an und sagt: »Du bist die Ausnahme, die es nicht geben darf.« Es klingt besorgt.

»Und wegen einer anderen Ausnahme, die es nicht geben darf, bin ich hier«, erinnere ich ihn an den Grund meiner Anwesenheit. Und da die anderen nicht mit mir reden, frage ich ihn: »Wann und wie wollen wir mit der Untersuchung beginnen?«

»Mit welcher Untersuchung?«

Bei der Frage wird mir bewusst, dass mich hier niemand ernst zu nehmen scheint. Er bemerkt meine Verwirrung und meint: »Werde erst einmal gesund.«

Ich widerspreche: »Ich bin gesund.«

Aber das stimmt nicht. Meine Kopfschmerzen haben zugenommen. Schwindelanfälle schrecken mich. Nachts finde ich keinen Schlaf. Ich fühle mich elend. Harun versorgt mich mit heißem Tee.

Der Himmel ist blau, leuchtend blau, wie rein gewaschen nach längerem Regen. In den Pfützen spiegelt sich die Sonne. Wir sind zum Meer gelaufen, mehrere Skarabäen und ich.

»Komm«, hat Karras gesagt, »die Sonne wird dir guttun.«

Wir liegen am Strand in einer dicht bewaldeten Bucht. Vielleicht ist es die, in der sich Attea versteckt gehalten hat. Da fließt auch ein kleiner Bach, wie von ihr beschrieben. Die Männer – welch ein Fremdwort! – sind nackt. Salzwasser perlt von ihren breiten Schultern. Muskeln bewegen sich unter behaarter Haut. Wie schutzbedürftig sich ihre Schwänze in dem krausen Haar der Schöße verstecken. Tiere bewegen sich so. Sie sind schön, aber anders schön als die männlichen Blühenden, die ich kenne.

Am schönsten aber ist Jakaranda. Er befindet sich jetzt in dem Alter, in dem ein junges Pferd kein Fohlen mehr ist, aber dennoch nicht vor den Karren gespannt wird. Ein Reifer, den der Glanz der Blühenden umgibt. Der Jüngste unter den Skarabäen. Welch bizarres Schicksal mag ihn auf die Toteninsel verschlagen haben? Ist er freiwillig hier, oder wurde er gezwungen? Ich möchte ihn so vieles fragen, muss mich aber gerade von ihm mehr fernhalten als von allen anderen. Seit meinem verunglückten Annäherungsversuch bei unserer ersten Begegnung geht er mir aus dem Weg. Ich spüre sein Misstrauen. Es tut weh. Aber offensichtlich ist er glücklich. Er lacht viel und schwimmt wie ein Delfin. Auch ich sehne mich nach dem Meer, traue mich aber nicht, mich vor den Männern zu entkleiden.

Karras hockt neben mir. Ich betrachte seinen nackten Rücken und erinnere mich daran, wie er sich anfühlte, als ich meine Arme um ihn schlang, mich mit Bauch und Brüsten an ihn schmiegte.

Ob er weiß, wie ich mich anfühle? Er war ohnmächtig, als ich ihn aus dem Wasser zog, und auch später hat er das Bewusstsein nicht wiedererlangt, jedenfalls nicht, solange ich noch bei Sinnen war. Aber wie konnte er mich dann wieder erkennen, als ich mein Gesicht entblößte? Er war bereits fort, als ich aus fiebriger Ohnmacht wieder zu mir kam. Eine Zeit lang war ich ihm so hilflos ausgeliefert wie er mir. Wir haben beide den anderen nicht bei Bewusstsein erlebt und haben ein Kind gezeugt. Pflanzen besamen sich unbewusst, ohne einander zu kennen. Oder wusste er sehr wohl, was er tat, als er mich nahm? Als Skarabäus war er zumindest als Wächter nicht unerfahren auf dem Gebiet der lustvollen Umarmung.

Wie lange ist es her, dass ich hier an Land gegangen bin? Eine Woche, oder sind es bereits zwei? Den größten Teil des Tages verbringe ich in dämmerartigem Halbschlaf. Nachts schrecken mich Albträume. Attea erscheint mir, abgemagert und am Ende ihrer Kräfte. Sie teilt mir mit: »Ich habe überlebt, weil ich nicht von ihrer Lethe getrunken habe.«

Sie erscheint mir mehrmals in einer Nacht, als wollte sie mich warnen. Ich beschließe, nichts mehr von dem Tee zu trinken.

»Wir haben die Magna Mater über dein Unglück in Kenntnis gesetzt«, sagt Karras. »Sie will, dass du dich schonst.« Er besucht mich zweimal am Tag. Die anderen Skarabäen sehe ich nur selten.

»Sie arbeiten in ihren Laboratorien«, erklärt mir Karras. Auch er ist dort beschäftigt, aber er spricht nicht über seine Arbeit.

Seitdem ich den Tee nicht mehr trinke – ich schütte ihn abends in den Ausguss –, schlafe ich tief und traumlos. Keine Spur mehr von lähmender Müdigkeit bei Tage. Offensichtlich hat man versucht, mir Fesseln anzulegen. Meine Kopfverletzung kam ihnen dabei sehr gelegen. Jetzt war ich am Zug. Ich würde die Rolle, die man mir zugedacht hatte, weiterspielen, um sie in dem Glauben zu lassen, eine Ordensfrau wie ich ließe sich leicht vor ihren Karren spannen.

Als Erstes musste ich mir ein Bild von ihnen machen. Dabei benahm ich mich wie ein Naturforscher, der die Lebensweise wilder Tiere studieren will. Da diese nicht mit ihm sprechen, ist er auf seine Beobachtungen angewiesen, um Rückschlüsse auf ihr Verhalten zu gewinnen. Und genau das tat ich.

Im Gegensatz zu uns Ordensfrauen, die stets im schwarzen Ornat umherlaufen, tragen sie meist Hemd und Hosen wie die Männer der Vergangenheit. Natürlich können sie schreiben und lesen. Sie altern wie wir Ordensfrauen, denn da gibt es Alte und Junge wie Jakaranda.

Man sagt, von einem bestimmten Alter an ist jeder Mensch für sein Gesicht verantwortlich, denn in ihm spiegeln sich alle unsere Gedanken und Gefühle. Wenn das wahr ist, und daran zweifle ich bei den Reifen nicht, dann steht den Skarabäen die stolze Gesinnung ins Gesicht geschrieben. Trotz ihrer stoppligen Verunstaltung verbreiten diese Schädel Überlegenheit. Man spürt die Kraft, ohne dass sie zur Schau gestellt wird. Aber sie verbreiten nicht nur Kraft, sondern auch Ruhe. Darauf angesprochen, meint Karras: »Mit Unruhe kommt nichts wahrhaft Großes zustande.« Und er fügt hinzu: »Ich bin der Meinung, dass wir noch viel zu wenig bedächtig sind.«

Aber keine Regel ohne Ausnahme. Da gibt es einen blassen Menschen mit blauschwarzen Bartstoppeln, der Unruhe verbreitet, wo immer er sich sehen lässt. Sie nennen ihn Rufus. Seine Brustbehaarung quillt ihm wie ein Fell aus dem geöffneten Hemdkragen. Selbst seine Handrücken sind behaart wie Tierpfoten. Seine Linke ist verstümmelt. »Der Dreifinger« hatte Attea ihn genannt. Er weicht Estragon nicht von der Seite und begleitet ihn auf allen Wegen wie ein Hund. »Sein Blindenhund«, sagt Karras.

In der Nacht werde ich zum Abt gerufen. Estragon steht an seinem Schreibpult. Ich nehme die Gelegenheit wahr, ihn aus der Nähe zu betrachten. Ein alter Mann mit grauen Bartstoppeln und weißem Haupthaar. Er trägt es länger als die anderen. Falten durchfurchen sein Gesicht. Der Lidschlag über erblindeten Augen verbreitet Ruhe und Überlegenheit, vor allem Überlegenheit. Den Blick nach innen gerichtet, fragt er: »Du bist zu uns gekommen wegen der Frau, die den Weg aller Blühenden nicht zu Ende gehen wollte?«

»Die Magna Mater will wissen, was hier verkehrt gelaufen ist. Sie hat mich mit dieser Mission betraut.«

»Verkehrt gelaufen ist?« Er wiederholt meine Worte, als ob ihm meine Formulierung nicht zu gefallen scheint. Er neigt mir sein rechtes Ohr entgegen, damit ihm keine Feinheit meiner Stimme entgeht, als will er mich bis auf den Grund meiner Seele aushorchen: »Was hat dir diese Abtrünnige von uns berichtet?«

»Ich habe es der Magna Mater mitgeteilt.«

»Ich kenne diesen schriftlichen Bericht. Er ist recht kurz, wenn man bedenkt, dass die Frau mehrere Tage in deinem Haus weilte. Und warum kam sie ausgerechnet zu dir?«

»Zufall.«

»Ich glaube nicht an Zufälle. Du bist ihr vorher nie begegnet?«

»Nein.«

»Und du bist dir sicher, dass sie, bevor sie zu dir kam, bei keinem anderen war?«

»Wie kann ich das wissen, und warum fragst du mich danach?«

»Der Weg von uns zu dir ist weit. So viele Wochen ohne Nahrung auf dem Meer, das überlebt kein Mensch, es sei denn, er hätte zwischendurch Station gemacht.«

»Womit verdiene ich so viel Aufmerksamkeit?«

Er neigt sich noch weiter vor und sagt: »Erst rettest du einen Skarabäus aus dem Meer und holst ihn in dein Haus. Dann rettet sich eine vor den Skarabäen Geflüchtete in dein Haus. Ein wenig zu viel Zufall, finde ich. Irgendetwas an dir ist ungewöhnlich. Du bist anders als die anderen. Ich irre mich da nicht. Ich bin ein alter Mann.«

Ich frage: »Warum habt ihr die Ärmste laufen lassen? Konntet ihr sie nicht zurückholen?«

»Was hätten wir mit ihr anstellen sollen? Ihr Leib verweigerte das Hormon. Lust lässt sich nicht erzwingen. Und ein lustloser

Tod ist eine traurige Angelegenheit. Ihr Paradies war die Freiheit. Sie bekam, was sie wollte.«

»Ihr habt sie laufen lassen, weil ihr gehofft habt, das Meer würde sie zu sich nehmen.«

Abt Estragon nickt mit dem Kopf und sagt: »Das Meer ist ein gerechter Richter.«

Als er sich erhebt, um das Gespräch zu beenden, frage ich ihn: »Warum trieb Karras auf dem Meer? Die Stelle, an der ich ihn fand, liegt weit weg von eurer Insel.«

»Das fragst du ihn besser selber«, erwidert der Alte. »Im Übrigen muss ich dich wohl nicht darauf aufmerksam machen, dass auf allem, was du hier hörst und siehst, die Lethe des Vergessens ruht. Von Arkadia kehrt keiner zurück, um zu berichten.« Es klingt wie eine Warnung. Aber warum bin ich dann hier?

»Ich glaube, er fühlt sich der Magna Mater ebenbürtig«, sage ich zu Karras, als ich ihm von dem Gespräch berichte. Der nickt und meint: »Er ist die Magna Mater.«

Der Alte hat mich sehr beeindruckt. Als er ein paar Tage später bemerkt, dass ich mir Notizen mache, er bemerkt vieles, ohne es zu sehen, sagt er: »Einer, der sich bemüht, das Leben in Buchstaben festzuhalten, vermindert die Empfindung. Eine Wahrnehmung ohne Worte, wie sie Tieren und kleinen Kindern gegeben ist, wird nicht nur im Kopf, sondern mit allen Sinnen erlebt.«

Bei anderer Gelegenheit pflückt er nach der mittäglichen Meditation eine Tamariskenblüte und sagt: »Schau sie dir an, wie schön sie ist. Sie ist Form, Farbe, Duft, Leben. Zerrupfe sie mit Worten, und sie ist keine Blüte mehr, sondern nur noch eine vage Erinnerung daran, was sie einmal war.«

Dann spricht er wieder tagelang nicht mit mir.

Wie die Termiten verbringen die Männer die meiste Zeit des Tages unter der Erde, oder richtiger: in den ausgehöhlten Felswänden. Und ich will natürlich wissen, was sie dort treiben, vor allem interessiert mich die Brutzentrale, die meine Fantasie beschäftigt, seitdem mir Mater Metula auf Urutawa davon erzählt hat:

Lange Reihen von aquarienähnlichen Behältern, gefüllt mit glasklarer Flüssigkeit. Darin schwimmen kopfüber die heranreifenden Föten, umwabert von Nabelschnüren und Versorgungsschläuchen. Hin und wieder bewegt sich ein Beinchen. Froschartige Hände greifen ins Leere. Ein kahler Kopf auf halslosem Leib pendelt gegen die Glaswand. Und das alles bei fleischlich rötlichem Kunstlicht. Mater Metula hat mir die Brutzentrale so lebendig beschrieben, dass ich glaubte, sie mit eigenen Augen gesehen zu haben.

Drei Monate waren seit dem Befruchtungsmysterium vergangen. Die Föten waren gewiss noch nicht größer als neugeborene Kaninchen. Ich versuchte sie mir vorzustellen. Ich wollte das Wunder mit eigenen Augen sehen. Wo mochte sich die Brutzentrale befinden?

»Warum spricht keiner mit mir?«, wollte ich von Karras wissen. »Warum behandelt ihr mich so abweisend?«

»Alle, die hier landen, kommen, um zu sterben. Wir unterhalten uns nicht mit ihnen. Wir überwachen den Ablauf ihres Ablebens. Dabei agieren wir aus dem Hintergrund, ziehen an den Fäden wie die Puppenspieler. Gastfreundschaft ist den Skarabäen fremd.«

Und nach einer Weile nachdenklichen Schweigens fügte er hinzu: »Wer ein Geheimnis hütet, muss verschwiegen sein. Des Eingeweihten Wort ist wenigen gemeinsam.«

Ich wollte wissen: »Wie verbringt ihr eure Tage?«

»Mit Arbeit, Meditation und Fasten.«

»Ihr hungert?«

»Fasten bedeutet nicht nur Verzicht auf Nahrung. Entbehrungsvoller sind Schlafentzug und Sprechverbot. Das höchste Opfer fordert das Versiegeln der Augen und der Ohren. In tiefster Finsternis und Stille glaubst du dem Wahnsinn zu verfallen. Wehrlos bist du dir selber ausgeliefert. Dein Herz wird zum Trommelschlag, das Blut zur rauschenden Flut. Am Abend des dritten Tages aber kommt die große Ruhe über dich.«

»Und warum tut ihr euch das an?«

»Alle Geschöpfe neigen von Natur aus zu Faulheit und Völlerei. Erst die Entbehrung verleiht ihnen Kraft. Horch auf das, was man hört, wenn man nichts mehr vernimmt.«

26. KAPITEL

Einen großen Teil des Tages verbrachte ich im Schatten der Palmen, wo man mir ein Krankenlager errichtet hatte. Von hier aus konnte ich die Bewegungen der Männer gut beobachten. Sie schienen Langschläfer zu sein, denn sie traten nie vor Mittag in Erscheinung. Nach kurzem Aufenthalt im Freien verschwanden sie wieder in einem Tor, um dort ihre Arbeit, was immer das war, zu verrichten.

Dort musste ich mir Zugang verschaffen. Und ich wusste auch schon, wie. Mir war aufgefallen, dass die Skarabäen an manchen Abenden die Schlucht verließen, um sich talaufwärts ins Innere der Insel zurückzuziehen. Schweigsam und mit brennenden Fackeln zogen sie in feierlicher Prozession davon, um erst kurz vor Tagesanbruch zurückzukehren. Keiner ahnte, dass ich sie dabei belauscht hatte. Der Wirkung des Tees vertrauend, glaubten sie wohl, ich läge schlafbetäubt in meiner Kammer.

Dumm war nur, dass diese Nachtwanderungen in unregelmäßigen Intervallen erfolgten und sich nicht vorausbestimmen ließen. Doch als ich bemerkte, dass die Fackeln für die nächtliche Prozession schon am Abend herbeigeschafft wurden, bereitete mir auch dieses Problem kein Kopfzerbrechen.

Der Himmel war sternklar, dennoch war es dunkel, denn der Mond war noch nicht aufgegangen, als ich mich aus meiner Kammer schlich.

Die Skarabäen waren längst auf und davon. Das große Tor stand offen. Es gibt keine verschlossenen Türen auf Arkadia. Vor wem sollte man sie verschließen?

Vor mir lag ein Treppenhaus. Das Licht schien direkt aus den Stufen zu kommen, hellblau, zerbrechlich, wie aus Eis gegossen. Behutsam betrat ich sie und erreichte schließlich eine Balustrade, von der ein langer Flur abzweigte. Im Vorbeigehen blickte ich in Kammern, die wie Lagerräume, Küchen oder Werkstätten aussahen. Die Türen rechts und links des Ganges standen offen, und ich erkannte metallisches Gerät, Glaskolben, fremdartige Apparaturen, verbunden mit Kabeln und Schläuchen, in denen farbige Flüssigkeiten pulsierten. Ich hastete von Raum zu Raum, in der Hoffnung, die Brutzentrale zu entdecken. Ich stieß auf Speisekammern, Lager für Wäsche und Medikamente, viel zu groß für die paar Männer, die hier lebten. Keine Spur von Brutkammern oder von Operationssälen, wo den sterbenden Frauen die befruchteten Eizellen entnommen werden könnten.

Der Flur endete in einem dunklen Schacht, der sich senkrecht gen Himmel erhob. Er erinnerte mich an den Turm für die Kranken auf Karakara. Nach oben blickend, sah ich die Gondeln hoch über mir. Dicht gedrängt hingen sie da wie die Beeren einer Traube. Ich musste daran denken, wie ich selbst einmal in solch einem Korallinei gesteckt hatte. Die Skarabäen verfügten also über eine eigene Krankenstation. Bei dem Tabu, das sie umgab, war das nicht anders zu erwarten.

Neben dem Turm befanden sich die Behandlungsräume. Hierhin hätte eigentlich die Brutzentrale gehört. Aber da war nichts.

Als ich Karras am nächsten Tag nach der Brutstation fragte, schüttelte er verneinend den Kopf, als wollte er sagen: Es gibt Türen, die darf man nicht öffnen.

Er sprach zurzeit nur wenig, ging mir aus dem Weg und benahm sich wie jemand, den ein schlechtes Gewissen quält. Dabei quälte mich mein Gewissen.

Zwei Mondwechsel war es her, dass man mich nach Arkadia geschickt hatte, und ich tappte noch immer im Dunkeln. Die Magna Mater erwartete meinen Bericht.

Die Brutanlage ging mir nicht aus dem Sinn. Ich ahnte, dort lag der Schlüssel zu dem Geheimnis, das ich erkunden sollte. In der ausgehöhlten Steilwand befand sie sich nicht. Davon war ich inzwischen überzeugt. Wo sonst konnte sie sein? Wohin zogen die Skarabäen auf ihrer nächtlichen Wanderung?

Als ich sah, dass wieder Fackeln in den Hof getragen wurden, beschloss ich, es herauszufinden. Die Gelegenheit war günstig. Der Himmel hing voller Wolken. Die Nacht würde dunkel genug sein, um unbemerkt die Verfolgung aufnehmen zu können. Der Schein ihrer Fackeln würde mich führen.

Sie waren noch nicht weit gelaufen, als sich am Ende der Schlucht ein enges Seitental auftat, so schmal, dass man mit ausgebreiteten Armen die steil aufsteigenden Bergwände links und rechts des Weges mit den Fingerspitzen berühren konnte. Dort hinein bewegten sich die Fackeln, hintereinander aufgereiht wie Perlen an einer Kettenschnur. Ich folgte ihnen, bis sie plötzlich verschwanden. Hatte man sie ausgelöscht, oder waren ihre Träger bloß abgebogen?

Nach einigem Abwarten tastete ich mich weiter und stand vor einem Loch in der Felswand, aus dem mir Feuerschein entgegenschimmerte. Ich vernahm Stimmen, so weit entfernt, dass ich mich nach einigem Zögern in die Höhle hineinwagte, auf Händen und Knien kriechend wie ein Tier. Am Ende tat sich vor mir eine Halle auf. In ihrer Mitte hatten sie die Fackeln zu einem Scheiterhaufen übereinandergeworfen. Die Flammen loderten bis unter die hohe Decke. Die Männer hockten im Kreis um das Feuer wie die Höhlenmenschen der Steinzeit. Ein primitiver Anblick und doch feierlich, ja festlich.

Estragon hatte sich erhoben. Er warf eine Handvoll Kienspäne in das Feuer und rief: »Gott ist klein.« Die Flammen erhoben sich prasselnd, und die Männer antworteten: »Gott ist klein.«

Dann sangen sie mit ihren rauen Kehlen ein Lied, dessen Worte ich nicht verstand. Estragon verkündete: »Bruder Bertram wird heute die Andacht halten.«

Ein hagerer Mensch mit krummem Rücken stand auf. Er strich sich über seinen Stoppelbart und rief: »Lerne im Kleinen das Große zu sehen. Hört, was ich vom Leberegel der Schafe zu berichten habe. Dieser Parasit lebt, wie sein Name verrät, in der Leber der Schafe und wird mit dem Kot ausgeschieden. Er liegt dann auf irgendeiner Wiese und würde wie aller tierischer Mist schnell zu Pflanzendünger zerfallen, wenn die winzigen Parasiten den Kot nicht so raffiniert umfermentieren würden, dass er für eine ganz bestimmte Schneckenart zum Leckerbissen wird. Diese kommt und frisst ihn.

In der Schnecke produzieren die Schmarotzer einen Reizstoff, der die ganze Schnecke zum Schäumen bringt. Die mikroskopisch kleinen Parasiten schlüpfen in den Schneckenschaum und warten auf eine Ameise, denn Ameisen mögen nichts lieber als diesen Schaum. Die Parasiten werden gefressen und schmarotzen für eine Weile im Darm der naschsüchtigen Ameise.«

Er legte eine kurze Pause ein, als wollte er den vorangegangenen Worten mehr Gewicht verleihen.

»An einem bestimmten Tag«, fuhr er endlich fort, »durchstoßen alle gleichzeitig die Darmwand und schlüpfen in die Bauchhöhle ihres Wirtes. Eigentlich müsste die Ameise jetzt mit durchlöchertem Darm sterben, und mit ihr die Eindringlinge. Aber die Leberegel-Parasiten verschließen die Löcher hinter sich mit chirurgenhafter Akribie. Wenn wir in dieser Phase eine Ameise aufschneiden und unter dem Mikroskop betrachten, so finden wir die Parasiten in der Bauchhöhle. Wir erkennen sogar die kunstvoll vernähten Narben in der Darmwand, aber – und nun kommt etwas Ungeheures! – zählt man die Narben und die Parasiten, so hat man immer eine Narbe zu viel, das heißt, ein Parasit fehlt. Er ist spurlos verschwunden.«

Wieder legte er eine Redepause ein und blickte sich erwartungsvoll um wie ein Magier, der seine Zuhörer mit einem Zauberkunststück überraschen will.

»Nach langem Nachforschen ergibt sich Folgendes«, verriet

er endlich. »Einer der Eroberer, ein einziger Führungsspezialist, geht in absoluter Dunkelheit den kürzesten Weg zum Gehirn der Ameise. Obwohl er noch nie hier gewesen ist, findet er einen ganz bestimmten winzig kleinen Punkt in dem komplizierten Gehirncomputer, den er so geschickt umprogrammiert, dass sich die jahrmillionenalte Verhaltensweise der Ameise zum Vorteil der Parasiten verändert. Zwar lebt die Ameise ganz normal so weiter, als wäre nichts geschehen. Nachts aber geht sie im Gegensatz zu ihren gesunden Artgenossen nicht in den Bau, sondern kriecht auf die höchste Spitze eines Krautes, das von allen Schafen als Leckerbissen bevorzugt wird. Sie verbeißt sich dort krampfartig in ein Blatt und wird morgens von den weidenden Schafen gefressen. Damit schließt sich der ungewöhnliche Kreislauf, ohne den die Leberegel innerhalb einer einzigen Generation aussterben würden.

Für den Winzling besitzt diese gefahrvolle Reise fast weltraumartige Distanzen.

Wenn diese Winzlinge in der Lage sind, lebendige Gehirne so zu manipulieren, dass ihre Opfer zu willenlosen Werkzeugen werden, so bestimmen sie gewiss auch unsere Gedanken und Handlungen. Die Ameise, die am Abend eines Tages nicht heimkehrt, glaubt aus freiem Willen zu handeln, denn der Entschluss zu dieser Tat kommt aus ihr selbst. Und dennoch ist sie nur ein fester Bestandteil eines Systems, von dem sie nichts ahnt.

Wir glauben an die ehernen Gesetze der Logik. In Wahrheit ist unser aller Leben ein wuchernder Dschungel. Hier schmarotzen Gefühle und Leidenschaften, leuchten Träume und welken Hoffnungen.

Die Götter sind keine Hirngespinste. Sie leben klar beweisbar unter uns. Wir aber sind Bernsteinschnecken, die von dem köstlichen Kot gekostet haben. Spürt ihr die explosive Allmacht der Parasiten in eurem Gehirn?«

Er legte eine Kunstpause ein, als erwartete er eine Antwort.

Schweigen schlug ihm entgegen, und in dieses Schweigen rief er: »Wer das begreift, besitzt den Schlüssel zu allen Geheimnissen des Lebens. Verborgenes tritt zutage, Unverständliches nimmt Gestalt an. Zusammenhänge werden deutlich. Gott ist klein.«

»Gott ist klein«, sagte Estragon und warf eine Handvoll Kienspäne in das fast heruntergebrannte Feuer. Die Flammen schossen bis zur Höhlendecke empor, rissen mich aus dem Dunkel, das mich schützend umhüllt hatte. Ich war ihren Blicken preisgegeben, aber niemand schien mich zu bemerken. Reglos vor Schreck verharrte ich auf dem felsigen Grund. Erst als der Flammenschein langsam verlosch, bewegte ich mich wie ein Krebs auf den Höhlenausgang zu. Ich hatte genug gesehen.

27. KAPITEL

Ketzer mitten unter uns!

Der Gotteswahn ist ausgebrochen, und niemand ahnt, welch tödliche Krebsgeschwulst da heranwuchert. Wie banal erschien mir mit einem Mal die Mission, mit der die Magna Mater mich beauftragt hatte. Hier wurde eine Gottheit verehrt, nicht etwa von entarteten Blühenden, sondern vom Lebensquell des Ordens, von den Skarabäen. War das möglich? Nein, das war ganz und gar unmöglich.

Am Morgen kam Karras in mein Zimmer. Ich hatte die Nacht schlaflos verbracht, war höchst erregt und muss erschreckend ausgeschaut haben.

»Was fehlt dir?«

»Gott ist klein!«, schleuderte ich ihm entgegen.

»Ja, Gott ist klein«, erwiderte er, als wäre es die selbstverständlichste Sache von der Welt. Das brachte mich völlig aus der Fassung. Wütend schrie ich ihn an: »Wie kannst du nur …?«

Weiter kam ich nicht. Die Tränen schossen mir aus den Augen.

»Was hast du?« Er wollte mich in die Arme nehmen.

Ich stieß ihn von mir. »Fass mich nicht an, du Gottesknecht!«

»Es ist nicht so, wie du vermutest. Hier ist alles anders als anderswo.«

»Dann erkläre es mir.«

»Es gibt ein Wissen, das nur Eingeweihten vorbehalten ist.«

»Ich bin eine Ordensfrau.«

»Wir hüten Geheimnisse, die auch euch verschlossen sind.«

Seine Arroganz versetzte mich so in Zorn, dass ich mich nicht länger zu zügeln vermochte. »Auch ich trage ein Geheimnis in meiner Brust, das allen verschlossen ist, an dem du nicht unschuldig bist: Ich habe ein Kind geboren. Und du bist sein Vater!«

Der Schlag saß. Er blickte mich an, als hätte er mich nicht recht verstanden: »Was sagst du da?«

»Wir haben ein Kind. Du hast es gezeugt, und ich habe es geboren.«

»Ein Kind?«

Er schüttelte ungläubig den Kopf, blickte mich fassungslos an, so als könnte er nicht glauben, was ich da behauptete. Am Ende schlug er die Hände vor sein Gesicht und begann zu lachen. Es klang schaurig. »Das kann nicht wahr sein.«

»Es ist die Wahrheit.«

Und dann erzählte ich ihm, wie ich unser Kind geboren und mit einem anderen Säugling vertauscht hatte.

»Und niemand weiß davon?«

»Nein.«

»Es ist zu …« Ihm fehlten die Worte.

Als er mich verließ, war er noch verwirrter als ich. Er hatte sich nicht einmal erkundigt, was aus dem Kind geworden war.

In der Nordwand befand sich die Bibliothek, verglichen mit der großen Bibliothek des Ordens nicht mehr als eine Bücherstube.

»Steht die Bibliothek auch mir zur Verfügung?« habe ich gefragt und zur Antwort erhalten: »Die Bücher gehören dem Orden. Wer könnte da gegen deinen Besuch etwas einzuwenden haben. Abelard wird dir behilflich sein.«

»Wer ist Abelard?«

»Das ist unser Bücherwurm.«

So suchte ich den Leseraum auf, um mehr über die Skarabäen in Erfahrung zu bringen.

»Wir haben hier nicht viele Schriften«, sagte Abelard, der,

so blass und zahnlos wie er war, wirklich wie ein Wurm ausschaute. »Wofür interessierst du dich?«

»Für Religion. Gott ist klein.«

»›Gott ist klein‹, hat nichts mit Religion zu tun«, meinte er kopfschüttelnd. Er brachte mir ein paar Blätter, alle eingegossen in Korallin. Ich setzte mich auf eine Bank und las Sätze wie diese:

»Die Erde ist ein Planet der Mikroben. Milliarden Jahre lang wurde sie allein von Mikroben bewohnt, ohne dass die Winzlinge ihre Grundform verändert haben, während alle anderen Lebewesen sich ständig neuen ökologischen Nischen anpassen mussten. Sie verkörpern mit Abstand die erfolgreichste Lebensform. Neunzig Prozent der Biomasse auf der Erde bestehen aus Mikroben. Unser aller Leben liegt in ihren Händen.«

So oder ähnlich stand es in dem Buch, in dem ich blätterte. Eine Lobeshymne auf die Mikroorganismen.

»Glaubst du wirklich an diesen Unsinn: ›Gott ist klein‹?«, fragte ich Karras während eines kurzen Spazierganges am Abend.

»Das hat nichts mit glauben zu tun. Das ist eine unumstößliche Tatsache, eine naturwissenschaftliche Erkenntnis, zu der jeder gelangt, der mit offenen Augen durch die Welt geht.«

Er blieb bei einem Tamariskenstrauch stehen, zeigte auf eine Schnecke, die über unseren Köpfen auf einem Zweig hockte, und sagte: »Schau dir diese Bernsteinschnecke an. Sie verbringt ihr ganzes Leben am Boden. Frisst sie jedoch Vogelkot, der von bestimmten Parasiten befallen ist, so wird ihr Verhalten umfunktioniert. Sie klettert auf einen Baum. Ihre sonst so zarten Fühler schwellen an, bis sie so dick wie Raupen sind. Siehst du?«

Ich sah, wie sich die dicken Fühler bewegten, kringelnd wie freigegrabene Regenwürmer.

»In ihnen hocken die Parasiten und winken einen Vogel herbei, der die Fühler frisst. Die Schnecke stirbt als willenloses Opfer. Glaube mir, diese Winzlinge verfügen über Fähigkeiten wie die alten Götter. Wenn sie in der Lage sind, Gehirne so zu manipulieren, dass ihre Opfer zu willenlosen Werkzeugen werden, dann bestimmen sie vielleicht auch meine Gedanken und Handlungen.«

»Aber wir sind doch keine Schnecken«, widersprach ich.

»Betrachtet man die menschliche Geschichte, so wurden und werden alle wirklich entscheidenden Dinge von völlig unlogischen und oft unvernünftigen Triebkräften geformt. Kriege sind Fehlsteuerungen der Vernunft. Kann man diese Massenvernichtung von Menschen anders erklären als mit pathologischem Befall von Gehirnparasiten?«

Ich schüttelte ungläubig den Kopf und setzte zu einem Einwand an, aber Karras ließ mich nicht zu Wort kommen. Er blieb mitten auf dem Weg stehen und erklärte mir mit lebhafter Gebärde seiner Hände: »Es ist kein Zufall, dass das Mittelalter in Europa mit der Pest endete. Mit ihr bereiten die göttlichen Parasiten den neuen Nährboden. Sie erzeugen in den Köpfen ein seltsames Fernweh und benutzen die Entdecker der neuen Welt als Transportmittel für die Spirillen der Syphilis und die Viren des Schnupfens.«

Meine ungläubigen Blicke ermunterten ihn zu weiteren Beispielen. »Sie errichteten mit Hilfe ihrer zweibeinigen Ameisen Dome und Kathedralen, in denen sich die Massen jenseits aller Vernunft leicht manipulieren ließen. Sie programmierten Gehirne für die Entwicklung von Autos, Flugzeugen, Atombomben. Mit Napoleon und Hitler planten sie weltweite Aderlasse, die zu neuen Ordnungen führten. Sie weckten in jungen Menschen solch schneckenhafte Todessehnsucht, dass sie sich Sprengstoffgürtel um die Leiber schnallten, um sich in Stücke reißen zu lassen. Vielleicht sind auch wir …«

»Ja, vielleicht arbeitet in diesem Augenblick auch ein Parasit an deinem Großhirn«, unterbrach ich ihn. »Und du wirst gezwungen sein, etwas zu tun, das deinem Wesen völlig widerspricht.«

Karras blickte mir in die Augen und sagte: »Du begreifst schnell.«

Unter den Skarabäen war Karras der Einzige, mit dem mich mehr verband als die Ordenszugehörigkeit. Schließlich war er der Vater meines Kindes. Obwohl er nie darüber sprach, ließ er mich spüren, dass er mich mochte.

Trotzdem hielt er mich auf Distanz. Meinen Fragen wich er aus. Dann schüttelte er missbilligend den stachligen Kopf und schwieg. Sein Schweigen verriet mir mehr, als Worte es vermocht hätten: Es gab eine Grenze, die nicht überschritten werden durfte.

Das Mysterium unseres Werdens und Vergehens wird von den Skarabäen gehütet wie ein kostbarer Schatz. Über den letzten Dingen liegt ein Schleier undurchdringlichen Schweigens. Die meisten Menschen unserer Zivilisation erblicken das Licht der Welt, ohne geboren zu werden, und verlieren ihr Leben in dem Moment, in dem sie es am vitalsten erleben. Man hat ihnen erzählt, wie das abläuft, aber keiner, nicht einmal die Magna Mater, kennt das schaurige Geschehen aus eigener Anschauung, will es auch nicht kennenlernen. Zu groß ist das Grauen.

Aber hatte ich nicht den Auftrag, herauszufinden, warum das große Geheimnis verletzt worden war und wie sich dergleichen in Zukunft verhindern ließe? Dafür musste ich aber mehr über diese letzten Dinge in Erfahrung bringen.

Wenn es mir bisher nicht gelungen war, die verborgene Brutstation zu betreten, dann wollte ich wenigstens die andere Seite des Lebensweges erkunden, die Gräber der Verblühten.

Der Misserfolg raubte mir die Ruhe. Ich lag wach auf meinem Bett und wünschte, ich könnte schlafen. Warum eigentlich? Wenn ich schlafe, bin ich nicht mehr. Und trotzdem sehne ich mich nach ihm. Möchte ich ausgelöscht werden? Nein, ich liebe das Leben. Ich bin nicht mehr jung. Warum sehne ich mich danach, dass mir der Schlaf die Tage, die mir noch bleiben, nimmt?

Später, als der Mond über der Schlucht aufgeht, spricht er im Traum zu mir: »Ohne Schlaf wäre euer Leben wie ein einziger Tag. Der Schlaf macht aus einem Tag unsagbar viele. Jedes Erwachen ist eine Wiedergeburt, jeder Schlaf ein Tod. Morgen und Abend, Blüte und Reife, wie unerträglich wäre das Leben ohne diesen Wechsel. Ewiges Wachsein – das wäre wie ewige Sonne. Die Welt wäre eine Wüste.«

28. KAPITEL

Im Morgengrauen war ich aufgebrochen. Nebeldunst lag auf dem Land. Als ich das Schmetterlingstal im Süden der Insel erreichte, brannte die Sonne unbarmherzig vom wolkenlosen Himmel. Der Boden war staubtrocken und rissig, ein wahrer Totenacker. Es gab weder Blumen noch Schmetterlinge.

Türme aus Kieselsteinen, mannshoch übereinandergestapelt, zeigten die Grablegen an. Die ältesten am westlichen Ausgang des Tales waren bereits eingefallen. Die Bestattungen waren offensichtlich in chronologischer Reihe erfolgt. Die neueren Gräber lagen im Osten. Es war noch keine vier Monate her, dass die letzten Toten hier bestattet worden waren. Aber die letzten Grabtürme erweckten nicht den Eindruck, als wären sie erst vor Kurzem errichtet worden. Altes Moos und verdorrtes Gras füllte die Ritzen der sonnengebleichten Steinhaufen.

Ich ließ mich auf einem Felsblock nieder und beobachtete die Eidechsen, die sich auf den Kieseln sonnten. Schwere, runde Kiesel, wie mit dem Boden verwachsen. Sie waren offensichtlich nicht erst vor wenigen Wochen hier aufgestapelt worden. Wo aber befanden sich dann die frischen Gräber? Dass man die zuletzt Verstorbenen irgendwo anders bestattet hatte, ergab keinen Sinn. Es gab eigentlich nur eine vernünftige Erklärung: Die Toten lagen noch gar nicht unter der Erde. Wo aber befanden sie sich dann? Dienten sie den Skarabäen zu irgendwelchen Forschungszwecken?

Ich dachte an dunkle Kühlräume, in denen Leichen lagerten und darauf warteten, seziert zu werden. Bei meinem Rundgang durch die Laboratorien waren mir keine Räume aufgefallen, in denen man Sektionen an Leichenteilen hätte vornehmen können. Aber was besagte das schon? Hatte ich nicht auch die Brutanlagen vergeblich gesucht?

Die Skarabäen wurden mir immer unheimlicher. Was war das für ein schauriges Geheimnis, das sie vor aller Welt so gründlich verbergen wollten?

Als ich Abelard auszuhorchen versuchte, zitierte er einen alten Dichter der voratomaren Zeit: »Der Mensch versuche die Götter nicht, und er begehre nimmer zu schauen, was sie gnädig verdecken mit Nacht und Grauen.«

»Haben wir die Götter nicht abgeschafft?«

»Der Glaube an Götter wurde abgeschafft.«

»Ist das nicht dasselbe?«

»Nein, ganz und gar nicht.«

»Das musst du mir erklären.«

»Wenn es um den Glauben geht, dann gibt es keinen von Menschen erdachten Unsinn, der nicht herangezogen worden ist, um eine Scheinwelt daraus zu ersinnen. Und um diese albernen Erfindungen zur Wahrheit zu erheben, wurden sie in heiligen Schriften festgehalten, von denen es hieß, Gott persönlich habe sie seinen Propheten diktiert. Jeder, der an diese Narretei nicht glaubt, beleidigt den Allmächtigen und verdient Strafe, oft den Tod. Das heißt, Gott liquidiert alles, was sich ihm widersetzt. Ganz besonders die Vernunft, die Intelligenz und den kritischen Geist.« Er fuhr sich mit der rechten Hand über den stoppeligen Schädel und meinte: »Das haben wir, der Vernunft sei Dank, hinter uns.«

Ich fragte: »Und was ist mit eurem Gott?«

»Mit unserem Gott?«

»Gott ist klein.«

»Das hat mit Religion nichts zu tun. Wir glauben nicht, wir wissen, dass es eine Allmacht gibt. Sie ist so wirklich wie du und ich, unsichtbar und sichtbar, überall und in jedem von uns.«

Er hatte sich erhoben und ging, die Hände hinter dem krummen Rücken gefaltet, zwischen seinen Büchern auf und ab wie ein Marabu. Wie alle Alten hatte er die Angewohnheit, sich zu wiederholen, und der kleine Gott war ganz offensichtlich sein Lieblingsthema.

»Die Mikrobe ist das Maß aller Dinge. Winzig und doch unvorstellbar groß. Im Wattenmeer leben auf einer Fläche so groß wie mein Daumennagel eine Million Kieselalgen. Im Waldboden gibt es auf der gleichen Fläche mehr als eine Million Bakterienarten, Arten wohlverstanden, und nicht etwa Bakterien. Die absolute Zahl der Bakterien beträgt mehr als eine Billion pro Kilogramm. Das sind weit mehr als alle Sterne der Milchstraße.«

Er hob die Arme und blickte zum Himmel.

»Der Winzling verfügt über alle Eigenschaften der alten Götter. Er ist allmächtig, überall und unsterblich. Eine Bakterie spaltet sich in zwei Tochterzellen und lebt weiter. Manche von ihnen sind noch identisch mit denen, die seit Milliarden von Jahren die Erde bevölkern. Wir sind ihnen auf Gedeih und Verderb ausgeliefert. Sie schenken uns das Leben oder raffen uns dahin, als Pestbakterien oder Aidsviren, ganz wie es ihrer Allmacht gefällt. Aber die Mikroorganismen bevölkern und befallen uns nicht nur, sondern sind streng genommen identisch mit uns. Aus einer Million Milliarden Zellen besteht dieser Leib.«

Er strich sich mit beiden Händen über den Bauch und sagte voller ehrfurchtsvoller Selbstbewunderung: »Ich bin ein Teil von ihm.«

Ich mag die Muscheln. Sie liegen so leicht und glänzend in der Hand. Vom Leben geformt und vom Sand geglättet, in ihrer Innenwölbung so schimmernd wie zerflossene Perlen, sind sie stumm wie die Fische und sprechen dennoch zu uns wie die Jahresringe der Bäume. Legt man die schneckenartig gewundenen Gehäuse an das Ohr, so vernimmt man das Rauschen des Meeres.

»Das ist nicht das Meer«, sagte Estragon, »das ist dein Blut, das da rauscht.«

Ich war barfuß den Strand hinuntergelaufen. Er war mir gefolgt. Wir gingen eine Weile nebeneinander her.

»Was bedrückt dich?«

»Mein Auftrag. Die Magna Mater erwartet …«

»Vergiss die Magna Mater.«

»Wie kann ich sie vergessen? Ihr benehmt euch so selbstherrlich, als stündet ihr mit ihr auf einer Stufe«, entfuhr es mir. »Wer gibt euch das Recht, sich derart über den Orden zu erheben?«

»Wir sind anders«, sagte Estragon.

»Ich weiß, ihr seid Männer, und wir sind Frauen, aber sind wir nicht Glieder eines Ordens?«

Er griff nach der Muschel, die ich in Händen hielt, und sagte: »Manche Stimmen muss man verstehen, andere nur auf sich einwirken lassen. Wir hören die Stimmen.«

»Was für Stimmen?«

»Nun, es sind keine Stimmen in der Art, in der wir miteinander sprechen. Es sind tönende Gedankenbilder, geheimnisvoll und doch offenkundig.«

»Und was verraten euch die Stimmen?«

»Das Geheimnis der Schöpfung.«

»Der Schöpfung? Ich dachte, wir haben das fromme Märchen von dem Schöpfer des Himmels und der Erde längst abgelegt wie Kinderspielzeug.«

Er überhörte meinen Einwand und sagte: »Unsere Welt ist mehr als die Summe ihrer Teile. Das Universum besteht nicht aus einer Vielzahl toter Objekte, sondern ist ein unteilbares Ganzes, dessen Teile alle miteinander in Wechselbeziehungen stehen. Die ganze Erde ist ein einziger Organismus, so wie der Bienenstock einer ist. Oberflächliche Beobachter glauben, eine Biene sei ein Einzelwesen, das da frei durch die Gegend fliegt. In Wirklichkeit aber ist die Biene allein nicht lebensfähig Das eigentliche Tier ist nicht die Biene, sondern der Bienenstock.

Alle Waben sind miteinander vernetzt wie die Zellen eines Leibes. Aber nicht nur sie, sondern alle Bienenvölker sind auf geistiger Ebene miteinander verknüpft. Und das gilt nicht nur für die Bienen, sondern für alle Lebewesen. Die ganze Erde ist wie ein Lebewesen: eine Schöpfung der Mikroben, die auch alle durch eine übergeordnete Gruppenseele miteinander verbunden sind, so als wären sie ein einziger Organismus.«

»Euer kleiner Gott«, sagte ich.

Er nickte mit dem Kopf: »Ja, so nennen wir ihn. Er hat von der ersten Zellteilung an alles Leben erschaffen, er verkörpert das Leben im wahrsten Sinne des Wortes. So wie alle Materie aus Atomen besteht, so besteht alles Leben aus Mikroorganismen von unglaublicher Allmacht. So können Mikroben die Atmosphäre so beeinflussen, dass sich die Temperatur in gewissen Grenzen hält, die für den Erhalt des Lebens notwendig sind. Die ganze Erde ist dank der Mikroben ein lebendiges System, das sich wie ein Organismus selbst reguliert.«

»Und die sprechen zu euch?« Mein Zweifel war nicht zu überhören.

»Das ist keine Sinnestäuschung wie in den alten Religionen, wo es heißt: Und Gott sprach zu ihm. Das war kindlicher Wahn, wie Marienerscheinungen und Teufelsaustreibungen. Das wussten die Leute schon damals. Sie sagten: Einer, der mit Gott spricht, betet. Aber einer, der glaubt, Gott spreche zu ihm, ist verrückt.«

»Und du bist dir sicher, ihr seid es nicht?«

»Ja, so sicher wie die Bernsteinschnecke und die Ameise auf der Schafgarbe als Teil des Ganzen.«

Wir gingen schweigend nebeneinander her. Dann sagte er: »Wir Menschen stehen nicht außerhalb der Natur. Wie kann man glauben, wir könnten die Natur bedrohen? Wir sind ein Teil von ihr, so wie meine Nase ein Teil von mir ist. Kann meine Nase meinen Leib bedrohen?«

»Aber wir haben doch die Natur bedroht«, widersprach ich.

»Die Zerstörung der Nordhalbkugel unserer Erde, die Klimakatastrophe, die Ausrottung ganzer Arten – das vermag doch niemand zu leugnen.«

Er pflückte einen Halm Strandhafer und hielt ihn mir entgegen wie ein Beweisstück. »Bevor die ersten primitiven Pflanzen ins Leben gerufen wurden, gab es in der Atmosphäre so gut wie keinen Sauerstoff, dafür aber reichlich Kohlendioxid, den die Pflanzen, wie du weißt, für ihren Lebensprozess benötigen. Als Abfallprodukt wurde dabei Sauerstoff frei. Dieser Abfall reicherte sich in der Luft dermaßen an, dass die Pflanzen erstickt wären, wenn unsere Erde nicht ein unglaubliches Abgaskonzept entwickelt hätte.

Eine völlig neue Gattung von Lebewesen trat auf den Plan, nämlich die Tiere. Ihr Stoffwechsel war so beschaffen, dass sie Sauerstoff benötigten und Kohlendioxid ausatmeten. Dieses fein ausgewogene Gleichgewicht funktioniert seit fast einer Milliarde Jahre, trotz erheblicher Verluste von Kohlenstoff durch Ablagerung in der Erde. Große Mengen kohlenstoffhaltiger pflanzlicher Substanz gehen so dem Kreislauf verloren, weil sie, von Sedimenten zugedeckt, in der Erde zu Kohle und Erdöl werden.

Sie wären hier wohl für immer dem lebendigen Erdorganismus entzogen, wenn dieser nicht wieder eine neue Lebensform auf den Plan gerufen hätte: einen Zweibeiner, der wie manche Insekten zur Staatenbildung neigt und mit vereinten Kräften und mit besonderer technischer Begabung Schächte in die Erdrinde bohrt, um den verlorenen Kohlenstoff nach oben zu befördern und zu verbrennen, wodurch er wieder dahin gelangt, wohin er gehört.

Seltsamerweise halten das manche Zweibeiner für widernatürliche Umweltverschmutzung. Wenn die Bienen in der Lage wären, moralische Skrupel zu empfinden, so würden vermutlich auch sie der Fehleinschätzung erliegen, sich selbst für Schmarotzer zu halten, die den armen Blütenpflanzen den Honig stehlen. Sie wüssten nicht, dass sie in Wahrheit eine ungemein wichtige Aufgabe zu erfüllen haben, nämlich den Erhalt der Blütenpflanzen.

Beim Menschen liegen die Dinge ähnlich. Auch wir haben unsere Aufgabe im Gesamtorganismus der Schöpfung zu erfüllen.«

Er sprach jetzt mit großem Pathos.

»Der Vulkan, der mit einer einzigen Eruption die Lufthülle mehr belastet als die Menschheit in einem ganzen Jahrzehnt, steht nicht außerhalb der Schöpfung, weil er ihren Ablauf stört. Und das gilt auch für uns. Wir stehen keinesfalls als Störenfried außerhalb der Natur. Welch eine Anmaßung ist es, zu glauben, dazu seien wir fähig. Wir sind ein Teil des Ganzen, ein sehr wesentlicher Teil.«

»Und das alles sagen euch die Stimmen?«, fragte ich ungläubig. Er überhörte meinen Zweifel und fuhr fort: »Das Leben verläuft in immer wiederkehrenden Kreisen: Tag und Nacht, Sommer und Winter, Eiszeit und Warmzeit. Manche sind so groß, dass wir Kurzlebigen sie nicht wahrzunehmen vermögen. Dennoch spielen wir in ihnen entscheidende Rollen. So ist es unsere Aufgabe, das Erdklima anzuheben und damit die Polkappen zum Schmelzen zu bringen. Wir müssen bestimmte Arten ausrotten, um für andere Platz zu schaffen. Mit Hilfe der Radioaktivität, dem Elektrosmog und dem chemisch belasteten Wasser haben wir jede Menge Mutationen in Gang gesetzt.«

Ich widersprach: »Das waren die Menschen des Atomzeitalters. Wir haben diese unglückselige Entwicklung aufgehalten.«

»Niemand vermag diese Entwicklung aufzuhalten. Unsere Aufgabe ist es lediglich, ihr mehr Zeit einzuräumen, denn sie verlief zu schnell.«

Auf dem Rückweg den Strand entlang beobachteten wir schweigend, wie die Sonne im Meer versank. Im Weitergehen sagte Estragon: »So wie dieser Tag zu Ende geht, so neigt sich auch unser großer Kreislauf seinem Ende zu. Verglichen mit dem Jahreslauf befinden wir uns bereits im Winter. Der Homo sapiens hat seine Aufgabe erfüllt. Er wird aussterben, fast aussterben. Es ist unsere Aufgabe, zu verhindern, dass das nicht vollends geschieht.«

29. KAPITEL

In der Felswand nisteten Tauben. Einige saßen noch auf ihren Eiern. Bei anderen waren die Jungen schon geschlüpft. Gierig rissen sie die kleinen Schnäbel auf. Ununterbrochen kamen die Alten herbeigeflogen, um ihren Hunger zu stillen.

»Die Kleinen wollen Tag und Nacht versorgt werden«, sagte Karras. »Die Brut nimmt viel Zeit in Anspruch.«

»Die Brut nimmt viel Zeit in Anspruch.« Der Satz ging mir nicht aus dem Sinn. Da das auch für uns Menschen gilt, kann die Brutstation nicht irgendwo liegen. Sie muss sich hier befinden. Ich nahm mir vor, noch einmal in die Termitenburg der Igelköpfe einzudringen, und wartete auf eine günstige Gelegenheit. Doch bevor es dazu kam, ereignete sich etwas Schreckliches.

Ich hatte Jakaranda schon seit Tagen nicht mehr gesehen, als mich Abelard fragte, wie wir Ordensfrauen Schlangenbisse behandelten, ob es ein schnell wirkendes Mittel gegen Otterngift gebe. Einer der Ihren sei von einer Kobra gebissen worden.

»Wer?«

»Der Junge mit den blauen Augen.«

»Jakaranda!«

»Nein, nicht Jakaranda. Jasmin. Er heißt Jasmin.«

»Wo ist er?«

»Im Turm.«

»Kann ich zu ihm?«

»Nein, natürlich nicht.« Er blickte mich kopfschüttelnd an. »Kennst du denn solch ein Mittel?«

Von Karras erfuhr ich, eine Kobra habe Jakaranda in den Fuß gebissen. Es gehe ihm schlecht, sehr schlecht.

Ich musste zu ihm. »Im Turm«, hatte Abelard gesagt. Mein Sohn steckte also in einer Heilschlafgondel.

Verborgen hinter der Hibiskushecke beim Palmengarten, beobachtete ich das große Tor. Ich wartete, bis der Letzte sein Labor verlassen hatte. Es regnete, sodass sich die Männer, ohne Aufenthalt im Freien, gleich in den gegenüberliegenden Wohntrakt zurückzogen. Ich wartete noch eine Weile, dann schlich ich mich zu dem großen Tor, stieg die Treppe empor und lief zu dem Schacht am Ende des Ganges, den ich bereits bei meinem ersten Besuch entdeckt hatte. Die Schaltanlage, mit deren Hilfe die Gondeln abgerufen werden, befand sich wie erwartet in dem angrenzenden Behandlungsraum. Die Technik war mir vertraut. Schließlich hatte ich ja selber einmal in solch einem Korallinei gesteckt. Aber da gab es viele Eier in dem Turm. Dicht an dicht hingen sie dort wie die Beeren einer Weintraube. Welchen Hebel musste ich umlegen, damit die gesuchte Heilgondel herbeigeschwebt kam? Egal, ich würde sie alle heranholen, eine nach der anderen, bis ich die richtige fand.

Aber was dann? Wie konnte ich ihm helfen, wenn ich ihn wirklich fand? Ich verdrängte die Frage. Vielleicht starb er bereits.

Da zog ich den Hebel, ohne zu zögern.

Zum Zeichen, dass sich etwas tat, leuchtete an der Schalttafel ein Licht auf. Ich blickte in den Schacht und sah, wie sich eine Beere von der Traube löste und herbeigeschwebt kam. Sie glitt bis in der Mitte des Raumes und hielt an. Im Inneren der transparenten Gondel brannte schwaches Licht, zu schwach, um zu erkennen, was sie verbarg.

Ich öffnete die Haube und fuhr erschrocken zurück. Ich musste mir den Mund zuhalten, um nicht laut aufzuschreien. Vor mir lag eine Frau, eine nackte tote Frau mit vollen Brüsten und Schamhaar im Schoß. Die Augen geschlossen, als schliefe sie. Leichenblass und aufgedunsen. Der Anblick war abscheulich.

Hier also bewahrten sie die sterblichen Überreste der Verblühten auf. In der keimfreien, kühlen Atmosphäre der Korallineier ließ sich die Verwesung vermutlich für längere Zeit aufhalten. Angewidert schlug ich den Deckel der Gondel zu und dirigierte eine andere herbei. Und wieder fand ich eine Tote. Immer dasselbe. Dreizehnmal.

Als ich das vierzehnte Ei öffnete – schon von außen erschien es mir anders als die anderen: heller und wärmer –, fand ich ihn. Auch er lag da wie tot, nackt und mit geschlossenen Augen. Ich griff nach seiner Hand und spürte den Puls. Er lebte. Ich strich ihm über die fiebrige Stirn und fühlte mich mit ihm so verbunden wie seit seiner Geburt nicht mehr.

Ich warf mich über ihn.

Er war ein Teil von mir. Ich liebte ihn zu sehr, um hinzunehmen, dass sein Körper zerfiel, auch wenn ich ihm nie nahe sein durfte. Nein, das stimmte nicht, er war mir immer nah, untrennbar wie mein Schatten. Sein Lächeln, sein Gang, seine Stimme, sein Blick, seine Augen, ja, vor allem seine Augen. Wie schön er war! Ich liebe dich, und du kennst mich nicht einmal.

Ich habe meine Hände auf ihn gelegt, habe gespürt, wie ich ihn mit Kraft und Leben erfüllte, so wie damals, als ich ihn geboren habe. Ich war mir jetzt ganz sicher, dass ihn das Schlangengift nicht töten würde. Wir hatten schon Schlimmeres überlebt. Wir waren wieder ein Leib, eine Nacht lang.

Ich hielt ihn in meinen Armen, als die Skarabäen uns fanden. Mit aufgeregtem Geschrei fielen sie über mich her, wollten mir Jakaranda entreißen.

»Lass ihn los! Loslassen!«

Ein Schlag traf mich an der Schulter.

»Sie hat ihn fast umgebracht. Schafft sie fort von hier!«

Offensichtlich hielten sie mich für verrückt. Wie konnte ich ihnen auch erklären, warum ich in ihr Allerheiligstes eingebrochen war, warum ich einen von ihnen in meinen Armen hielt. Ihre Fäuste hielten mich, als wäre ich ein wildes Tier. Es schmerzte. Ich wehrte mich, so gut ich es vermochte.

Saft wurde mir eingeflößt. Ich wollte ihn ausspeien. Eine Hand verschloss mir Mund und Nase. Ich rang nach Luft und verschluckte die bittere Flüssigkeit. Davongleitend vernahm ich Karras' Stimme: »Wie kannst du nur?«

Als ich erwachte, lag ich auf einem weichen Lager. Halbdunkel umhüllte mich. Ich fühlte mich wohl wie nach langem, tiefem Schlaf und doch zu matt, um mich zu bewegen. Ich streckte meinen rechten Arm aus und stieß gegen eine glatte Wand. Sie war über mir, neben mir, überall. Ich steckte wie ein Küken in einem Ei, in einem Ei aus Korallin. Und da fiel mir alles wieder ein: die Heilgondeln mit den toten Frauen und mit Jakaranda. Auch er mehr tot als lebendig. Wie lange war das her? Und wie kam ich hierher?

Ich war in dieses Ei gesteckt worden, so wie man Verrückte in Zwangsjacken steckt. Sie hielten mich für verrückt. Daran gab es keinen Zweifel. Ich war gezwungen, ihnen die Wahrheit zu sagen. Was aber, wenn sie die gar nicht hören wollten, wenn sie mich in den Fledermausturm gehängt hatten, um mich aus dem Weg zu räumen? Hingen hier nicht bereits drei Dutzend tote Frauen? Wie kam es da auf eine mehr oder weniger an?

Nein, das würde Karras nicht zulassen. Ich hatte ihm das Leben gerettet, und er würde … Ja, was würde er tun? Hatte er nicht seinem Orden Gehorsam geschworen? Angst erfasste mich, panische Angst.

Ich hörte, wie über meinem Kopf Gas in die Kabine strömte. Ich kannte den Geruch: Schlafmohn.

Gott ist klein. Im Traum vernahm ich die Stimme der allmächtigen Mikrobe: »Ohne mich wäre die Erde so tot wie du ohne Atemluft. Du bist ein Teil von mir, mehr, als du ahnst. Nicht die Haut begrenzt deinen Körper, sondern dein Atem. Erfasse das Leben. Atme!«

30. KAPITEL

Was soll mit ihr geschehen?«

Abt Estragon hatte die Skarabäen zusammengerufen, um mit ihnen über mich zu Gericht zu sitzen.

»Wir haben uns da eine Laus in den Pelz gesetzt«, sagte Abelard

»Eine Laus«, höhnte Rufus. »Sie ist in unseren Leib eingedrungen wie ein vergifteter Pfeil. Kein lebender Organismus kann solch einen Fremdkörper verkraften, ohne Schaden zu nehmen. Wir sollten sie mit den anderen Frauen im Tal der Schmetterlinge entsorgen.«

»Sie ist eine Ordensfrau, eine von uns«, sagte Estragon.

Rufus entgegnete: »Auch die Krebszelle ist ein Teil des Leibes, den sie bedroht. Wehret den Anfängen, bevor es zu spät ist.«

»Sie hat einem von uns das Leben gerettet«, ereiferte sich Cordobes, einer der jüngeren Skarabäen mit spärlichem Bartwuchs.

»Ja, das hat sie fürwahr«, rief Karras. »Sie hat mich …«

Estragon schnitt ihm mit einer energischen Handbewegung das Wort ab: »Wir wissen, was du ihr verdankst. Warum aber verfolgt sie einen von uns mit tödlichem Hass? Ohne unser Eingreifen hätte sie den Jungen umgebracht.«

»Sie hielt ihn in ihren Armen, als ob sie ihn beschützen wollte.«

»Beschützen. Vor wem?«

»Offensichtlich fühlt sie sich zu ihm hingezogen, ob aus Hass oder aus Zuneigung, wer vermag das zu sagen?«

»Wir werden das herausfinden«, sagte Estragon.

»Und wie willst du das anstellen?«, fragte Harun.

»Wir werden ihr erzählen, dass Jasmin dem Schlangengift erlegen ist. Mal sehen, wie sie darauf reagiert.«

Ob diese Zusammenkunft wirklich so stattgefunden hat, vermag ich nicht zu sagen, denn ich habe ja nicht daran teilgenommen. Aber solch ein Gespräch muss stattgefunden haben, damit das nachfolgende Geschehen einen Sinn erhält.

Die Träume im Fledermausturm sind ausnahmslos schön. Sie sind ein Teil der Heilung. Jakaranda war bei mir. Ich war sehr glücklich. Umso schmerzhafter war das Erwachen. Karras erklärte mir, ich sei in die Gondel gesteckt worden, weil ich einen Schwächeanfall erlitten hätte. »Nichts ist so heilsam wie der Fledermausturm.«

»Wurde auch er geheilt?«

»Wer?«

»Der Junge mit den jakarandablauen Augen.«

»Jasmin? Nein. Ihm war nicht mehr zu helfen. Das Gift war stärker.«

Der Schmerz traf mich wie eine Wehe. So wie es mir fast den Leib zerrissen hätte, als ich ihn gebar, so schmerzvoll erlebte ich seinen Tod. Der Magen krampfte sich mir zusammen. Ich musste mich erbrechen, wollte sterben.

»Sie liebt ihn«, meldete Karras den Skarabäen. »Sie leidet wie eine Tiermutter, der man die Brut weggenommen hat. Es ist so herzzerreißend, dass ich mich schäme, sie belogen zu haben.«

»Sie liebt ihn? Wie ist das möglich? Wo ist sie?«

»Sie hat sich in ihre Behausung verkrochen wie eine verwundete Wölfin.«

»Schaff sie herbei!«

»Lass ihr Zeit«, sagte Estragon. Er strich sich über die Bartstoppeln und meinte kopfschüttelnd: »Frauen, was für rätselhafte Kreaturen.«

Jakaranda, der längst wieder bei Kräften war, wurde befragt. Er konnte sich nicht erinnern, mir jemals begegnet zu sein. Wie konnte er auch, trug ich doch außerhalb des Ordens den Schleier. Hatte er sich bisher von mir bedroht gefühlt, so erfüllte ihn und alle anderen meine Zuneigung mit noch größerer Sorge.

Bis zur Klärung des Rätsels wurde beschlossen, mich in dem Glauben zu belassen, Jakaranda sei tot.

In der Nacht besuchte mich Karras. Er nahm mich in die Arme, ohne ein Wort zu sprechen. Was vermögen Worte gegen den Schmerz. Hilfsbedürftig wie bei unserer ersten Begegnung, drängten wir uns aneinander. Er strich mir die Tränen aus dem Gesicht, und ich umklammerte ihn, so wie er den Baumstamm umklammert hatte, als ich ihn fand.

»In deinen Armen hab ich ihn empfangen. In deinen Armen beweine ich ihn.«

»Was redest du da?«

»Unser Kind. Wir haben es verloren.«

»Unser Kind?«

»Er war dein Sohn.«

»Jasmin? Mein Sohn?« Er schnellte empor, beugte sich über mich, starrte mich so ungläubig an, als könnte nicht sein, was er vernahm. »Warum hast du mir das verschwiegen?«

»Ich habe dir von unserem Kind erzählt.«

»Wie konnte ich ahnen, dass es Jasmin ist?«

Es dauerte mehrere tiefe Atemzüge lang, bis er begriff, dass er sich nicht verhört hatte: Er schlug die Hände vor sein Gesicht und stammelte: »Warum hast du mir nicht …?«

»Ich habe dir von unserem Kind erzählt.«

»Aber nicht, dass es Jasmin ist. Jasmin. Wie kann das sein?« Seine Augen leuchteten vor Aufregung. Er wischte mir die Tränen von den Wangen und sagte: »Verzeih mir. Ich habe dir wehgetan. Ich habe dich belogen. Er lebt.«

»Du lügst, um mich zu trösten.«

»Bei meiner Ehre, er lebt.«

Tief wie die Trauer war der Freudentaumel, der mich in jener Nacht so jäh erfasste wie die Flut, aus der es kein Entkommen gibt. Wir lachten und weinten vor Freude. Als ich im ersten Morgenlicht erwachte, lag ich an seiner Brust.

Wir hatten einen Sohn, und er lebte.

Es oblag Karras, seinen Leuten die Wahrheit zu sagen. Eine Beichte, um die ich ihn nicht beneidete: Eine Ordensfrau, die mit einem Skarabäus einen Skarabäus gezeugt hat. Wie würde der Orden das hinnehmen?

Noch am selben Tag wurde ich zu Abt Estragon gerufen. Er erwartete mich stehend vor seinem Schreibpult.

»Was bist du nur für ein Mensch! Eine Ordensfrau, die ein Kind geboren hat, ein Wunderkind, dem der Himmel aus den Augen leuchtet, dem die Delfine zu Hilfe eilen, wenn andere ertrinken. Nicht von einer Blühenden ausgetragen, sondern von einer Reifen. Ich habe von alledem nichts gewusst, als er nach Arkadia geholt wurde. Die Aura des Ungewöhnlichen hat ihn zu uns geführt, so wie sie dich zu uns geführt hat.«

Er machte eine längere Pause, um den folgenden Worten Gewicht zu verleihen: »Es gibt kaum ein Gebot, das du nicht gebrochen hast. Das verlangt Sühne.« Er ging ein paar Schritte im Raum auf und ab, blieb vor mir stehen und sagte: »Im Schatten des Todes verblassen die Gesetze der Lebenden. Nicht alles, was in Seeland gilt, gilt auch für uns. Dieser noch nie da gewesene Fall bedingt noch nie da gewesene Rechtsprechung. Wir werden das intern klären.«

Ich fragte: »Und die Magna Mater?«

»Vergiss die Magna Mater.«

Heftiger Regen ging auf Arkadia nieder. Den ganzen Tag lang trommelten die Regentropfen gegen die Fensterscheiben. Schwarze Wolken spiegelten sich in modrigen Pfützen. Niemand wagte sich nach draußen. Selbst die Tauben hatten ihre

Felsnester nicht verlassen. Ich begrüßte das Unwetter, denn ich fürchtete die Begegnung mit Jakaranda. Wie sollte ich mich benehmen? Und vor allem, wie würde er sich mir gegenüber verhalten?

Ich war so aufgeregt, dass ich in der Nacht keinen Schlaf fand.

Anderntags war der Himmel immer noch bewölkt. In der Luft lag der Duft von Pinien, Salbei und Eukalyptus. Anders als das ferne Meer war das Tal vollkommen still. Nur die Tauben gurrten, und ein paar von ihnen flogen mir entgegen, als ich nach draußen trat.

Die ersten Männer tauchten aus ihren Wohnhöhlen auf. Sie grüßten, wie sie es immer taten, mit einem Kopfnicken, schenkten mir aber mehr Aufmerksamkeit als sonst. So erschien es mir wenigstens.

Von Jakaranda keine Spur. Auch nicht von Karras. Im Garten unter den Dattelpalmen wurde schon eifrig gehackt und gegraben. Die Wildkräuterbüsche würden bald noch grüner sein und noch stärker duften. Und dann erblickte ich sie. Sie kamen mir entgegen, Hand in Hand, vor Kurzem noch enge Freunde, jetzt Blutsverwandte. Für sie war der Schritt nicht so groß wie für mich. Karras umarmte mich. Jakaranda gab mir die Hand. Es war das erste Mal, dass er das tat. Wie gern hätte ich ihn in die Arme genommen.

31. KAPITEL

Ich war bis zu der Meeresbucht gegangen, in der sich Attea versteckt gehalten hatte, bevor ihr die Flucht gelang. In der Nacht hatte es geregnet. Jetzt wanderte die Sonne über den blauen Himmel. Die frische Seeluft verwandelte sich allmählich in Sonnenglut. Ich streifte die Kleider ab und legte mich auf den warmen Boden. Dornengestrüpp umwucherte mich. Eine Brise vom Meer streichelte meinen nackten Leib. Ich lag mit geschlossenen Augen da und hörte auf das Schlagen der Wellen gegen die felsigen Klippen. Dahindämmernd, vernahm ich Stimmen. Sie kamen näher. Am Strand, keinen Steinwurf weit von mir entfernt, verweilten sie.

»Nichts als Schwierigkeiten.«

»Du sagst es«, erwiderte die zweite Stimme. »Frauen sind komplizierte Geschöpfe.«

»Und du meinst, sie muss sterben?«

»Ja, sie wird sterben.«

Schweigen. Wellenschlag.

»Und was machen wir mit der Leiche?«

»Kommt ins Tal der Schmetterlinge.«

»So viel Aufwand für eine Tote.«

Schritte im Sand. Sie entfernten sich. Die Stimmen verwehten. Trotz der Sonnenwärme lief es mir eiskalt den Rücken hinunter. Ich hatte soeben mein Todesurteil vernommen. Sie wird sterben. Damit konnte nur ich gemeint sein. Es gab keine andere Frau auf der Insel. Ich musste fort von hier. So schnell wie möglich. Der Schreck war mir so in die Glieder gefahren, dass ich mich ein paar Atemzüge lang nicht zu bewegen vermochte. Was nun?

Zurück konnte ich nicht. Weg, nur weg, doch wohin?

Es wurde Abend. Die Sonne versank im Meer. Ich befand mich noch immer in der Bucht, kauerte unter dem Felsvorsprung, unter den Attea sich geflüchtet hatte. Ich musste an sie denken, sah sie vor mir, elend und erbarmungswürdig.

Attea hatte sich von Datteln ernährt und von dem Wasser des Baches, der unter mir über die Felsen plätscherte, aber woher hatte sie das Boot, mit dem sie geflohen war? Ich hatte nirgendwo eines gesehen. Wozu auch? Die Skarabäen lebten so getrennt von allen anderen, dass sie dergleichen gewiss nicht benötigten. Sie waren mit ihrem Eiland so fest verwurzelt wie die Mangrovenbäume, die hier an der Küste ihre Wurzeln in den Boden krallten.

Die Nacht war sternklar, und ich fror. Erst gegen Morgen schlief ich ein. Doch dann schreckten mich schaurige Träume.

Männer tragen mich auf ihren Schultern bei Fackelschein durch die Nacht, die Gesichter hinter Masken verborgen. Schwerfälliges Schreiten im Takt einer Trommel. Oder ist das mein Herz, das so heftig schlägt? Da ist das Treppenhaus mit den blau leuchtenden Stufen. Und oben am Ende des Ganges der Fledermausturm. Gondeln gleiten heran, dunkel und drohend wie Gewitterwolken, nein, wie gefräßige Fische. Sie schnappen nach mir, um mich zu verschlingen, so wie sie die Frauen verschlungen haben, die in ihren Bäuchen stecken. Ich erwache von meinem eigenen Schrei, schlafe erneut ein, treibe in einem Kahn auf dem Meer. Nicht weit von mir ein Baumstamm. Ein Mensch klammert sich daran. Es ist Karras. Ich hole ihn ins Boot und weiß, wie es weitergehen wird. Das Geschehen wird sich wiederholen, ohne dass ich es zu ändern vermag.

Die beiden nächsten Tage verbrachte ich in der Sonne. Die Wärme tat mir gut. Ich bewegte mich nur wenig, um Kraft zu sparen. Meinen Hunger stillte ich mit Muscheln und Seetang. Das Leben war erträglich, wenn nur die Nächte nicht so kalt gewesen wären. Aber auch das bekam ich in den Griff. Ich hatte mir ein Lager aus trockenen Gräsern, Laub und Farnkraut errichtet. Darin verbrachte ich auch tagsüber die meiste Zeit, wenn die Sonne nicht schien. In dichtem Dornengestrüpp hatte ich einen Unterschlupf gefunden, wo ich mich verkriechen wollte, wenn sie kamen, um nach mir zu suchen.

Sie würden kommen. Dessen war ich mir ganz sicher. Und was dann? Was würden sie mit mir anstellen? Brutal erschlagen würden sie mich gewiss nicht, auch wenn sie Männer sind. Sie würden mein Zu-Tode-Kommen dem Meer überlassen. Das hatte im Orden Tradition. Wir töteten keinen. Wie aber schieden die Frauen aus dem Leben, die hier besamt wurden? Erlosch ihr Leben nach dem hormonellen Eingriff und der Befruchtung auf natürliche Art wie das Leben der Lachse oder wurden sie eingeschläfert?

Was musste das für ein Schreck gewesen sein, als sie feststellen mussten, dass ich ihnen entlaufen war. Ausgerechnet die Frau, die herausfinden sollte, wie eine Todgeweihte die Insel lebend verlassen konnte, tat ihnen nun die gleiche Schmach an.

Auch ich war von Anfang an dem Tod geweiht. Daran bestand für mich kein Zweifel mehr. Sie konnten mich nicht einfach laufen lassen. Keiner, der die Schwelle zum Totenreich überschritt, kehrte zurück.

Sie hatten ihre Masken fallen lassen, hatten mir ihr wahres Gesicht gezeigt, hatten mir Einblick in ihre unheimliche Welt gewährt, weil sie wussten, dass ich ihre Insel nicht lebend verlassen würde.

Wenn mir die Flucht gelänge, würde ich dem Orden die Augen öffnen, würde die Magna Mater davon in Kenntnis setzen, was sich hier abspielt.

Hatte die Magna Mater am Ende geahnt, welch ketzerische

Mächte hier am Werk waren? War ich von ihr im Alleingang entsandt worden, um mit meiner Opferung zu bestätigen, dass hier etwas falsch lief.

War das der wahre Grund meiner Mission?

Wie aber konnten es die Igelköpfe wagen, eine Gesandte der Magna Mater aus dem Weg zu räumen? Mussten sie nicht damit rechnen, dass man sie für meinen Tod verantwortlich machen würde? Der Orden würde das nicht hinnehmen.

32. KAPITEL

Sie wollten mich töten.

Karras, dem ich das Leben gerettet hatte, Jakaranda, mein Kind, würden sie zulassen, dass man mich umbrachte? Und Estragon?

Zu ihm hatte ich am meisten Vertrauen. Ich weiß nicht, wie das ist, Vater und Mutter zu haben. Aber wenn ich einen Vater hätte, wünschte ich mir, er würde wie Estragon sein. Er hatte mein Denken verändert, und er gab mir das stolze Gefühl, dass auch ich das seine beeinflusst hatte.

»Du sprichst nicht ernsthaft mit einem Menschen, ohne dass sich in dir, wie in dem anderen, etwas verändert«, hatte er zu Anfang unserer Begegnung gesagt. Da verstand ich ihn noch nicht. Meine Gedanken mussten ihm so fremdartig erschienen sein wie mir die Welt der Skarabäen. Für diese Männer waren alle Frauen Exoten, die hier angelandet wurden, um den Fortbestand der Menschheit zu garantieren. Obwohl Ordensfrauen und Skarabäen derselben Gemeinschaft angehörten, lebten wir in verschiedenen Welten. Wir gestalteten das Leben der Blühenden, erzogen und lenkten sie. Die Skarabäen hielten die beiden Enden unser aller Leben in ihren Händen: Tod und Geburt, Werden und Vergehen. Wir ergänzten einander wie Tag und Nacht und waren uns doch so fremd wie Feuer und Wasser.

In meinen Träumen – und ich träumte viel in jenen Nächten unter freiem Himmel – waren die Igelköpfe fleischfressende Wilde, die mir nach dem Leben trachteten. Mal jagten sie mich im Rudel wie die Wölfe. Dann wieder lauerten sie als Riesenspinnen in klebrigen Netzen, krochen mir als Mikroben über und hinter die Augen, um sich in meinem Gehirn festzusetzen. Ich erwachte von meinem eigenen Schrei und fand dann keinen Schlaf mehr.

In solch einer Nacht bin ich zum Hafen gelaufen, um nach einem Boot Ausschau zu halten. Die Sterne spiegelten sich im dunklen Wasser des Hafenbeckens. Auf dem Landungssteg lagen Paddel und sorgfältig zusammengerollte Schiffstaue. In einem Schuppen fand ich Fender und Anker. Aber nirgendwo entdeckte ich ein Boot.

Ich erinnerte mich an ein Gespräch mit dem Bücherwurm. Wir hatten über Gemora und andere Inseln gesprochen. Er kannte keine.

»Verspürst du nicht Lust, unsere kleine Inselwelt kennenzulernen?«

»Nein. Warum?«

»Reizt es dich nicht, Unbekanntes zu entdecken?«

»Dazu muss ich nicht reisen. Hier umgibt mich so viel, das mich mit Staunen erfüllt.«

Mir wurde klar, Skarabäen brauchen keine Boote.

Beim Anblick der Palmenstämme, die ich in einem Lagerschuppen entdeckte, beschloss ich, mir ein Floß zu bauen. Doch dazu sollte es nicht kommen. Mitten in der Nacht fielen sie über mich her. Als ich aus dem Schlaf schreckte, kniete bereits einer der Männer auf mir. Eine Hand griff nach mir, wollte mich niederhalten. Ich stieß sie von mir, sprang auf und wollte davonlaufen. Doch sie waren schneller, warfen mich zu Boden. Ich biss, kratzte und schlug um mich. Es half mir nicht. Wehrlos wie ein entlaufenes und wieder eingefangenes Tier, wurde ich abgeführt, die Hände auf dem Rücken gefesselt.

Noch in der Nacht wurde ich von Rufus zu Estragon gebracht.

»Was soll das?«, herrschte der mich an. »Warum läufst du davon und versteckst dich vor uns in einer einsamen Bucht? Was hast du?«

»Angst.«

»Angst? Vor wem?«

»Vor euch.«

»Vor uns? Du hast Angst vor uns? Warum?«

»Wie kannst du fragen?«

»Ich frage, und ich erwarte eine Antwort.« Es klang zornig.

»Ich weiß ...«

»Was weißt du?«

»Ich weiß, was ihr mit mir vorhabt.«

Estragon blickte mich so verständnislos an, dass ich nicht anders konnte, als ihm ins Gesicht zu schleudern: »Ihr wollt mich töten.«

»Wer will das?«

»Ihr.«

»Wir?«

»Ja, ihr. Ich war Zeuge, wie eure Leute meinen Tod geplant haben.«

»Was hast du gehört?«

Ich erzählte, was ich am Strand vernommen hatte, wiederholte es wortwörtlich. Estragon hörte mir aufmerksam zu. Dabei hoben sich seine Augenbrauen, als ginge ihm ein Licht auf. Ein Lächeln umspielte seine Lippen. »Ein Missverständnis, nicht wahr, Rufus?«

»Ja, ein Missverständnis.«

»Aber ich habe es mit eigenen Ohren vernommen.«

»Du hast recht gehört. Aber es betrifft nicht dich. Niemand trachtet dir nach dem Leben. Ich werde dir alles erklären, aber nicht jetzt und nicht hier. Du siehst abgezehrt aus und brauchst Schlaf.«

Ich verschlief zwei ganze Tage. Dann hatte ich meine Selbstsicherheit zurückgewonnen. Aber der Gedanke an Flucht, der mich während all der Tage in der Bucht beherrscht hatte, ließ mich nicht mehr los. Ich wollte weg von hier, heim, so schnell wie möglich.

Unruhe hatte unsere Schlucht ergriffen. Die Männer standen in Gruppen zusammen und redeten ungewohnt lebhaft miteinander, so als stünde ein aufregendes Ereignis bevor. Auf meine Frage erfuhr ich, dass mit dem nächsten Mondwechsel die Trommeln ertönen würden. Die Blühenden befänden sich schon auf den Inseln der Verwandlung. Hektik schlug mir von allen Seiten entgegen. Niemand nahm Notiz von mir. Keiner hatte Zeit für mich.

Ich traf den Abt im Treppenhaus.

»Ich muss dich sprechen. Ich will abreisen, noch heute.«

»Fühlst du dich nicht wohl bei uns?«

»Ich gehöre nicht hierher. Die Magna Mater ...«

»Die Magna Mater will, dass du bleibst.«

»Wie lange noch?«

Er überhörte meine Frage. »Ihr Ordensfrauen lebt wie die Einsiedlerkrebse, eine jede in ihrer eigenen Behausung, fernab voneinander. Die Sehnsucht nach einem Menschen kann es da wohl kaum sein, die dich heimwärts zieht.«

»Ich sehne mich nach meinem Haus über dem Meer.«

»Dafür habe ich Verständnis. Eine, die wie du mit Flügeln geboren wurde, sollte nicht in einer Höhle hausen. Unsere Felswand ist keine Bleibe für dich. Wir werden dir ein Haus bauen wie daheim. Dort kann dich Jasmin oder – wie nennst du ihn? – Jakaranda besuchen.«

»Was soll ich mit einem Haus? Ich bin ohne Aufgaben. Ich bin eine Frau, die einzige Frau auf Arkadia.«

»Keine versteht so viel vom Gebären wie eine, die ein Kind geboren hat. Du wirst die neue Generation in die Welt heben.«

»Wann und wo?«

»Alles beginnt und alles endet zur rechten Zeit und am rechten Ort.«

Mein Heimweh war schlagartig verflogen.

Die Brutzentrale, verborgen wie ein kostbarer Schatz, endlich würde ich sie erleben. Ich war so aufgeregt, dass ich alles andere um mich herum vergaß, mein Heimweh, meine Ängste, selbst den Schlaf. Ich lag wach und vermochte nicht zu glauben, was sich mir da eröffnete. Welch ein Wandel!, dachte ich. Vor wenigen Tagen noch gejagt wie ein Wild und vom Tod bedroht, fühlte ich mich jetzt so hoch erhoben, dass mir davor schwindelte.

Als ich Karras von dem Angebot berichtete, vermochte der es nicht zu fassen. »Noch nie wurde das Geheimnis der Geheimnisse einem Uneingeweihten offenbart.« Er betrachtete mich wie eine unwirkliche Erscheinung und meinte kopfschüttelnd: »Ein weiblicher Skarabäus. Wie kann das sein? War Rufus zugegen, als der Alte dir das Angebot gemacht hat?«

»Ja, warum fragst du?«

»Nimm dich vor ihm in Acht.«

Bevor ich weitere Fragen an ihn richten konnte, sagte er mit ironischem Unterton: »Als eine von uns solltest du die Laboratorien kennenlernen. Ich arbeite zur Zeit an einem interessanten Projekt.«

Ich dachte mit Grauen an die Leichen der Frauen im Fledermausturm und wollte schon ablehnen, überlegte es mir aber anders, als er mir erzählte, er arbeite mit Fledermäusen. Zu meiner Enttäuschung zeigte er mir jedoch keine Fledermäuse, sondern ein paar winzige Insekten in einem Glas.

»Es gibt auf unseren Inseln Fledermäuse, die das Blut von Rindern und Eseln trinken. Auf diesen Blutsaugern leben flügellose Fliegen. Und die ernähren sich von Fledermausblut.« Er hob das Glas in Augenhöhe, um sie mir zu zeigen. »Diese seltsamen Fliegen legen keine Eier, wie das andere Insekten tun. Sie lassen die Eier und Larven im mütterlichen Körper heranreifen, um sie als fertige Puppen zur Welt zu bringen.«

Er machte eine Pause, um das Wunder auf mich einwirken zu lassen, und fuhr dann fort: »Eine Fliege ohne Flügel, die fertige

Puppen gebiert, ist fürwahr ein Kuriosum. Aber noch erstaunlicher erscheint mir, dass auf diesen Fliegen Winzlinge leben, die sich von deren Saft ernähren. Am Ende triumphieren wieder einmal die Kleinsten.«

»Gewiss«, sagte ich, »und damit sind wir wieder bei eurem kleinen Gott.«

Karras überhörte meinen Einwurf. »Ja, die gesamte Kleinstwesenwelt ist ein riesiges Wunderland. Insekten waren die ersten Lebewesen, die sich in die Lüfte erhoben. Für Hunderte von Millionen Jahren gehörte der Himmel ihnen ganz alleine. Und auch der Boden gehört ihnen. Für sie ist die Erde immer noch eine unberührte Wildnis. Denn wahre Wildnis herrscht nicht in unerforschten Urwäldern, sondern unter jedem Blatt, unter jedem Stein, in jedem morschen Baumstamm. Unzählige Raubtiere: Käfer, Ameisen, Asseln, Würmer, zerfleischen sich dort gegenseitig und ununterbrochen in unvorstellbarem grausigem Gemetzel.«

»Übertreibst du da nicht ein bisschen?«

»Ich will dir etwas zeigen.« Er öffnete eine kleine Schachtel und entnahm ihr etwas, das wie eine tote Biene aussah: »Das ist eine Kuckuckshummel. Sie begeht nicht nur Massenmord, sie versklavt ganze Völker. Hast du je von ihrem Vernichtungsfeldzug gehört?«

Und als ich mit dem Kopf schüttelte, erklärte er mir: »Sie dringt in ein fremdes Volk ein, tötet die Königin und den gesamten Nachwuchs in den Waben, um sie mit ihren Eiern zu belegen, die dann von den Arbeiterinnen des unterworfenen Staates großgezogen werden. Ein wahrer Völkermord!«

»Grausam«, sagte ich.

»Das ist nichts gegen die Grausamkeit einer Wespe, die Käferlarven mit ihrem Stich lähmt und in ihren Bau schleppt, wo die gelähmten Larven dann bei lebendigem Leib von der ausschlüpfenden Brut zerfleischt werden.«

»Warum befasst du dich mit solchen Grausamkeiten?«, wollte

ich wissen, und Karras erklärte mir, dass man herausfinden wolle, wie die Natur arbeite. Im Fall der Mordwespe ginge es ihnen um die Konservierung von Lebensmitteln und um natürliche Methoden der örtlichen Betäubung.

»Befasst ihr euch alle mit Insekten?«

»Nein. Estragon arbeitet mit Fledermäusen und Rufus mit Schlangen. Sein Serum rettete Jakaranda vermutlich das Leben. Seitdem ist sein Anspruch auf den Jungen noch größer als zuvor.«

»Was für ein Anspruch?«, wollte ich wissen und erfuhr, dass Jakaranda von Rufus entdeckt worden war, als der für ein Jahr der Magna Mater seine Stimme geliehen hatte. »Er war so vernarrt in den Jungen, dass er ihn nach Arkadia holte, um ihn stolz wie seinen eigenen Sohn vorzuführen. Er kann es nicht verkraften, dass ich Jakarandas Vater sein soll, ausgerechnet ich. Er hasst mich und natürlich auch dich. Er vertritt bei jeder sich bietenden Gelegenheit den Standpunkt: Frauen haben auf Arkadia nichts anderes zu suchen als den Tod.«

33. KAPITEL

Am Abend sagte Estragon: »Die Skarabäen versammeln sich heute Nacht im Sanktuarium.« Er sagte das so, als wäre es die selbstverständlichste Sache von der Welt, dass ich mitzöge.

Nach Sonnenuntergang liefen wir zu der Höhle, die ich schon kannte. Auf dem Weg durch die enge Schlucht wehte der Wind vom Meer so stark, dass er unsere Fackeln auslöschte. Auch ich war jetzt eingehüllt in eine Kutte, wie sie die Skarabäen bei kaltem Wetter tragen.

In der Höhle türmten wir die Fackeln zum Scheiterhaufen. Eine Wolke von Fledermäusen flatterte aufgeregt davon. Abt Estragon warf Kienspan in die Flammen und rief: »Gott ist klein.«

»Gott ist klein«, antworteten die Männer, und dann sangen sie mit ihren tiefen Stimmen. Unheimlich dröhnten die Bässe durch die dunkle Höhle.

Ein lang gewachsener Mensch mit afrikanisch dunkler Haut erhob sich und begann die Andacht mit den Worten: »Wer Ohren hat zu hören, der höre! Nehmt zur Kenntnis, was ich bei meinen Experimenten in Erfahrung gebracht habe. Der Erreger der Taxoplasmose bewirkt, dass Mäuse fett und träge werden und alle Angst vor Katzen verlieren. Warum ist das so?«

Er blickte sich fragend um, als erwartete er eine Antwort, und fuhr dann fort: »Weil die Maus, in deren Gehirn sich der Parasit festgesetzt hat, nur ein Zwischenwirt des Parasiten ist. Fortpflanzen kann sich der nur in der Katze. Um zu ihr zu gelangen, muss er dafür sorgen, dass die Maus von der Katze gefressen wird. Und genau das erreicht er damit.

Darwin hatte unrecht. Nicht der Zufall, die Mikroben verändern und erschaffen neue Arten.

Lernt im Kleinen das Große zu sehen!

Die Scholastiker des christlichen Mittelalters haben ihre Welt nicht erfahren, sondern zerdacht. Mit pedantischem Eifer haben sie darüber gestritten, ob Adam und Eva einen Bauchnabel hatten und wie viele Engel auf einer Nadelspitze Platz finden.

Aristoteles, den man bis zum Hochmittelalter für den größten Denker aller Zeiten hielt, lehrte, Männer hätten mehr Zähne als Frauen, Schwalben hätten keine Füße, und die Zugvögel würden sich bei Herbstbeginn im Schlamm vergraben.

Nicht seine Fehlschlüsse sind besorgniserregend, schlimm ist, dass ihm jegliches Maß für Mitleid fehlt. Kriege sind gut zur Gewinnung von Sklaven, ohne die es keine höhere Kultur gibt. Das Leid der Menschen lässt ihn unberührt.

René Descartes, ein anderer großer Denker, hielt die Körper der Menschen und Tiere für Automaten, die ausschließlich von physikalischen Gesetzen gesteuert würden und kein Gefühl oder Bewusstsein besäßen.

Die Wissenschaftler der Atomzeit waren davon besessen, alle Dinge zu zerlegen und zu spalten bis hinab zum Atom und noch darüber hinaus. Selbst den Grundbaustein des Lebens, die Zelle, haben sie in Gene und Chromosomen zerschnibbelt. Vor lauter Sezieren sind ihnen die großen Zusammenhänge abhanden gekommen. Mit Hilfe von Elektronenmikroskopen konnten sie Viren betrachten, kleiner als die Wellen des Lichtes. Die göttliche Allmacht der Mikroben aber vermochten sie nicht zu erfassen.«

»Gott ist klein«, tönten die Männerstimmen.

»Das meiste Denken verläuft ohne unser Zutun. Mit der Beziehung zwischen Bewusstsein und Unbewusstsein verhält es sich wie bei einem Eisberg. Man sieht nur die Spitze. Bei schwierigen Entscheidungen laufen in unserem Kopf Prozesse ab, von denen wir nichts mitbekommen. Die Bernsteinschnecke weiß nicht, was sie will, sie fühlt es. Auch für uns gilt: Gefühle sind Bestandteil unseres Denkens. Das Herz hat seine Gründe, die der Verstand nicht kennt.

Kennen ist Nichtwissen. Jeder kennt die Wolken. Aber wer weiß wirklich, was das ist: eine Wolke?«

Die Worte des dunklen Skarabäus klangen feierlich in der hohen Höhle. Der Vortrag war natürlich viel länger, als ich ihn hier aus dem Gedächtnis wiederzugeben vermag.

Im verglimmenden Fackelschein wurde ich Zeugin eines seltsamen Rituals. Ein Gong wurde angeschlagen, gleichmäßig, monoton, bis alle in Trance versanken. Und dann vernahm ich Jakarandas Stimme:

»Im hohen Turm erkeimt ein Kind,
gezeugt in Lust, belebt von Wind
aus urgeheimen Weiten.
Noch ist sein Leben nur ein Traum.
Es windet sich durch Zeit und Raum,
dem Dunkel zu entgleiten.«

Geheimnisvolle Worte aus dem Mund meines Kindes. Die Welt der Skarabäen wurde mir immer unheimlicher, und ich spürte, dass sie mehr und mehr Besitz von mir nahm. Schon trug ich ihre Gewänder und nahm an rätselhaften Ritualen teil, die mir Angst einflößten.

Bedrohlich erschien mir diese Männergesellschaft, fremdartig wie die Mönche aus der alten Welt. Auch in der Abgeschiedenheit der Klöster wurde meditiert, geforscht und Wissen verwaltet. »Gott ist groß«, verkündeten die in den Himmel ragenden Kirchtürme, und von den Minaretten ertönte es fünfmal am Tag: »Allah ist groß.«

Die Skarabäen glauben Gott ist klein. Nein, sie glauben es nicht, sie wissen es, sagte Karras: »Wir sind keine Glaubensgemeinschaft, sondern eine Gruppe von Wissenschaftlern in einem Orden, der sich der Vernunft verpflichtet weiß.«

Männer! Welch abartiges Geschlecht!

Mein ganzes Leben hatte ich unter Frauen und Blühenden verbracht. Männliche Blühende unterschieden sich kaum von den weiblichen. Aber Männer, richtige Männer, waren Fabelwesen aus einer anderen Welt. Nur einmal war ich einem begegnet. Den hatte ich wie einen Fisch aus dem Meer gezogen, und er hatte mir im Fieberwahn ein Kind in den Leib gepflanzt.

Nie hätte ich mir vorzustellen vermocht, dass sich hinter der Maske der Skarabäen Männer verbergen könnten. Männer waren für mich Eintagsfliegen mit einem Besamungsauftrag kurz vor ihrem Ableben.

Ich erkannte mit Schaudern: Unser aller Anfang und Ende lag in den Händen einer testosterongesteuerten Menschenart, die wir zum Schutz der Vernunft abgeschafft hatten.

Ob die Magna Mater das wusste?

Wie konnte es anders sein. Aber warum wusste ich nichts davon?

Ein dunkler Vorhang trennte mich von der Welt, die mir bisher so vertraut erschienen war. Nichts schien mehr so zu sein, wie es war, bevor ich auf dieser Toteninsel an Land ging.

34. KAPITEL

Die Trommeln warteten darauf, geschlagen zu werden. Aufkommender Wind dämpfte jeden Laut. Der Mond war fast voll. Unruhe hatte die Männer erfasst. Sie schliefen unter freiem Himmel neben den Feuern, die die ganze Nacht brannten.

Tagsüber liefen sie in kleinen Gruppen auf und ab, wie Tiere im Käfig. Kaum einer sprach. Sie waren alle so sehr in sich selbst versunken, dass ich mich abseits von ihnen an einem Feuer niederließ. Estragon legte sich zu mir und meinte: »Morgen werden die Frauen gebracht. Ich möchte, dass du bei der Begrüßung im Hafen dabei bist. Wir werden Masken tragen. Das gilt natürlich auch für dich. Mit ihrer Hilfe kannst du die Frauen aus der Nähe begutachten, ohne selbst erkannt zu werden. Als Frau verstehst du mehr vom weiblichen Geschlecht als wir. Ein Missgeschick wie mit dieser Attea darf uns nicht noch einmal unterlaufen. Ich will wissen, ob eine dabei ist, die sich verweigert, die nicht bereit ist, ihr Leben für ein neues zu geben. Von den Orgien halte dich fern. Sie werden nur von den Liebenden lustvoll erlebt. Unbeteiligte erfüllt die Gier mit Abscheu.«

Das Licht des aufgehenden Vollmondes lag auf dem Meer wie flüssiges Gold, eine flimmernd helle Straße bis zum Horizont. Darauf glitten wie dunkel gefiederte Wasservögel die drei Barken mit den Frauen herbei. Wir standen am Pier und schlugen zum Willkommen die Trommeln.

Letzte Umarmungen an Bord zwischen den alten Ordensfrauen und ihren Schützlingen. Verlockend sahen sie aus, die jungen Frauen, wie Blüten, die darauf warten, bestäubt zu werden.

Unsere Masken erschreckten die Blühenden. Wenn die Skarabäen sie hochhoben, um sie an Land zu setzen, waren ihre Augen voller Angst. Aneinandergedrängt wie die Schafe einer Herde folgten sie uns zu ihren Unterkünften. Dabei hielten sie sich Schutz suchend an den Händen. Man sah ihnen an, wie verloren sie sich fühlten. Sie taten mir leid. Ich dachte an die Frauen im Fledermausturm. Nein, das hier war nicht das Paradies, das wir ihnen versprachen.

»Wann kommen die Männer?«, wollte ich von Karras wissen.

»Später. Die Frauen brauchen Zeit, um sich an die neue Umgebung zu gewöhnen.«

»Kann ich sie bis dahin aufsuchen?«

»Nein, halte dich fern von ihnen.«

In der Nacht hörte ich Flötenspiel, Lachen und Händeklatschen. Es klang fröhlich.

Zwei Tage später kamen die Männer. Für sie gab es keinen Empfang im Hafen. Sie wurden während der Nacht an Land gesetzt. Ihre Ankunft war nicht zu überhören. Das Stimmengewirr aus den Liebesgrotten schwoll lautstark an.

Auch die Skarabäen schienen sich verändert zu haben. Ihre Stimmen klangen männlicher als sonst, tiefer und lauter. Die Art, wie sie ihre Schultern streckten und die Muskeln spielen ließen, der Gang, ihr Lachen.

Sie balzen, dachte ich. Wahrhaftig, sie balzen wie die Tauben. Sie erleben sich offensichtlich nicht nur als Betreuer, sondern auch als Akteure. Wie kann es anders sein. Sie sind Männer, gesund und keinesfalls liebesunfähig, wie ich aus eigener Erfahrung weiß. Wie schwer muss es ihnen fallen, untätig mit anzusehen, wonach sie sich ganz gewiss sehnen.

Ob sie sich wie die Ordensfrauen selbstbefriedigen? Ob Männer Männer lieben können, so wie ich Merimé geliebt habe?

»Findest du es nicht grausam, wenn Durstige mit ansehen müssen, wie andere ihren Durst stillen?«, habe ich Estragon gefragt. »Wäre es nicht auch in eurem Fall besser, den Geschlechtstrieb hormonell zurückzustauen, wie das mit den Blühenden geschieht?«

Der Alte schüttelte den Kopf und sagte: »Die Sexualität durchdringt einen Menschen bis in die höchsten Gipfel seiner Geistigkeit. Ohne sie wären wir nicht, was wir sind. Das gilt besonders für Männer. Männer sind bis in den Urgrund ihres Wesens Kämpfer. Schon die Spermien müssen einen gnadenlosen Kampf miteinander austragen, um eine Eizelle für sich zu gewinnen. Jeder von uns lebt nur, weil er in dieser Schlacht auf Leben und Tod die anderen besiegt hat. Für jeden Mann, aber auch für jede Frau gilt: Ich war das schnellste und vitalste Spermium in einer Gruppe von vielen tausend Mitbewerbern.«

Ich sagte: » In unseren Adern fließt kein Testosteron. Für gesunde Männer aber muss die fleischliche Verlockung gewaltig sein.«

»Ja, du hast recht, es wäre grausam, ihnen zu verweigern, wonach sie sich verzehren. Sie würden ihrer inneren Ruhe beraubt. Man kann nicht gut denken, gut arbeiten, gut schlafen und träumen, wenn man nicht lustvoll zu lieben vermag.«

»Und wie löst ihr das Problem?«, wollte ich wissen.

»Indem wir tun, was die Natur verlangt.«

»Du meinst, ihr …« Ich wagte nicht, den Satz zu Ende zu sprechen.

»Wir sind dazu gezwungen«, sagte Estragon. »Denn während die Fruchtbarkeit der Frauen durch die Verzögerung der Pubertät kaum beeinflusst wird, sind die meisten Männer nach lebenslanger sexueller Untätigkeit nicht mehr zeugungsfähig. Sie sind geil und potent wie brünstige Hirsche, aber ihr Samen ist unfruchtbar. Ihnen gehören die Frauen vier Tage lang. Dann nehmen wir uns ihrer an, um die, die leer ausgegangen sind, mit Leben zu füllen. So erreichen wir, dass alle geschwängert werden. Zu dem Zeitpunkt sind die Männer der Blühenden schon so geschwächt von dem Liebesspiel, dass sie ihr Leben ausgehaucht haben.«

»Und die Frauen, was geschieht mit den Frauen?«

»Auch sie sind am Ende von der mehrtägigen Balz so erschöpft, dass sie in tiefen Schlaf versinken, aus dem sie nicht wieder erwachen.«

Seit Tagen brannte die Sonne vom wolkenlosen Himmel. Die Hitze schien sich auf die Skarabäen zu übertragen. Ihre nackten Oberkörper glänzten vor Schweiß. Sie benahmen sich wie Menschen, die auf etwas warten. Und ich wusste, worauf.

Sie vermochten ihre Erregung nicht zu unterdrücken, so wie Harun, der an seinen Fingernägeln herumfeilte, um Gelassenheit zu demonstrieren, während Alban mit einem Stock Figuren in den Sand zeichnete und der Bücherwurm die Tauben fütterte, und das seit Stunden, sodass die sonst so hungrigen Vögel schon längst keine Körner mehr mochten.

Am dritten Tag nach der Ankunft der Männer erreichte die Spannung unter den Skarabäen ihren Höhepunkt. Es begann mit einem lauten Wortwechsel. Ich verstand kein Wort, aber es klang zornig, ja fast hasserfüllt. Rufus wollte den Streit schlichten. Ein Faustschlag vor die Brust ließ ihn zurücktaumeln. Sie gingen aufeinander los wie kämpfende Hähne. Blut floss. Erst Hassan gelang es, die Männer zur Vernunft zu rufen. Aber es war kein Frieden, sondern bloß ein Waffenstillstand. Die elektrische Aufladung wie vor einem Gewittersturm blieb bestehen.

Für mich war dieser Hahnenkampf der sichtbare Beweis für die Macht des Testosterons über alle Vernunft. War ich bisher der Meinung gewesen, wir hätten diesen primitiven Urtrieb abgestreift wie ein Affenfell, so wurde mir jetzt vor Augen geführt, dass uns das nicht gelungen war. Ich erkannte mit Bestürzung: Inmitten unseres Ordens, an verantwortungsvollster Stelle, war die Ordnung, zu deren Hüter wir uns ernannt haben, außer

Kraft gesetzt worden. Hier galt nichts mehr von dem, das wir von allen anderen einforderten.

Als ich anderntags ins Freie trat, erschrak ich vor der Stille. Obwohl die Sonne schon hoch am Himmel stand, regte sich nichts. Der Platz vor dem großen Tor erschien mir so verlassen wie die Gräber im Tal der Schmetterlinge. Vor dem Tor, dort, wo sonst um diese Zeit die Skarabäen beieinanderstanden und lebhafte Gespräche führten, trippelten ein paar Tauben umher, die es gewöhnt waren, gefüttert zu werden. Sie waren hungrig, was den Tauber nicht davon abhielt, einer jungen Taube den Hof zu machen. Mit welch aufgeblähtem Eifer er den Akt vollzog! Ich dachte an die Skarabäen. Die Vorstellung, dass sie jetzt bei den Frauen lagen, erregte meine Fantasie. Ob die fleischliche Liebe wirklich so ekelhaft war, wie Attea sie mir beschrieben hatte? Würden die Männer sich dann so begierig danach sehnen? Erlebten sie das Liebesspiel lustvoller als die Frauen? Ich dachte an Merimé und an die Orgasmen, die ich in ihren Armen erlebt hatte. Ich vermochte mir nicht vorzustellen, dass Männer liebesbedürftiger sein könnten als Frauen. Dieser Gedanke ging mir nicht mehr aus dem Sinn.

Den ganzen Tag lang ließ sich kein Skarabäus blicken. Nach dem Trommelschlagen der vergangenen Tage war die Stille, die jetzt über der Schlucht lag, noch bedrückender. Ich fühlte mich wie ein Schiffbrüchiger auf einer einsamen Insel.

Als der Mond aufging, hielt ich es nicht länger zwischen den dunklen Steilwänden aus. Mich zog es zum offenen Meer. Es war still bis auf das ferne Rauschen der Brandung. Ich wollte schon weiterziehen, da vernahm ich die Stimme, eine Frauenstimme, ein Liebeslied, klagend und doch verlockend. Ich fühlte mich angesprochen, folgte dem Gesang, und schon bald erblickte ich hinter herabgestürztem Felsgestein Licht, das aus einer Grotte fiel. Aus ihr ertönte auch das Lied.

Ich schlich näher heran und hielt mich dabei im Schatten der Zypressen, die den Liebespark umstanden wie eine Wand.

Im flackernden Licht vieler Fackeln erblickte ich ein Paar in einer Hängematte. Sie hielten sich so eng umschlungen, als wollten sie nie mehr voneinander lassen. Der weit zurückgelegte Kopf der Frau hing über den Rand der Hängematte hinaus. Ihr langes Haar schleifte über den Boden.

Und da war auch die Sängerin, entblößt und aufrecht stand sie da und sang, die Arme ausgebreitet, als wollte sie die ganze Welt umarmen, leuchtend wie eine brennende Fackel. Die Fleisch gewordene Freude. Ein Nackter, den ich nicht zu erkennen vermochte, weil er mir den Rücken zuwandte, ging zu ihr und verschloss ihr die Lippen mit einem Kuss. Sie schmiegte sich an ihn und streichelte seine Schultern.

Dahinter, in der höhlenartigen Halle, liebte sich ein Paar, so wie das die Hunde tun. Sie kniete auf einem Berg von Kissen. Er nahm sie von hinten.

35. KAPITEL

Das Lupernicare musste längst vorüber sein, aber noch immer lag unsere Schlucht so verlassen da, als wäre sie unbewohnt. Vermutlich waren die Skarabäen jetzt damit beschäftigt, den zu Tode geliebten Frauen die befruchteten Eier aus dem Leib zu schneiden, um sie den Brutmaschinen einzupflanzen.

Welch grausige Vorstellung!

Wie kann man einen Menschen liebevoll umarmen und ihn dann aufschlitzen! Nur Männer waren zu solch einer Barbarei fähig.

Am Abend des dritten Tages erschien Hassan. Ich hörte ihn, bevor ich ihn sah. Er kam vom Meer, barfuß und nackt. Im letzten Licht des Tages war seine Haut noch dunkler und das Weiß seiner Augen noch weißer als sonst. Er sang, und seine Augen leuchteten vor übermütigem Glück. Er strich sich lachend über den Bauch und griff sich ohne Scham an sein Glied. Ich aber hätte am liebsten mein Gesicht verhüllt. Mein Verhältnis zu den Männern hatte sich verwandelt, und zwar in einer Art, die mich tief beunruhigte. Diese Unruhe verfolgte mich bis in meine Träume. Es waren sehr sinnliche Träume.

»Wie kann ich als Frau zwischen Männern leben, die von ihrem Geschlechtstrieb beherrscht werden wie Tiere?«, habe ich Estragon gefragt, und er hat mir erklärt: »Die Brunft der Tiere währt nur wenige Tage und geht ausschließlich von den Weibchen aus. Kein Hengst würde eine Stute besteigen, die nicht heiß ist, kein Rüde eine Hündin. Das ist bei allen Säugetieren so. Und der Mensch ist ein Säugetier, wenn auch bisweilen ein sexuell entartetes, wie wir aus der Vergangenheit wissen. Wir haben den ausgeuferten Wildstrom der sexuellen Sinnlichkeit kanalisiert. Meine Männer befinden sich im Einklang mit der Natur.«

»Und was bedeutet das?«

»Sie bedürfen der Geilheit des anderen Geschlechts. Die hormonell behandelten Frauen, die uns gebracht werden, sind so liebeshungrig wie heiße Hirschkühe. Sie wecken in meinen Männern tierische Triebe. Alle anderen Frauen lassen sie kalt.«

Seine Augen leuchteten, als er sagte: »Sexualität ist die Sprache, in der das Tier und der Gott in uns sich miteinander verständigen. Wobei mit Gott natürlich nicht der geschlechtslose Jehova der Bibel gemeint ist, sondern das Mysterium der Mikroben.

Die Priester der Kirche verkündeten, wichtiger als das sündige Fleisch sei die unsterbliche Seele, und die trügen wir in unseren Herzen. Die Wissenschaftler des Aromzeitalters verlegten sie ins Gehirn. In Wahrheit befindet sich die alles durchdringende spirituelle Kraft nicht in unseren Köpfen, sondern in unseren Hoden, bei der Frau im Eierstock. Hier lebt das wahrhaft Unsterbliche unserer selbst, nämlich die Gene. Sie lassen sich zurückverfolgen bis an den Anfang allen Lebens, wobei jede Generation von Genen für kurze Zeit in einem Leib wohnt und dann weitergereicht wird. Diese Wohnung auf Lebenszeit sind wir selbst. Wer glaubt, er sei wichtiger als seine Gene, irrt. Wir sind nichts weiter für sie als leicht verderbliche Behälter auf ihrem langen Weg durch die Zeit. Ein Huhn ist nur die Methode eines Eies, mehr Eier zu produzieren.«

Er fing meinen zweifelnden Blick auf und erklärte: »Die Spermien sind nicht fest mit dem Körper verwachsen wie Haut, Herz oder Augen. Sie sind befähigt, den Leib zu verlassen und sich selbstständig durch einen weiblichen Körper zu kämpfen, eine hoch komplizierte mehrtägige Reise, die nur einer unter Millionen überlebt.«

Es klang stolz, als er von seinen Spermien sprach. »Jeder von uns ist das letzte Glied einer ununterbrochenen Reihe. Keiner unserer Urahnen, keiner unserer tierischen Vorfahren und keiner von deren einzelligen Vorfahren ist je gestorben, bevor er Nachkommen hervorgebracht hat.

Das Schlimmste, was einem Gen passieren kann, ist, dass die Fortpflanzung seines Menschen ausbleibt. Dann endet die fast vier Milliarden Jahre alte Kette. Ihre potenzielle Unsterblichkeit erlischt. Wir Skarabäen tragen die Verantwortung dafür, dass das nicht geschieht. Ich erzähle dir das, Schwester« – es war das erste Mal, dass er mich »Schwester« nannte –, »um dir vor Augen zu führen, dass das, was du hier erlebt hast, mehr als wollüstige Triebbefriedigung ist. Sexualität ist auch weit mehr als Fortpflanzung. Nur durch Sexualität ist es uns möglich, in einer Welt voller Mikroben zu überleben. Wie du weißt, wird bei jedem Zeugungsakt das Erbgut der Mutter mit dem des Vaters neu gemischt. So entsteht immer wieder ein einzigartiges, neues Lebewesen. Wäre das nicht der Fall, so wäre der Neugezeugte mit allen anderen genetisch identisch und damit eine leichte Beute für Krankheitserreger. Sie könnten dann gleich die ganze Population dahinraffen.

Dass geschieht nicht nur zu unserem Schutz, sondern auch im Interesse der Bazillen und Viren. Es kann nicht in ihrer Absicht liegen, eine ganze Population auf einen Schlag auszulöschen. Sie brauchen uns, wie wir sie brauchen. Viele wichtige Körperorgane funktionieren überhaupt nur, wenn bestimmte Bakterien vorhanden sind. Tiere, die in absolut keimfreier Umgebung aufgezogen werden, sterben. Deshalb bekämpfen wir den kleinen Gott nicht. Wir leben mit ihm. Wir verdanken ihm unser Leben.«

Der Alte redete mit weit ausholenden Armbewegungen, wie immer, wenn er von seinem kleinen Gott sprach: »Wir haben nicht nur den Krieg zwischen den Völkern abgeschafft, sondern auch den Krieg zwischen uns und den Bakterien. Wie konnten die Menschen nur glauben, sie könnten mit Antibiotika diesen ungleichen Kampf gewinnen!«

Als ich mit Karras über Estragon sprach, sagte er: »Es geht ihm nicht gut.«

»Was fehlt ihm?«

»Schmerzen. Ist dir nicht aufgefallen, wie oft er in den letzten Tagen über Krankheiten spricht?«

»Ja, er hat mir gerade erklärt, wie sehr er mit den Mikroorganismen in Einklang lebt.«

»Das tut er auch. Nicht Bakterien und Viren bedrohen sein Leben, sondern die Leiden des Alters.«

»Und was bedrückt dich?«, fragte ich Karras. »Du siehst nicht aus wie einer, der gerade ein Liebesfest gefeiert hat. Was fehlt dir?«

»Nichts.«

Er log. Ich sah es ihm an. Als wenig später Jakaranda im Hof erschien, wusste ich, woran er litt. Jakaranda strafte den Freund mit Missachtung, und zwar so offensichtlich, dass es nicht zu übersehen war.

»Was hat er?«

»Er ist eifersüchtig«, sagte Karras.

»Auf wen?«

»Auf die Frauen.«

36. KAPITEL

Am Nachmittag fand ich Karras am Meer. Er lag nackt auf dem Strand und genoss die Sonne: »Komm, leg dich zu mir.«

Ich zögerte, ließ mich dann aber doch in einiger Entfernung von ihm nieder.

»Komm ruhig näher.« Er lachte. »Ich bin zahm wie ein Robbenbaby.«

Ich fragte: »War es schön?«

»Was?«

»Na, du weißt schon.«

»Wie kannst du fragen?«

»Estragon hat mir versichert, das Lupernicare sei mehr Pflicht als Liebe.«

»Liebe? Was hat Sex mit Liebe zu tun? Muss ein Durstiger das Wasser lieben, mit dem er seinen Durst stillt? Sex und Liebe sind zwei verschiedene Dinge, und keiner verwechselt ungestraft das eine mit dem anderen.«

»Das hört sich so an, als wäre dergleichen schon passiert.«

Er schwieg, und ich bat ihn: »Erzähl! Oder unterliegt das wieder eurer Geheimhaltung?«

»Hast du dich nie gefragt, warum ich im Meer trieb, als du mich in dein Boot gezogen hast? Ich war damals noch jung und hatte vermutlich mehr Testosteron im Blut als die anderen. Du hast es ja am eigenen Leib erfahren.« Er zeichnete mit dem Zeigefinger Figuren in den Sand und sagte, so als spräche er zu sich selbst: »Sie hieß Aminura und war die schönste Frau, die ich bis dahin gesehen hatte. Sie kam mit dem Frühlingsmond auf die Insel. Ein Kind im reifen Körper einer Frau, scheu und schamlos zugleich. Schlangen umschlingen, verschlingen sich so lustvoll.

Drei Tage und drei Nächte währte der Rausch. Das Erwachen war schmerzvoll. Ich wollte, konnte nicht von ihr lassen. Natürlich blieb das den anderen nicht verborgen. Die Strafe entsprach der Schwere des Vergehens. Ich wurde bei Sturm auf dem Meer ausgesetzt. Den Rest der Geschichte kennst du.«

Wir schwiegen beide eine Weile. Karras betrachtete mich und sagte: »Sie hatte große Ähnlichkeit mit dir.«

»Liebst du sie noch?«

Er schüttelte den Kopf.

»Als ich dich aus dem Meer gezogen habe, hast du sie geliebt. Und als du, noch verwirrt vom Fieber, in meinem Bett zu dir gekommen bist, hast du geglaubt, du lägst bei der Geliebten. Du hast mit der Frau, die du liebtest, ein Kind gezeugt, das ich ausgetragen habe. Du hast mich genommen, während ich ohne Besinnung bei dir lag. Ich habe ein Kind empfangen, ohne mitzuerleben, wie es in meinen Leib gelangte. Ich fühle mich um eine lebenswichtige und lustvolle Erfahrung betrogen. Keine Angst, ich will nicht, dass du es mir noch einmal machst, aber ich will wenigstens wissen, womit du mich zur Mutter gemacht hast.«

Mein Anliegen kam so unerwartet und war wohl auch unter Männern so ungewöhnlich, dass es ihm die Sprache verschlug. Er saß da und blickte mich wortlos an, nackt und mit ausgestreckten Beinen. Ein paar Atemzüge lang. Dann legte er sich mit geschlossenen Augen langsam zurück, bis er mit beiden Schulterblättern auf dem Sand lag und ich Gelegenheit fand, ihn aus der Nähe in Augenschein zu nehmen. Sein männlichstes Stück Fleisch war schlaff und faltig wie eine welke Dattel und auch nicht viel größer, empfindsam weich wie die Haut neugeborener Katzen, verletzlich wie Augenlider oder Lippen. Ich dachte an die steil aufgerichteten Ruten der Hengste, mit denen sie die Stuten besteigen. Wie wollte dieser Winzling seiner Aufgabe gerecht werden? Wie schafft er es, dass die Frauen beim Lupernicare so lustvoll stöhnten? Meine Neugier war nicht befriedigt worden. Die männliche Sexualität erschien mir noch verworrener als zuvor.

In der Nacht träumte ich von Karras. Er war jung, so jung, wie Merimé war, als ich sie liebte. Wir lagen am Strand. Er sagte: »Zwei Dinge im Leben sind wichtig: was man tut und mit wem.«

Er wollte mich umarmen. Ich wehrte mich. »Wir haben die Liebe abgeschafft.«

Er lachte und sagte: »Die Liebe zwischen Mann und Frau. Du aber bist ein Skarabäus. Und nur ein Mann kann Skarabäus sein. Die Liebe unter Männern ist legal.«

Er griff nach mir. Ich schreckte aus dem Schlaf und sehnte mich nach ihm.

37. KAPITEL

Gegen Abend, wenn die Schatten länger werden, ertönte die Simantra, ein metallisches Gefäß, das mit dem Hammer angeschlagen wurde. Dann knieten die Männer in dem Palmenhain vor dem großen Tor nieder, berührten den Boden mit der Stirn und versanken in Stille.

»Zu wem betet ihr da?«, hatte ich Karras gefragt, und er hatte erwidert: »Wir beten nicht, wir meditieren. Beten entsteht aus Selbstmitleid. Man betet, wenn man etwas will. Meditation bewirkt einen Wandel. Die innere Stille öffnet uns die Tür für das Unberechenbare. Was sich der klaren Rede entzieht, verlangt, dass wir schweigen. Das Entscheidende lässt sich nicht sagen. Es muss sich zeigen. Vollendete geistige Konzentration ist den meisten Menschen nicht möglich. Es bedarf langjähriger Übung. Wenn es gelingt, lässt es sich mit Sonnenstrahlen vergleichen, die gebündelt durch eine Linse fallen und unglaubliche Energie entfalten.

Ich weiß, auch ihr Ordensfrauen meditiert, aber Meditation ist mehr als ein System von richtigem Atmen und von Kontrolle über den Leib. Der Geist muss aufhören zu schwatzen und abzuschweifen. Nur so wird die Empfänglichkeit gesteigert und außergewöhnlich fein.«

Er sagte das so, als wäre er der Meinung, Frauen seien dafür wohl zu geschwätzig. Das ärgerte mich, aber schon bald suchte auch ich den Palmenhain auf, wenn die Simantra zur Meditation rief.

Als ich Estragon fragte, ob es Einwände gegen meine Teilnahme gebe, sagte er: »Es wird dir guttun. Meditieren heißt Von-der-Zeit-unberührt-Sein. Pflanzen, Tiere und kleine Kinder erfahren die Welt so. Sie leben den Augenblick. Denken ist eine Fessel, weil es das Ergebnis von gestern ist. Es ist gefangen in den Netzen von Jahrhunderten. Meditation zerreißt den Schleier des Bekannten und setzt ungeahnte Energien frei. Das hat aber nichts mit Religion zu tun, denn die bewirkt Flucht aus der Wirklichkeit.«

Auch ich lebte in jenen Tagen nur der Gegenwart. Arkadien nahm mich so ausschließlich gefangen, dass ich den Grund für meine Mission mehr und mehr verdrängte. Wie unwichtig erschien mir die Welt von gestern. Ich war nicht mehr die, die ich bei meiner Landung gewesen war. Es erging mir wie den Blühenden, die hierhergebracht wurden, um eine Schwelle zu überschreiten, von der es keine Rückkehr gibt.

Vor allem Estragon übte auf mich eine geradezu faszinierende Wirkung aus. Die Gespräche mit ihm haben sich tief in mein Gedächtnis eingegraben.

Er sah krank aus, als er mich spät am Abend rufen ließ. Es geschah zum ersten Mal, dass ich seinen privaten Wohnbereich betrat.

Wände, Fußboden und Decke aus glatt poliertem Stein. Tisch und Stühle aus dunklem Kauriholz. Sie hatten sein Lager neben einem offenen Feuer aufgestellt. Rufus war bei ihm. Bei meinem Eintreten schob er dem Alten mehrere dicke Kissen unter die Schultern, um ihn aufzurichten.

»Setz dich zu mir«, sagte Estragon. »Komm näher, noch näher.«

Rufus servierte Tee und zog sich zurück.

Estragon trank von dem Tee und meinte: »Meine Tage sind gezählt. Nicht die Mikroben trachten mir nach dem Leben; meine eigenen Zellen proben den Aufstand. Alles Leben existiert durch Ordnung. Fällt eine Körperzelle aus dieser Ordnung heraus und vermehrt sich so selbstständig, als wäre sie ein Einzeller, so nennen wir das Krebs. Sie will sich nicht länger unterordnen, sondern wie ihr ferner Ahn eigene Wege gehen.«

Er fuhr sich mit der Hand über die Brust und meinte: »Bei der Schwindsucht wird man immer weniger. Meine Krebszellen aber wachsen, wuchern heran wie bei einer Schwangerschaft. Ich bin das Opfer einer Revolution, ausgelöst durch eine Zelle meines eigenen Leibes.«

Als ich ungläubig den Kopf schüttelte, erklärte er mir:

»Solch tödlichen Ungehorsam gibt es auch innerhalb einer Gesellschaft. Es ist unsere Pflicht, das zu verhindern. Dafür muss uns jedes Mittel recht sein, auch solche, die gegen unsere Ordnung verstoßen, in der es heißt: Bewahren ist wichtiger als verändern. Bisweilen müssen gewisse Dinge verändert werden, damit alles so bleibt, wie es ist.«

Er sagte das so, als wäre er gerade dabei, eine wichtige Veränderung vorzunehmen.

Noch in derselben Nacht wurde ich zum Fledermausturm gebracht. In den angrenzenden Räumen waren die Skarabäen damit beschäftigt, weiße Tücher auszubreiten und in steinerne Becken dampfend heißes Wasser einzulassen. Ich erkannte Harun, Karras und Jakaranda, jetzt alle ganz in Weiß. Auch ich erhielt einen Kittel. Was hatte das zu bedeuten?

Eine Heilgondel aus dem Turm schwebte herbei. Obwohl ich wusste, was sie verbarg, stieß ich einen Schrei aus, als das Korallinei sich wie von Geisterhand öffnete. Vor mir lag die Leiche einer toten Frau, nackt, mit aufgelöstem langem Haar. Sie erschien mir noch aufgedunsener als beim letzten Mal.

»Was habt ihr mit ihr vor?« Die Frage blieb mir im Halse stecken. Sie war ja wohl auch überflüssig, denn offensichtlich war ich Zeuge einer Leichensektion. Nein, daran wollte ich nicht teilnehmen. Ich wandte mich angeekelt ab.

»Halt. Bleib!«, sagte eine Stimme neben mir. »Wir brauchen deine Hilfe. Fass mit an.«

Die Leiche wurde aus der Gondel gehoben. Und nun sah ich, dass sie hochschwanger war. Fruchtwasser quoll aus ihrem geöffneten Schoß. Die Geburt hatte bereits begonnen.

»Eine Tote! Wie ist so etwas möglich?«

»Sie ist nicht tot«, sagte Harun und tupfte der Frau den Schweiß von der Stirn. »Noch nicht.« Er winkte Jakaranda herbei. Zu zweit wollten sie die Gebärende in die Wanne heben.

»Nicht doch!«, entfuhr es mir. Doch Harun belehrte mich: »Das warme Wasser wird ihr guttun.«

»Und das Kind? Es wird ertrinken.«

»Unsere Kinder werden wie die Delfine unter Wasser geboren.«

Die Frau hatte die Beine weit gespreizt. Die Fußsohlen auf den Boden der Wanne aufgesetzt, stemmte sie uns ihren Bauch entgegen. Ich kniete mich nieder, um ihren Kopf über Wasser zu halten. Für einen Augenblick öffnete sie die Augen. Sie keuchte, als hätte sie einen anstrengenden Lauf hinter sich. Aber sie schien keinen Schmerz zu empfinden. Ein wehmütiges Lächeln lag auf ihren Lippen.

Endlich zwängte sich der Kopf des Kindes hervor, langsam, viel zu langsam.

»Es ertrinkt!«

»Keine Angst. Die Nabelschnur versorgt es mit Sauerstoff.«

Wir halfen dem Kind, das Leben zu gewinnen: ein langwieriger Kraftakt. Endlich konnte ich es aus dem Wasser heben. Es war ein Mädchen. Jakaranda nahm es mir aus dem Arm, denn schon glitt das nächste Korallinei herbei. Wieder wurde eine Wanne mit warmem Wasser gefüllt, und wieder wurde eine Gebärende hineingehoben, zwölfmal in dieser Nacht und noch viele in den darauf folgenden Tagen. Ich habe sie am Ende nicht mehr gezählt. Ich war so erschöpft, als hätte ich selber ein Kind geboren. Die Männer wechselten einander ab, ich aber ließ es mir nicht nehmen, bei allen Geburten dabei zu sein. Danach stürzte ich in einen tiefen Schlaf.

Als ich nach zwei Tagen wieder zu mir kam, glaubte ich für einen Augenblick, das alles nur geträumt zu haben. Zu unwirklich erschien mir das Erlebte.

Die Kinder! Ich wollte sie sehen. Aber sie waren bereits nach Urutawa gebracht worden.

Hatte es sie wirklich gegeben? Ich war mir nicht sicher.

Alles, was ich hier erzähle, wird verfälscht durch das, was ich nicht erzähle, nicht zu erzählen vermag. Es lässt sich nicht in Worte fassen.

Aber danach war nichts mehr so wie vorher.

»Warum tut ihr das?«, wollte ich von Estragon wissen. »Warum diese Lügen ohne Ende?« Ich war so erregt, dass meine Stimme vor Zorn bebte. »Das Geheimnis der Geheimnisse: ein Schwindel. Alles erfunden und falsch, Täuschung und Betrug.«

Estragon bemühte sich, mich zu beruhigen, wollte mich in die Arme nehmen. Ich stieß ihn zurück: »Lügner. Ihr seid alle Lügner.«

»Glaubst du allen Ernstes, dass sich eine so hoch komplizierte Apparatur wie die Brutstation von uns herstellen ließe? Die Menschen haben sich Götter erschaffen, aber niemals auch nur einen Wurm. Leben entsteht immer nur aus Leben. Es gibt kein Leben ohne Gebären. Ob es die Geburtsstation gibt oder nicht, ist völlig belanglos. Allein der Glaube an die Geburtsstation ist von Bedeutung.«

Er strich sich über die blinden Augen und fuhr fort: »Um der Vernunft zum Sieg zu verhelfen, musste die Sexualität aus dem Leben der Menschen verbannt werden, Zeugung und Gebären sind untrennbar miteinander verbunden. Ersteres wurde zu einer paradiesischen Verheißung, Letzteres zu einer menschenunwürdigen Viecherei. Nichts erfüllt die Blühenden so sehr mit Ekel wie das Gebären der Urmenschen im Menschenzoo.«

»Gebären ist die natürlichste Sache der Welt«, widersprach ich.

»Gewiss«, sagte Estragon. »So natürlich wie das Sterben.

Auch unser Verhältnis zum Tod ist nicht aufrichtig, kann nicht aufrichtig sein, denn seine Verdrängung ist lebensnotwendig, um nicht vor Todesangst gelähmt zu sein. Gebären und Sterben – welch unaussprechliches Tabu!«

»Ein Lügengebäude, erlogen und erfunden.«

»Erdachtes ist bisweilen wirklicher als die Wahrheit.«

»Lügen, Lügen, lauter Lügen!«

»Bisweilen ist die Wahrheit so kostbar, dass sie einen Panzer aus Lügen benötigt«, erklärte mir der Alte. »Wir geben den Menschen das Höchste, das man ihnen geben kann: die Vision der reinen Vernunft, gepaart mit lebenslangem sorgenfreiem Gesundsein. Was wiegt daneben die Wahrheit? Wir überbewerten die Wahrheit. Gibt es eine größere Enttäuschung, als wenn eine Idee zur Wahrheit verkommt?«

»Und warum weiß ich nichts von alledem?«

»Der Skarabäen Wissen ist Wenigen gemeinsam«, sagte Estragon, und er fügte hinzu: »Jetzt weißt du es. Jetzt gehörst du zu dem Kreis, der die Flamme umschritt.«

»Weiß die Magna Mater davon?«

»Wie kann es anders sein?«

»Hat sie mich deshalb zu euch geschickt?«

Meine Frage blieb unbeantwortet. Stattdessen sagte der Alte: »Du bist die, auf die wir gewartet haben.«

Die Antwort verwirrte mich, wie alles, was ich in den letzten Tagen erlebt hatte. Tausend Fragen beschäftigten mich: »Die Mütter aus dem Turm: Was wird aus ihnen?«

»Sie sterben gebärend wie die Lachse, die ihr Leben mit der Eiablage beenden. Die Schmerzen der Geburt bleiben ihnen erspart. Nicht alle überleben die Schwangerschaft. Du hast es ja erlebt.«

»Ich? Wieso habe ich das erlebt?«

»Du erinnerst dich an das Gespräch, das du mit angehört hast, unten am Strand. Einer von uns fragte: ›Du meinst, sie muss sterben?‹ Und der Angesprochene antwortete: ›Ja, sie wird sterben.‹ Das galt nicht dir, sondern einer Schwangeren im Fledermausturm. Dir hat niemand nach dem Leben getrachtet. Denn du bist eine von uns.«

»Aber die toten Frauen! Was macht ihr mit den Toten?«

»Ihre Körper sind weder verehrungswürdig noch Abfall. Sie sind der Samen, aus dem neues Leben entkeimt. Es gilt das Gebot: Lasst die Toten in Ruhe, auch die, die ihr einmal sein werdet.«

38. KAPITEL

Der Orden eine Bande von Falschspielern. Das Geheimnis der Geheimnisse ein Ammenmärchen. Wir belügen die uns anvertrauten Menschen.

»Lehren wir nicht, du darfst nicht lügen? Hat die Wahrheit, auf die wir im Vergleich mit dem Schwindel der alten Religionen so stolz sind, ihren Wert verloren? Habt ihr sie abgeschafft?«

»Nein, keinesfalls«, widersprach Estragon. »Es ist unerlässlich, dass wir die Blühenden zur Wahrheit erziehen. Denn nur, wenn wir ihnen einprägen, lügen ist böse, bekommen sie Gewissensbisse, wenn sie die Unwahrheit sagen. Die Blühenden folgen uns wie die Küken der Henne. Sie vertrauen blindlings darauf, nicht betrogen zu werden, was natürlich nicht stimmt, denn wir belügen sie ständig, müssen sie belügen zu ihrem eigenen Schutz.«

Als ich verständnislos den Kopf schüttelte, sagte er: »Eine Lüge ist verwerflich, wenn sie einem Menschen Schmerz zufügt, aber sie wird zur Pflicht, wenn sie Schaden abwendet.«

Ich wollte das so nicht hinnehmen und hielt ihm entgegen: »Aus Lügen, die wir glauben, werden Wahrheiten, mit denen wir leben, so haben wir die Gottesanbeter verhöhnt. Was unterscheidet uns dann noch von den Lügen ihrer Religion?«

»Religionen lügen nicht«, sagte Estragon, »sie erfinden sich immer wieder die Wahrheit, die sie gerade brauchen. Wir müssen unseren Gott nicht erfinden, wir haben ihn leibhaftig in uns und um uns herum. Er ist körperlich anwesend, so wahrhaftig wie meine Hand.« Und damit streckte er mir seine faltigen Finger entgegen.

Ich stieß sie brüsk zurück: »Das ist nicht mein Orden, für den ich angetreten bin!« Ich sprach mit erregter Stimme, schrie ihn förmlich an.

Estragon hob beschwichtigend die Hände. »Wie soll ich es dir erklären. Das Leben besteht aus der Menschheit, der Tierheit und der Pflanzenheit mit fließenden Übergängen. Das Unglück begann, als die Menschen aus diesem Familienverband ausscherten, um sich alle anderen untertan zu machen. Das war der erste Schritt zur Abschaffung der Vernunft. Wir haben sie wieder eingesetzt, mit Hilfe einer Zweiklassengesellschaft. Die Blühenden als Verkörperung leidfreier Vitalität, und das ein Leben lang. Wir als Hüter der Vernunft müssen altern, um dieser Aufgabe gerecht zu werden.«

»Das weiß ich alles«, unterbrach ich ihn. »Wozu aber die Aufteilung in Ordensfrauen und Skarabäen?«

Estragon erwiderte: »Wer eine friedliche Gesellschaft will, muss die männliche überwinden. Aus diesem Grund besteht der Orden aus Frauen. Sie geben den Blühenden, was Kinder brauchen: Mutterliebe, Erziehung, Versorgung und vieles mehr. Diese natürliche Begabung wird noch verstärkt durch den operativen Eingriff an euren Köpfen, um das abstrahierende Kausalitätsdenken in ein hoch entwickeltes intuitives Bewusstsein umzugestalten. Für euch gilt: Denken heißt mit kranken Augen sehen. Wo das Leben beginnt, hört die Wissenschaft auf. Das Unbewusste ist das wahrhaft Lebendige. In dem Augenblick, in dem sich das bewusste Denken einmischt, atmest du nicht mehr richtig. Deshalb ist für uns gehirngesteuerte Skarabäen die Meditation so wichtig. Ihr habt, was uns fehlt, und umgekehrt. Manche Dinge muss man verstehen, andere nur auf sich einwirken lassen. Eure Art, das Leben zu erfahren, deckt sich nicht mit dem Denken in unseren unbeschnittenen Skarabäenschädeln. Wir wollen verstehen, was ihr bildhaft auf euch einwirken lasst.

Aber je mehr wir zu wissen glauben, desto mehr glauben wir an das Wissen.«

Ich sagte: »Der Glaube an den kleinen Gott.«

»Nein, nicht der Glaube, die Erkenntnis, die da heißt: Die Mikrobe ist das Maß aller Dinge.«

»Und damit haben wir wieder eine Religion.«

»Wie kannst du so etwas behaupten«, ereiferte sich der Alte. »Religionen haben Dogmen, Kirchen, Priester, Heilige, glauben an Himmel und Hölle und ewiges Leben. Wir glauben nicht, wir wissen, wissen, dass es ihn gibt. Er ist ein Teil von uns, und wir ein Teil von ihm.« Er sprach erregt, wie ein Glaubensfanatiker. Die faltigen Gesichtszüge erhellten sich, als sähen seine blinden Augen etwas, das ich nicht zu erkennen vermochte.

Ich aber fand keinen Schlaf mehr. Hier wurde alles verraten, für das ich gelebt hatte. Nichts von alledem schien mehr zu gelten. Welch entsetzlicher Rückfall in die alte Barbarei!

Die Elite des Ordens verehrte einen neuen Gott. Sie waren männlichen Geschlechts, zeugten Kinder, die wie in längst vergangenen Zeiten von Müttern ausgetragen und aus dem Leib herausgepresst wurden.

Wie hatte ich unter dem Schuldgefühl gelitten, als Einzige ein Kind geboren zu haben. Diese Igelköpfe hatten ein Patriarchat in einem Orden von Frauen errichtet. Männliche Bienenkönige. War das nicht wider alle Vernunft? Wurden die Drohnen nicht beseitigt, wenn sie ihren Dienst an der Königin und deren weiblichem Volk erledigt hatten? Ein Bienenstock ist immer nur so stark wie seine Königin. Und auch der Orden stand und fiel mit der Magna Mater.

Die Magna Mater! Ich musste sie warnen.

So erhielt die Mission, mit der sie mich beauftragt hatte, am Ende doch noch einen überlebenswichtigen Sinn.

39. KAPITEL

Ich hatte den Nachmittag am Meer verbracht, bis die ersten Sterne aufleuchteten und der Mond sein Licht auf den Wellen verteilte. Weit draußen erkannte ich Delfine, grausilbern gleitende Schatten. Ich dachte an Merimé. Wie hatte meine Welt sich seitdem verändert!

Auf dem Heimweg stieß ich auf Estragon. Unbeweglich wie ein Baum stand er am Eingang der Schlucht, den Kopf hoch erhoben, als lauschte er auf irgendetwas.

»Geht es dir nicht gut?«

»Ich belausche die Fledermäuse. Faszinierende Geschöpfe. Sie sehen wie ich mit den Ohren. Wir können viel von ihnen lernen.«

»Auch ich mag die kleinen Flugkünstler. Aber was willst du von einer Fledermaus lernen?«

»Oh, viel. Sehr viel. Komm, ich will dir etwas zeigen.«

Er nahm mich mit in sein Laboratorium. Dort erklärte er mir: »Für viele Lebewesen ist der Winter ein tödliches Problem. Um ihre Arten zu schützen, hat die Natur eine Fülle von Überlebensstrategien entwickelt. Die sicherste ist das Abwandern in klimatisch günstigere Gebiete. Ein großer Teil der Vögel schlägt diesen Weg ein. Eine ganz andere Taktik haben die Winterschläfer entwickelt, und zu denen gehören auch und vor allem die Fledermäuse. Sie können ihre Körpertemperatur bis nahe an den Gefrierpunkt absenken, ohne zu erfrieren, um so die lange Kältezeit ohne Nahrungsaufnahme zu verschlafen.«

In seinem Laboratorium öffnete er einen Wandschrank und

holte eine leblose Fledermaus hervor. »Hier in diesem Kühlfach habe ich solch ein Exemplar. Es ist völlig apathisch und kann nicht mehr fliegen. Fühl mal, wie kalt es ist.«

Ich verzichtete darauf, die Fledermaus zu berühren. Er legte sie zurück und nahm ein Tier mit einem Fell aus dem Kühlfach, steif, wie tiefgefroren. Eine Ratte.

Ich fragte: »Seit wann fallen Ratten in den Winterschlaf?«

»Es gelang uns, die Substanz, die den Winterschlaf auslöst, aus dem Blutplasma von Fledermäusen zu destillieren. Wenig später hatten wir das Verfahren so verfeinert, dass wir uns daranwagen konnten, es am Menschen auszuprobieren.«

»Am Menschen? Wieso am Menschen? Wozu soll das gut sein?«

»Nun, es gibt viele gute Gründe, einen Menschen in Dauerschlaf zu versetzen: Heilschlaf, langwierige Operationen, aber auch völlig neue Indikationen. Ganze Bevölkerungsgruppen könnten Hungersnöte oder Katastrophen verschlafen. Da die Schläfer weder Nahrung noch Bewegung brauchen, könnte man sie auf engstem Raum lagern.«

Er legte die Ratte zurück und meinte: »Wenn sie nicht im Koma läge, wäre sie bereits gestorben. Keine ihrer Artgenossen wird so alt wie sie. Es gibt nichts, was einen Organismus so zu regenerieren vermag wie ein mehrmonatiger Heilschlaf. Ein wahrer Jungbrunnen. Kein nächtlicher Schlummer vermag das. Dafür ist die Nacht viel zu kurz. Sämtliche überflüssigen Pfunde werden verbrannt. Mit dem Fett reinigt sich der Körper von allen Schlacken. Das Gewebe verjüngt sich. Sehvermögen und Gehör verbessern sich gewaltig, sogar das Gedächtnis. Auf diese Art und Weise vermag man weit über hundert Jahre alt zu werden. Und wenn man dann hochbetagt aus dem Leben scheidet, dann geschieht das fast immer während des Winterschlafs. Man wacht einfach nicht mehr auf.«

Ich fand das empörend. Während wir uns genötigt sahen, die Lebenszeit der Blühenden noch weiter herabzusetzen, hatten die Skarabäen Verfahren entwickelt, mit denen sich ihr Leben enorm verlängern und sogar verjüngen ließ.

»Ich habe noch nie von dieser Wunderkur gehört.«

»Unsere Experimente unterliegen wie jegliche Aktivität auf Arkadia der Geheimhaltung.«

Er holte eine andere Fledermaus aus dem Kühlfach und klopfte ihr mit dem Zeigefinger leicht auf den Kopf. Sie gab einen quiekenden Laut von sich, ohne zu erwachen.

»Ein beneidenswert tiefer Schlaf.«

»Ja«, erwiderte der Alte, »beneidenswert tief. Auch ich gedenke einen langen Schlaf zu tun.«

»Unser Fledermausturm trägt seinen Namen zu Recht«, sagte Karras, als ich ihm von dem Gespräch erzählte. »Wie eine Fledermaus gleitest du dort aus der Zeit.«

»Wird Estragon lange dort bleiben?«

»Ja, sehr lange.«

Wir hatten uns in der Höhle um ein Feuer versammelt. Rufus hielt einen silbernen Kelch in den Händen. Er hob ihn hoch empor und sagte: »Gott ist klein. Siehe, das ist sein Blut zum Erhalt unser aller.« Er führte ihn an die Lippen und reichte ihn weiter. Nun tranken wir alle von dem göttlichen Serum, gewonnen aus reinen Bakterienkulturen.

Rituelle Vermählung mit den Mikroben nennen sie das. Es war das erste Mal, dass ich daran teilgenommen habe. Ein Ritual von berauschender Wirkung. Der bittersüße Saft verwirrt dir die Sinne. Der Boden schwankt wie bei einem Erdbeben. Bedrohlich senkt sich die Höhlendecke herab. Abgründe tun sich auf, in deren Schlünden Irrlichter aufleuchten, grünschimmelige Fäulnis, Unkenrufe, Eulenschrei und Wolfsgeheul.

»Gott ist klein!« Feierlich hallten die Worte durch die Höhle. Welch schaurige Totenmesse war dieser Abschied von Estragon.

Im Anschluss daran sagte Karras: »Rufus hat die rituelle Vermählung vollzogen. Das obliegt allein dem Abt. Dieser Größenwahnsinnige benimmt sich, als hätte er bereits die Nachfolge angetreten. Das muss unbedingt verhindert werden.«

Ich fragte: »Wird denn die Nachfolge nicht von der Magna Mater bestimmt?« Die Selbstherrlichkeit der Skarabäen erfüllte mich mit Zorn. Sie schickten sich an, die Magna Mater zu entmachten. Wie anders war die Missachtung der höchsten Autorität unseres Ordens zu verstehen?

»Nein, die Wahl der Nachfolge obliegt uns. Aber wir können erst einen Nachfolger wählen, wenn sein Vorgänger gestorben ist, und das kann noch lange dauern. Bis dahin wird Rufus alle Macht an sich gerissen haben. Er ist glatthäutig und schlau wie die Schlangen, die er hütet. Das werde ich nicht zulassen. Wie heißt es doch? Gift bekämpft man mit Gegengift.«

Nur drei Tage später wurde ich von lautem Stimmengewirr geweckt. Als ich ins Freie trat, standen die Skarabäen vor dem großen Tor. Sie redeten laut und aufgeregt miteinander, als hätte sich etwas Unerwartetes ereignet. Ich vernahm zunächst nur Wortfetzen: »Erwürgt. Sie hat ihm alle Knochen gebrochen. Mit einem Messer mussten wir sie ihm vom Leib schneiden. Die Augen quollen ihm schier aus dem Kopf. Grauenhaft! Einfach grauenhaft!«

Rufus war von einer seiner Riesenschlangen erwürgt worden. Es war ein Unfall. Aber ich ahnte, dass Karras daran nicht unbeteiligt war.

»Wie hast du es angestellt?«

»Was?«

»Wie hast du ihn aus dem Weg geräumt?«

»Ich? Lydia hat ihn erledigt.«

»Wer ist Lydia?«

»Seine Lieblingsschlange, eine Boa, so dick wie ein Oberschenkel und gut zwei Doppelschritte lang.«

»Und wie konntest du sie dazu bewegen, dir diesen Gefallen zu tun?«

»Willst du das wirklich wissen?«

Ich nickte, und er erklärte mir: »Schlangen sind wie alle Reptilien wechselwarme Kreaturen. Ihre Beweglichkeit und die damit verbundene Angriffslust hängen von der Körpertemperatur ab. In dem höhlenartigen Labor, in dem er seine Schlangen hält, ist es kühl. Die Tiere dort sind so apathisch, dass sie alles mit sich geschehen lassen.

Korallinplatten, wie wir sie während der kalten Jahreszeit in die Wohnung holen, halten die Wärme für viele Stunden. Das Problem war nur: Wie lassen die sich in ein verschlossenes Terrarium einschmuggeln? Ich habe es geschafft, so wie du es fertiggebracht hast, unser Kind unter die Neugeborenen zu schmuggeln. In beiden Fällen ging es um Tod und Leben, denn glaube mir, wenn Rufus an die Macht gekommen wäre, hätte das für uns beide ein böses Ende genommen. Eine Frau unter Skarabäen war für ihn undenkbar, und mich hat er gehasst, weil ich ihm Jakaranda streitig gemacht habe, den er entdeckt und mitgebracht hat. Er war es auch, der veranlasste, dass ich auf dem Meer ausgesetzt wurde. Er war arglistig und gefährlich wie seine Schlangen, die er mit Ratten fütterte. Am Ende starb auch er wie eine Ratte.«

40. KAPITEL

In dieser Nacht – es war eine finstere Neumondnacht – rief Estragon noch einmal die Skarabäen zu sich, um sich von jedem einzeln zu verabschieden. Als ich zu ihm gebracht wurde, kündigte das Morgenrot den neuen Tag an. Estragon stand am Fenster, das Gesicht dem Meer zugewandt. Ich stellte mich zu ihm und sah, wie die Sonne aus dem Ozean auftauchte, langsam und unaufhaltsam wie der Kopf eines Kindes bei seinem Eintritt in die Welt. Estragon muss wohl ähnlich empfunden haben, denn er sagte: »Es gab Völker, die glaubten, die Sonne würde jeden Tag aufs Neue geboren werden, so wie auch wir jeden Tag das Licht der Welt neu erblicken.

Die gute alte Sonne, sie schenkt uns nicht nur Licht und Wärme. Sie ernährt uns auch, denn wir essen Pflanzen, die Sonnenlicht in körpereigene Materie verwandeln. Selbst die Raubtiere ernähren sich von der Sonne, indem sie Pflanzenfresser verzehren.

Wir alle sind Sonnenlichtesser. Und auch hier bilden die Mikroorganismen die Grundlage allen Lebens. Mit Hilfe des Sonnenlichtes wachsen winzige Algen heran, die von kleinen Krebsen, Muschellarven und Fischen gefressen werden, und die dienen dann den größeren Tieren als Nahrung. Am Ende ernährt der kleine Gott den ganzen Ozean, und dem verdankt die Erde ihre Atmosphäre mit allem, was darin lebt. Alles steht miteinander in lebendiger Wechselbeziehung. Der Schöpfer von all dem Großen aber ist klein, sehr klein.«

Die lange Rede hatte ihn angestrengt. Er ließ sich in einem

Armstuhl nieder und meinte lächelnd: »Man muss aufpassen, dass man nicht länger lebt, als man dazu fähig ist.«

»Der lange Schlaf wird dir guttun«, sagte ich. »Gesund und verjüngt wirst du wieder aufwachen.«

»Ja, falls ich wieder aufwache. Als man Sokrates fragte, ob er an die Auferstehung glaube, soll er gesagt haben: Glauben ist nicht das richtige Wort für eine schöne Vorstellung.«

»Gibt es etwas, an das du glaubst?«, fragte ich ihn.

Er wandte mir sein faltiges Gesicht zu und sagte: »Ich bin ein Teil vom großen Grenzenlosen. Es stört mich nicht, dass die ›letzten Fragen‹ ungelöst bleiben, obwohl wir nicht aufhören werden, sie zu stellen. Mich beruhigt der Gedanke, dass wir nicht alles erkennen können. Ich stehe staunend und ehrfürchtig vor dem Geheimnis des Lebens. Das erfüllt mich mit Andacht. Und woran glaubt eine Ordensfrau wie du?«

»Ich brauche keinen Glauben und war doch keinen einzigen Tag meines Lebens ohne den Glauben an mich selbst und den Orden. Ihr habt mir das Vertrauen in meinen Orden genommen, in dem die reine Vernunft regiert, wo der neue Mensch in Brutstationen heranwächst und im Tal der Schmetterlinge zur ewigen Ruhe gelegt wird, in dem …«

»… in dem Ordensfrauen Kinder kriegen, die sie wie Kuckuckseier in fremden Nestern ablegen, nachdem sie die angestammte Brut umgebracht haben«, parierte er meinen Vorwurf.

Ich schwieg, und Estragon sagte: »Der Mensch ist ein Blinder, der vom Sehen träumt. Der Traum aber steht dem Glauben näher als dem Wissen. Und so wie der Mensch träumen muss, so muss er auch an irgendetwas glauben.

Es war unumgänglich, die Religionen abzuschaffen. Aber es muss etwas dagegengesetzt werden, eine neue Ethik von unbegreiflicher Allmacht. Der Mensch braucht das. Deshalb muss er aber nicht an irgendwelchen Unsinn glauben.

Priester und Heilige bemühten sich, dem Körper wenig Beachtung zu schenken. Das Fleisch sei verderblich. Wichtig sei das ewige Leben jenseits der leiblichen Existenz. In Wahrheit sind wir bis zum Bersten angefüllt mit Göttlichem. Der Körper trägt Botschaften in sich, die der Verstand nicht wahrzunehmen vermag. Wir müssen ihm erlauben, beim Meditieren zu uns zu sprechen. Und wir müssen bereit sein, seine Botschaft zu empfangen. Wer sich in Büchern vergräbt, dessen wirkliches Wissen wird immer geringer, je mehr er studiert. Alle wirkliche Erkenntnis beruht auf Anschauung.

Denn im Grunde unseres Herzens sind wir alle unheilbar religiös. Der Glaube ist die unbefriedigte Sehnsucht der Vernunft nach dem Fantastischen. Alle Menschen brauchen das.

Aus diesem Grund wollen wir sie mit dem Kleinen Gott vertraut machen, nicht mit dem Glauben an ihn, sondern mit dem Wissen über ihn. Er benötigt keinen faulen Zauber. Die Natur ist fantastisch genug.«

Die Sonne war jetzt vollends aufgegangen. Ihr Schein blendete mich, sodass ich mich abwandte und meine Augen mit der flachen Hand beschattete. Dabei fiel mein Blick auf Estragon. Er starrte wie gebannt in den gleißend hellen Feuerball. Die Glut spiegelte sich in seinen weit geöffneten blinden Augen, sodass ich Schmerz dabei empfand. Ein Lächeln lag auf seinen alten Lippen.

Ich erinnerte mich daran, wie ich ihm einmal einen auf dem Meer erlebten Sonnenaufgang in leuchtenden Farben schildern wollte und er mich unterbrach: »Du brauchst mir die Sonne nicht zu beschreiben. Ich habe sie intensiver geschaut als ihr alle. Wenn du nicht ein Stück Himmel in dir trägst, wirst du ihn im ganzen Universum nicht finden.«

Etwas später sagte er: »Wer durch eine offene Tür gehen will, sollte wissen, dass jede Tür einen festen Rahmen braucht. Es gibt da noch ein paar Dinge, die ich klären muss, bevor ich gehe. Mir bleibt nur wenig Zeit.«

Er legte eine längere Atempause ein, in der ich ihn fragte: »Wer wird dich während deiner Abwesenheit vertreten?«

»Karras soll die Erleuchtung zuteilwerden.«

Erst später erfuhr ich die grauenhafte Bedeutung dieser Aussage. Der Erleuchtung teilhaftigwerden heißt: Offenen Auges das Licht der Sonne in sich einlassen bis zur Erblindung. Denn denken heißt mit kranken Augen sehen. Und nur der Blinde vermag die Dinge zu sehen, wie sie wirklich sind.

Estragon legte seine faltige Hand auf die meine und sagte: »Alles Leben ist Abschied, ein Abschied nach dem anderen. Was man besitzt, hat man schon verloren. Nur wonach man sich sehnt, besitzt man wirklich.

Jakaranda ist für Karras mehr als ein Sohn und Freund. Die beiden sind ein Liebespaar. Und dennoch muss ich sie trennen. Sie werden so leiden, wie du und Merimé habt leiden müssen.«

»Was weißt du von Merimé?«

»Ich habe eure Trennung veranlasst.«

»Du? Wieso du? Was hat Merimé mit euch Skarabäen zu schaffen?«

»Hast du dich nie gefragt, warum die Magna Mater eine Maske trägt? Warum sie nicht mit eigener Stimme spricht? Nein? Dann will ich es dir verraten: Sie ist eine von uns.«

»Ein Mann? … Du meinst, die Magna Mater ist ein Mann? Nein!«

»Doch.«

»Wie kann das sein?«

»Das muss so sein, weil es naturgewollt ist. Das war schon in den Höhlen der Eiszeit so. Der Mann führt. Euer Wissen kommt aus dem Bauch. Uns obliegt der Verstand aus dem unbeschnittenen Kopf. Das ist viel, aber wäre nicht genug ohne euch, vor allem ohne dich. Denn du …« Es klang feierlich, als er es sagte, »… du warst dazu ausersehen, die zukünftige Magna Mater zu gebären. Du bist gebenedeit unter den Weibern.«

Mein Kind trägt die goldene Maske!

Wie kann das sein? Mein Sohn als höchste Autorität des Ordens? Nein, das kann nicht sein! Ist es auch nicht, denn die höchste Gewalt liegt nicht in den Händen der Magna Mater, sondern bei den Skarabäen. Ihr Großmeister ist nun der leibliche Vater der Magna Mater.

Er ist der Allmächtige, der seinen Sohn zu den Menschen schickt, damit er ihnen in seinem Namen das Heil bringt. Mit mir als Mutter und dem kleinen Gott als heiligem Geist wäre die heilige Dreifaltigkeit fast perfekt.

Es gibt Ereignisse, die zu unwirklich sind, um wahr zu sein, und gleichzeitig zu unwahrscheinlich, als dass man sie erfinden könnte.

Karras musste sich verlieben, um ausgesetzt und von mir gefunden zu werden. Mir musste es gelingen, was noch keiner Ordensfrau gelungen war: ein Kind zu gebären, ein Kind von so unglaublicher Ausstrahlung, dass selbst die Delfine um sein Leben bangen und die Skarabäen ihn zu sich holen. Attea musste sich verweigern und zu mir flüchten, damit ich nach Arkadia gesandt wurde, um ein weiblicher Skarabäus zu werden.

So eine Häufung von Zufällen gibt es nicht.

Selbst das Meer schien im Wellenschlag innezuhalten. In dem dunklen Schlund des aufgesperrten Portals erstrahlte im ersten Licht der Sonne die goldene Maske. Ein Schrei aus tausend Kehlen stieg zum Himmel. Trommeln wurden geschlagen. Die Menge begann in die Hände zu klatschen, zu tanzen und zu singen. Unbeschreiblicher Jubel hatte die Menschen ergriffen. Seeland hatte eine neue Magna Mater.

Ich stand oben auf der steinernen Treppe vor dem Portal und blickte auf die Maske, die jeder kennt und doch keiner kennt. Mir ist sie so vertraut, als wäre sie ein Teil von mir, denn sie ist ein Teil von mir, nicht die Maske, sondern der Mensch, der sie trägt.

Es ist nicht die ehrfurchtsvolle Scheu, die alle anderen empfinden, sondern der Schauder vor dem Geheimnis aller Geheimnisse, vor dem Verrat. Die höchste Verkörperung unserer vernunftbedingten Ordnung ist in Wahrheit ein Rückfall in finstere Barbarei, Verrat an der reinen Vernunft.

Mein Kind trägt die goldene Maske. »Mein Kind«, ein Begriff, den es in unserer Welt nicht gibt, nicht geben darf und niemals geben wird.

Ich bin eine Schachfigur auf dem Brett des Schicksals. Ob Bauer oder König, die Züge erledigt ein anderer, und der sitzt nicht als großer Gott im Himmel, sondern als Virus in deiner Lunge oder als Schmarotzer in deinem Blut. Dort sorgt er dafür, dass du dir selbst dein Schicksal bereitest.

Ob unser Herr an einem Kreuz hängt oder in einer Schafsleber, ist im Grunde gleichgültig, denn auch Golgatha und Mekka waren Gehirnmanipulationen. Wer das als ketzerisch empfindet, hat das Wesen der Schöpfung nicht begriffen, denn das Göttliche offenbart sich in allen Kreaturen, in einer kleinen Mikrobe wie in der Magna Mater, die ich geboren habe.

Gott war gestern. Welch ein Aberwitz! Er war, ist und wird immer sein. Ob frei erfunden oder wissenschaftlich bewiesen, ändert nichts an seiner Allmacht.

Ich bin wie eine Bernsteinschnecke, die von dem köstlichen Kot gekostet hat. Er hockt in meinem Hirn. Ich spüre seine Allmacht. Gott ist ein Parasit. Die himmlischen Heerscharen sind Schmarotzer. Wir aber sind ihr Nährboden, ihre Opfer.